别离歌

陈行甲 著

中信出版集团｜北京

图书在版编目（CIP）数据

别离歌 / 陈行甲著. -- 北京：中信出版社，
2024.1（2025.1重印）
ISBN 978-7-5217-6245-7

Ⅰ.①别… Ⅱ.①陈… Ⅲ.①随笔－作品集－中国－
当代Ⅳ.① I267.1

中国国家版本馆 CIP 数据核字 (2023) 第 234956 号

别离歌
著者：　陈行甲
出版发行：中信出版集团股份有限公司
　　　　　（北京市朝阳区东三环北路 27 号嘉铭中心　邮编　100020）
承印者：　北京盛通印刷股份有限公司

开本：880mm×1230mm 1/32　　印张：10　　字数：192 千字
版次：2024 年 1 月第 1 版　　　　　印次：2025 年 1 月第 8 次印刷
书号：ISBN 978-7-5217-6245-7
定价：59.00 元

版权所有·侵权必究
如有印刷、装订问题，本公司负责调换。
服务热线：400-600-8099
投稿邮箱：author@citicpub.com

献给我天堂里的母亲

他们开始懂得，

死亡时刻威胁着每个人……

他们也开始懂得，

疾病不应该把人们分开，

恰恰相反，

它应该为人类相爱提供机会。

——列夫·托尔斯泰《劳动、死亡和疾病》

推荐序

  一种高尚的痛苦 / 陈越光   V

  拥抱生命的善意和希望 / 俞敏洪   XI

前言

  诗意之外的离别   XVII

第一章 阿亮的最后九天   001

第二章 活着的菩萨   039

第三章 风中的雁子   079

第四章 武汉，武汉   121

目录

第五章　神奇的世界杯之旅　　　　　　　　　159

第六章　闯"阳"关　　　　　　　　　　　　189

第七章　回乡　　　　　　　　　　　　　　　219

后记

　　让我为你唱首歌吧　　　　　　　　　　243

　　成长是一首关于别离的歌 / 肖立　　　　249

　　人生没有比慈悲更有意义的事 / 曾冰　　259

跋

　　别离歌 / 阿鱼　　　　　　　　　　　　273

—— 推荐序

一种高尚的痛苦

陈越光

中国文化书院院长，中国慈善联合会副会长，

杭州西湖教育基金会理事长

2023年初冬的流感来势汹汹，我也被击中，退烧后回到书桌的第一项任务就是一口气读完《别离歌》书稿。合上电脑，脑海中盘旋着三对词组："一本书与一个人""一个人与一项事业""一种痛苦与一种英雄主义"。

一本书与一个人

这是一本讲公益的书。它讲述了深圳市恒晖公益基金会（以下简称"恒晖基金会"）的儿童白血病兜底治疗项目"联爱工程"、儿童青少年心理关怀项目"知更鸟公益"、守护抗疫英雄家庭项目"传薪计划"中的故事。读此书，了解了公益项目的立意，项目团队与受助人的共情理解、互相支撑，项目执行中

社会支持的不可或缺；懂得了在细节处与"魔鬼"搏斗，在过程中与"反复"共处，在内心深处获得情理与规定的和解。所以，在这里可以读公益。

这是一本讲社会的书。所有的故事都发生在现实的中国社会背景中，面对那些贫病交加的"落水者"，你会发现以一线城市想象全中国是不恰当的。北、上、广、深不是中国的缩影，是中国的尖顶，面对底层办事之艰难，你会发现以文件想当然、以推理为依据是肤浅的。中国太复杂了，许多事脚步没走到，事情就不摸门。所以，在这里可以读中国。

这是一本讲命运的书。时机既失，只能生离死别；重锤落下，圆满顿成碎镜；山穷水尽，忽又心想事成！作者说："真实的人生比剧本跌宕起伏得多，沉郁和乐观交织，悲欣交集。"他希望以他真诚的记录，展现"一些小人物的命运"，"为那些在生死之间守住了生命尊严的普通人立传"。所以，在这里可以读命运的黑暗与光明。

站在这本书背后又贯穿于全书的，是一个人——作者陈行甲。

一个人与一项事业

2015年6月荣获"全国优秀县委书记"，2016年12月面临"提拔公示"却辞去公职，转身投入公益事业的陈行甲大名鼎鼎，抖音上他的视频播放量超过10亿人次！他曾经轰轰烈烈地堂堂正正，也因堂堂正正而轰轰烈烈。如此名人，如此大跨度转行，峡江激流转弯，万马疾驰换道，裹挟千钧之力，他要如何走好？

我和行甲已认识五年，也就见过五面，但两年半前有一次四个小时的长谈，主题就是"要过的路口"。

第一个路口是自己对这次转身的定位。转身后的自己是一个失落的出局者、一个愤怒的出离者，还是一个角色转化、初心未变、使命未改的奋进者，一个和以前的同伴身份不同，但方向一致，可结伴而行的践行者和多元建设者？行甲的回答是后者。

第二个路口是能否在万般赞美中守住自己。一个人，在穷乡僻壤中寂寞地坚守自己易；在万人追捧、一唱百和中不迎合、不从众地坚守自己难。行甲有广泛的群众动员力，承载着无数人的期待，自然不能"任千呼万唤无言应"，影响力本身就是极重要的公益资源。但是，如果一味地看重点赞量，一味地以保住和提升影响力为目标，就会被"更激烈的意见需求"所绑架，不停地猜度和迎合这种需求，失中走偏，这是危险的。行甲在经历事件的考验中守住了自己。

第三个路口是如何为自己画像。前几年，天下谁人不识君？那个放弃提拔、辞职做公益的"全国优秀县委书记"陈行甲！但五年、十年，都是这幅画像？"全国优秀县委书记"是他历史上的荣誉，投身公益是他人生中的一次选择。如今，《别离歌》

背后的所作所为是他新的自画像。在这幅自画像里，我们看到的不仅是项目，更是团队。

一个可持续团队要经历打开局面的考验（成功检验）、受到冲击的考验（危机检验），以及领导者变更的考验（传承检验）。一项事业的创始人，必须有远见、有胸怀，但首先是有担当，那种"天塌下来我顶，地陷下去我填"的担当精神。这是创始人和所谓"职业经理人"的根本不同。正因为这一点，一些公益组织出现创始人"依赖症"，无法实现领导者的有序更换。创始人越强，这种风险越大。行甲邀我为这本书写序时，首先报告的信息是：恒晖基金会换届，桃子当选为新一届理事会理事长。我见过桃子，一个厚道、沉实、切言之人，相信他有这个担当。行甲自然要"扶上马，送一程"的，但送的人必须先从马背上跳下来。

行甲还会转道吗？也许。他还有写作梦，还有"踏遍青山人未老"的游天下之梦，但此后的转道不必是选择题了，可以是扩容，可以是并行，可以是随机切换。公益，使他成为这个世界的盐，要溶于世界而使世界更有味道！

一种痛苦与一种英雄主义

《别离歌》是沉重的，因为直面痛苦；《别离歌》又是沉重而不压抑的，给人以激励，因为它让我们看到了一种高尚的痛苦。

面对病魔的百般蹂躏，面对刻骨铭心的爱被摧毁，面对亲人的生离死别，面对贫困的极度施压，面对苦心经营多年的事业毁于一旦，面对每一步艰难跋涉都只是离失败更近一步，面对所有的希望都归于绝望，面对人被人类的极限锁定……

这时候，趴下是可以理解的，屈服是可以理解的，认输是可以理解的，放弃也是可以理解的。

这时候，《别离歌》的歌声里却有在坚韧中的再坚忍，有生离死别后的依然生死相依，有走向失败却不停止要去穿透失败的终点，有在绝望的冰窖里再点一把希望的火，有以个人的一小步提升人类的一大步的坚强信念！

高尚的痛苦，携带着命运的密码。承受痛苦的折磨并参透了它的密码的人，站起来了，被它淬炼出大智大勇，成为大写的"人"。

有一种英雄主义，叫作虽千万人吾往矣。

2023 年 11 月 30 日

拥抱生命的善意和希望

俞敏洪
新东方教育科技集团董事长

世上只有一种英雄主义,就是在认清生活真相之后依然热爱生活。

——罗曼·罗兰

如果说在现在这个时代,还有纯粹的理想主义者,我想那个人就是陈行甲了。

从湖北的小山村考到湖北大学学习数学,再考入清华大学,之后又到芝加哥大学留学;从基层公务员到强硬反腐的"铁腕书记",再到今天主理恒晖公益基金的公益人,陈行甲的人生既一步步踏实向前,又曲折精彩。每一次的选择他都忠于自己的理想,践行着一个理想主义者让未来变得更美好的不懈努力。

初识行甲,他告诉我他曾是我词汇班的学生,那是几十年前的课堂，我的记忆已然非常模糊，但是行甲自身却有三个瞬间让我印象深刻。

第一个瞬间是他上任巴东县委书记后在会议上的一次讲话："我代表巴东50万人民，向那些在巴东这么穷的地方还昧着良心收黑钱的'王八蛋'宣战！"初看这段视频，我就对这个有着霹雳言语、一身正气的地方官拍掌叫好。后来听说他几乎是带着88口棺材，87口留给贪官和违法老板，一口留给自己的架势铁腕反腐，这样的决心和志气实在是震撼，也让我记住了"陈行甲"这个名字。

第二个瞬间是看到他为推广巴东的旅游资源，亲自上阵直播跳伞。他手持"秘境巴东"的旗帜，从3000米高空一跃而下，这个瞬间也被众多网友记住，让他成了轰动一时的"网红书记"。作为书记，他第一够拼，第二能想到这个主意，并且身体力行，应该也是个有趣的灵魂。

第三个瞬间是行甲在山水之间，面对祖国山河大声唱歌的情景。"沿着江山起起伏伏，温柔的曲线，放马爱的中原，爱的北国和江南……"唱得一往情深。这样有爱的歌声，在山谷悠然回响，歌声里饱含对家国之爱、对自然之爱。后来看了他的书《在峡江的转弯处：陈行甲人生笔记》，我是越看越感动。第一章写母亲，第二章写爱人，第三章写基层工作，第四章写学习，第五章写留学生活，第六章写在巴东的日子，最后一章写他的公益选择。从对小家的爱，到为官时对国家的爱，再到做公益对他人的爱,他的爱丰富又深切,这个瞬间让我感受到了行甲的赤诚。

"有胆,有趣,有爱",这三个瞬间汇成了我对行甲的初步印象,也让我觉得这是一个可以一起大口喝酒、一起放声高歌的朋友,所以当有人邀请我和行甲做一场直播时,我非常痛快地答应了。

之后不久,这本《别离歌》就放到我的手上。在这本新书里,我看到了行甲放下仕途、走上公益之旅的点滴轨迹。其实对于他四十余岁,在拿到"全国优秀县委书记"时毅然裸辞,大部分人应该都无法理解。在一条确定的荣誉之路和另一条不确定的艰险之路之间,他选择了少有人走的后者,《别离歌》正是行甲在这条不确定道路上的跋涉和收获。我很欣赏他的选择:生活中,难能可贵的不是我们能够收获一轮又一轮的掌声,而是在面对前路的昏暗和不可预测时,我们是否仍然勇于大步向前、风雨兼程。

《别离歌》里,无论是被病痛折磨得疲惫不堪的阿亮一家,还是历尽磨难被救回来的扎西;无论是知更鸟公益项目中的雁子,还是传薪计划中抗疫英雄思思的孩子小宝,每个故事都让人揪心和动容,真是"幸福的家庭都一样,不幸的家庭各有各的不幸"。每次救助都是与死神的较量,从死神手中夺回孩子生的可能;每次救助也都是对心灵的救赎,燃起孩子和家庭对生命、对生活的无限渴望。这些不但是对一个个孩子和家庭的救助，也是对人性的一次次考问，甚至是施救者本身对生命意义的一段段探寻。

行甲真实地记录了每段救助，诚恳地讲述着孩子、家庭成员以及自己和恒晖团队心灵变化的整个历程。这些文字不仅是一个个故事，也是很多有同样问题的家庭、同样在做公益的各类组织可借鉴的鲜活的案例。

行甲及其团队在付出善意的同时，也收获着善意，这些善意又从一个个接收善意的人手上传递出去，形成涟漪，一圈一圈向外扩散，被曾经感受到温暖的人们不断扩大，带着温热辐射出去。弘一法师曾说："世界是个回音谷，念念不忘，必有回响。你大声喊唱，山谷雷鸣，音传千里，一叠一叠，一浪一浪，彼岸世界都收到了。凡事念念不忘，必有回响。因它在传递你心间的声音，绵绵不绝，遂相印于心。"用这句话描述行甲的团队，再贴切不过了。

新东方这么多年也做了很多公益项目：2002年开始捐助希望小学，现在已经有了7所希望小学，分布在四川、甘肃、云南、西藏等地区；连续15年开展"烛光行动"，专项培训欠发达地区的中小学教师；与好未来共同发起成立北京情系远山公益基金会，通过互联网技术重点对口支持国家级贫困地区的教学，已经覆盖1150所学校，累计惠及19万名师生……每次看到和我一样的农民的孩子，因为我们微小的力量，从大山里走出来，改变了自己和家人的命运，我总是有深深的成就感，甚至比我的公司上市还要高兴。不过，这次看到行甲的恒晖基金会所做的救助，我觉得自己还可以做得更多一些，新东方还可以做得更多一些……

行甲是幸福的，《别离歌》字里行间除了有救助成功后的幸福感，也能看到他对家人的眷念和对妻的爱恋，那是被爱包围的人才有的底气和幸福。这个治愈他人的人，应该也治愈着自己；这个帮他人圆梦的人，也在梦境变为现实的时候充盈着自己的梦。

2023 年 11 月 9 日

—— 前言
诗意之外的离别

成为一个写书的人，于我而言是一个顺理成章的意外。

我的第一本书《读书，带我去山外边的海》，其实是我给山村留守儿童举办的公益夏令营编写的教材读本，里面主要是我在夏令营的讲课内容，核心内容却是我的儿子阿鱼写的。我和阿鱼一起挑选了从古至今关于山与海的18首诗，阿鱼给每首诗写了一篇赏析。阿鱼小学二年级就会背28句的《将进酒》、36句的《春江花月夜》，被语文老师表扬为班上的诗歌大王；三年级就会背88句的《琵琶行》，一字不差。阿鱼打小显露出对诗歌的热爱、对文字的热爱。阿鱼童年时，我在基层四处为官，基本缺席了对他的陪伴。一次周末我从外地回家探望，岳母和我拉家常，说得兴起忘记了时间，快到傍晚突然警觉已经好几个小时没看到阿鱼了，惊慌中出门，在院子里寻找未果，回来推开卧室门，发现阿鱼就在卧室的书桌旁安静地看着书。8岁的他居然就坐在那里安安静静地看了三四个小时的书。可以说，是书和诗歌替遥远的父亲陪伴了童年的阿鱼。

阿鱼自幼喜欢读书这件事，在他自己这里有另一个解读版本。初中毕业，阿鱼考得很好，被宜昌市三大重点高中争抢，甚至有校长出面做我的工作，希望阿鱼到他们学校读书。那年暑假，有一次我们说起阿鱼小时候学习习惯好这件事，阿鱼说，其实有些被迫的因素，他对此并没有多大成就感和幸福感。童年跟妈妈一起生活，妈妈主打一个"抠"字，一度让他产生我们家是不是穷得马上要揭不开锅了的心理阴影。妈妈在花费上唯一大方的是给他买书，他点什么就买什么，从来都是二话不说，是我们家整面墙的书柜让他产生了安全感，只有在这里他才觉得自己是安全的，是自由的。我爱人听到这些话很难过，到一旁黯然神伤了好久，我过去安慰了半天才哄好。我知道阿鱼说的是事实，那些年"丧偶式育儿"的爱人太难了。

从阿鱼上高中开始，我就感觉到他对文字的感受力已经远远超过我。阿鱼高三下学期的时候，一次我出差路过在家待了一天，正好赶上学校开家长会，于是爱人拉着我参加了儿子在整个学习生涯中我唯一出席的一次家长会。语文老师在讲台上说："家长一定要告诉同学不能大意，千万不要以为进入了复习阶段就不用听老师讲课了。全班同学除了一个人，都必须乖乖地听老师讲课。"我坐在教室的最后一排,赫然听到老师说出的这唯一可以不听课的同学的名字,居然是我的儿子。老师当着所有家长的面,说这个同学的感受力和领悟力超越了他的年龄,他可以自主安排复习了。

所以,给诗歌写赏析这件事,我理所当然地布置给了儿子。当时阿鱼正在北大读书,他每天晚上睡觉之前都会给我发来一篇诗歌赏析,连续18天完成。编辑炜煜又上门征得当时已有98岁高龄的北大的许渊冲教授同意,给每首诗配上许老的翻译。许老不仅欣然提笔给这本书题写了书名,而且表态不要一分钱稿费。许老是中国翻译界的泰斗,被誉为"诗译英法唯一人"。当时我们选择的18首诗中,14首有现成的许老翻译的版本,许老本来答应帮我们翻译剩下的4首诗,但考虑到许老年事已高,阿鱼就自己动手翻译了。许老看到阿鱼的翻译后大为赞赏,说后生可畏。

2021年3月,北京大学燕京学堂准备给世界各国留学北大的学子举行一场中国古代诗歌赏析专题讲座。因为这本书的缘由,北大这堂课策划由100岁的许老、50岁的我和24岁的阿鱼,三代诗歌爱好者来共同讲授。得知许老欣然应允到北大教室进行线下授课,我和阿鱼都非常激动。但原定于3月中下旬举办的专题讲座,最终因为疫情防控没能进行,许老也允诺待防控结束后,只要身体条件许可就到场参加。

2021年6月17日,许老溘然长逝,他留给世界的美好刻入永恒。

那天我和阿鱼一起回看并咀嚼了许老的经典翻译：

千山鸟飞绝，万径人踪灭。

From hill to hill no bird in flight. From path to path no man in sight.

白日依山尽，黄河入海流。

The sun beyond the mountain glows. The Yellow River seaward flows.

……

那种极致的传神，极致的空灵，极致的信达雅，每每读起总是让人击节赞叹。我们三代同堂授课的约定就这样永远地错过了，留给我们父子深深的怀念和遗憾。

我的第二本书《在峡江的转弯处》，源于帮助我出了第一本书的出版界朋友炜煜的邀请。他说我的前半生经历大开大合，波澜壮阔，希望我写出来和青年朋友们分享。阿鱼是这本书的策划者，从书写风格，到内容组织，甚至每一章的题目，我们都一起讨论，阿鱼给了我很多灵感。完稿之后，阿鱼是第一个读者，并为这本书写跋。

经历过辉煌与荒芜，忠于灵魂，重启人生；他的人生之路,远看是前行,近看是归乡。

如果有人问我,父亲教给你最重要的东西是什么,我想我会这样回答他:我们不该忘记自己走过的路,同情过的人,呼唤过的正义,渴求过的尊重,是这些东西构成了我们深植于生活世界的共通意义的根基。是这根基,让我们即便在日后形形色色的世界里体会了失落,品尝了诱惑,经历了幻灭,领受了嘲讽,也不会轻易洗去自己那层名叫"共情"的底色。

阿鱼为这本书的封面、封底写的这两段话,打动了很多读者。我也算是通过这本书,对自己的前半生做了一个梳理。儿子参与整个过程,更让我的人生在这个阶段有了承上启下的意味。

《在峡江的转弯处》已经销售近百万册,在互联网碎片化阅读为主流的时代,这算是一个不大不小的奇迹。网上的读后感留言超过了 20 万条,那种心和心的交流,如同在他乡旷野之中遇故人,又如风雪之夜闻柴门犬吠。很多读者朋友希望我继续写下去,阿鱼跟我说,老爸,我对你的行政生涯有多么没信心,对你的写作生涯就多么有信心,你的脚下有泥土,你是那种天生的讲故事的人。阿鱼说,你既然喜欢用体育比赛来比喻人生,那为什么只能是足球?也可以是篮球啊!足球比赛只是上下半场,篮球比赛可是四节。你可以

第一节读书从政，第二节做公益慈善，然后第三节成为一个作家，第四节做一个旅行家啊。那一次和阿鱼的深谈，我算是被年轻人提着壶灌了个顶。

阿鱼就写书这个话题跟我讨论了整整半天，我们一起拟了一个书写提纲，未来 8 年，我准备再写三本书，到 60 岁算是一个节点。2022 年的诺贝尔文学奖得主安妮·埃尔诺给了我巨大的启发，她一生的写作只有一个风格，就是无主体自传。我今后的写作生涯将一镜到底，我手写我行，我手写我心，都是非虚构写作。

这第三本书的主题，是这些年我在公益路上遇到的生死和离别。阿鱼很大方地把他三年前在北大读书时写的一篇还没公开发表的科幻小说《别离歌》的题目让给了我。那是一篇深深震撼了我的短篇小说，有些烧脑，甚至让我这个理科出身的人必须全神贯注地去读，读完之后再二刷三刷，越读越喜欢。我尤其喜欢那个题目，喜欢它庄严、深情的气质，喜欢它说尽了人生的深邃感。

这几年我的家庭经历了一场生死离别。岳母 2020 年 7 月被诊断出食管癌，是那种恶性程度极高的低分化型鳞癌，不止一个医生判断岳母只有三个月以内的生命了。我的爱人霞是天底下难找的那种孝顺女儿，由于岳母表现出对癌症的高度恐惧（岳母在霞带着她去检查的途中，曾说过如果查出来是癌症就不活了之类的话），因此她决定先对岳母隐瞒病情。霞安排我在电脑上把岳母的检查报告进行了修图,把诊断意见改为较重胃溃疡,诊治建议改为针对溃疡病灶精准治疗和安心疗养。霞带着岳母收拾好行李,去往华东一家大医院,没有做开胸手术,只是通过伽马刀精准放疗结合中医治疗,陪着岳母一边治疗一边旅游疗养。岳母神奇地延续了16个月的生命,而且三分之二以上是比较有生命质量的时间。那一年多里,霞带着岳母在华东治疗,阿鱼从北大毕业考上了美国的全额奖学金博士,因疫情防控尚不能赴美读书,只能在家上网课,我就在深圳家里陪阿鱼。每个月我会抽周末时间去看霞和岳母,一次从异乡的医院出来刚走到大街上,霞就忍不住当街痛哭,我抱着霞靠着街边的大树让她哭个够,霞的手冰冷,肩头也一样冰冷。霞确实不容易,她只有背着岳母才能这样痛痛快快地哭一场,跟岳母在一起的时候她必须强颜欢笑,佯装轻松。

在生命的最后半年,岳母的癌痛逐渐加重,疼痛频率也逐渐上升。任凭霞如何努力地串通医生和我去掩饰,岳母还是感觉到她的病情并不是女儿口中的"较重胃溃疡"那么简单。我和霞商量之后决定不再瞒她,跟她如实告知病情,也如实告知当初医生的诊断(高风险的低分化型鳞癌,寿命很难延续三个月以上),以及眼下医生的最新诊断(放疗只是暂时封闭了病灶的扩展,但是现在癌细胞已经开始向全身扩散)。于是岳母的治疗面临两个选择:一是接受病情,也就是接受命运,开始以镇痛为主的安宁疗护;二是跟癌症再做最后殊死一搏,进行高强度化疗,但是医生也明说，已经没有对岳母病程很有针对性的化疗药物了，且高强度化疗副作用巨大。岳母选择了后者，决定继续化疗。

我们尊重岳母的意愿，陪着她转到就近的常州市第一人民医院肿瘤科接受治疗。霞的哥哥也辞去老家的工作赶到医院帮助照护，一家人围着岳母。兄妹俩40多年后再一次围绕在母亲膝下朝夕相处，只不过和40多年前童年时兄妹一起在母亲身边天真无邪的欢乐相比，这一次充满了行将离别的酸楚。岳母表现出了超人般的顽强，对化疗副作用的忍耐力让我们这些儿女都看着难受。有时搞不清楚难受到底是因为化疗的副作用还是癌痛发作，她一律先忍住，直到实在熬不住了才开始呻吟。岳母生命最后时间的不安宁，让霞和哥哥陷入了深深的痛苦，也成了霞事后难以释怀的遗憾。母亲的每一个痛苦忍耐的表情，每一声压抑的呻吟，都是刺向儿女胸口的刺。

2021年11月11日上午10点，岳母在拼尽最后一丝力气之后，在儿女的陪伴下离开人世。当时常州疫情仍有零星暴发，出城也有限制，岳母的遗体在常州火化后，骨灰在殡仪馆被寄存了十多天，直到常州疫情有所缓解后我们才带着岳母的骨灰回到宜昌，跟十年前去世的岳父合葬。

那天在宜昌的车站接到我们后，朋友华姐开着车，霞坐在前排抱着岳母的骨灰，我和霞的哥哥在后排抱着岳母的遗像和行李。前往墓园的路线华姐不熟悉，用了手机导航。本来就近的路线应该是不经过我们在宜昌的家的，但是华姐的导航不知怎么却神奇地绕了约一公里路,十分钟后居然导到了我们家的小区外。我马上提议把车开进小区转一圈,让岳母跟家告个别。岳母生前一直跟着我们生活,她的后半生多半时间都是住在宜昌家里的。我们一家人都跟着阿鱼叫"嘎嘎"(宜昌人对外婆的叫法),我在车上抱着岳母的遗像说:"嘎嘎,我们回家啦。"我们开着车慢慢地沿着岳母经常在小区散步的路线转了一圈,霞在车上抱着母亲的骨灰痛哭。一年多前岳母从家里出发的时候,是抱着出去旅游疗养的向往出发的,归来却已在另外一个世界了。

阿鱼是2021年8月出国读书的,出国前专程飞过去陪了嘎嘎两天。嘎嘎离世时因疫情中美航线再次处于基本断航的状态,他买不到回国的机票。阿鱼在美国写下悼词,嘱我在嘎嘎的墓前诵读。

我最敬爱的嘎嘎:

　　我在大洋彼岸,相隔万里,不能回来送您最后一程,特请父亲代我在您的灵前表达我的哀思。

　　妈妈电话告诉我您离开的消息时,她非常悲痛。我安慰妈妈不要难过,我说这不是一个悲伤的结局,这是一个精彩的告别。嘎嘎从去年七月生病,到现在为止,坚持了整整十六个月,远远突破了当时所有医生和专家判断的三个月的寿命预期。嘎嘎就是一个战士,在战场上坚持到了最后一刻,拼尽了全身的力气。没有人能斗过命运,但是人可以选择以什么样的姿态迎接命运的挑战。嘎嘎,您选择了最顽强的姿态——我可以输,但是我绝不退赛!在这场与疾病的搏斗中,您是一个斗士,气势从来不输,永远斗志昂扬。

作为您疼爱的外孙,我将永远见不到您了,永远吃不到嘎嘎做的全世界最好吃的饺子了。但是,您对我的影响,将永远存在于我的生命中。那就是您的斗志,您的生命力,它们就像一团火焰,一直在燃烧。您一生面对不公不平,从没有退缩过,即使在什么都没有、什么条件都不利于自己的情况下,哪怕姿势看起来不那么优美,您也一直在战斗。您面对困难时从来都是遇强则强,绝不屈服。您一生并没有得到很多幸运的眷顾,却凭着斗志和善良赢得了世间的敬重。您用尽全力地活过,照顾了我们整个大家庭,乃至整个家族。

所以,我敬爱的嘎嘎,您对世界的影响,大于您的生命,因为您的精神会在儿孙心中永存。

您和嘎公在天堂团聚了,您的儿孙在人世间怀念你们,继承你们的斗志和善良,好好地生活。

嘎嘎,您安息吧!

一生敬爱您的外孙　阿鱼

2021 年 11 月 29 日

在墓穴安放好岳母的骨灰，封好盖子，读完阿鱼的悼词后，天空下起了小雨。霞在墓前哭得直不起身，我打着伞扶着霞，在雨中拥抱着她，等她慢慢平息。虽然是命运使然，虽然作为女儿霞已经为母亲使尽了所有的力气，但是真正到离别来临的时刻，悲伤还是如此地撕心裂肺。

是的，相聚的尽头是离别。就像人一出生就在奔向死亡，只不过路途或远或近而已。总有那么一天，总有那么一刻，这是我们生而为人的宿命。

说到底，人生就是一场离别，重要的是我们该如何作别，又怎样离开。路途之中的爱与温暖，才是人生这场离别的意义所在。

岳母走后的那段时间，霞会经常把阿鱼写给嘎嘎的悼词拿出来默读。她读完后用双手把悼词贴在胸口，闭上眼睛靠在椅背上流泪的样子，让我心碎。我们一代代生生不息，爱着，陪伴着，怀念着，哭着，笑着，拥抱着，把日子过下去。

这也是我写这本书的意义。我的几个公益项目都是关于青少年儿童的大病救助和教育关怀的，比如联爱工程、知更鸟项目、梦想行动、传薪计划，无一不是充满着离别，有些还是生离死别。这些不幸的孩子，还有他们奔波辛劳的家长，命运没有给他们一个好的剧本，他们被动上场，但是他们竭尽全力地演出了。有的像寒冬蜡梅顽强开放，有的像秋叶一样黯然飘落。我和我的伙伴们在努力地去爱，去陪伴，去拥抱。我怀着最大的诚恳,去记录那些可能不被记得、不被在乎的人,记录他们生命中的困难和为难,记录那些虽然卑微但是壮阔有力的挣扎和努力,记录那些无奈的离别,也记录那些温暖的拥抱,还有那些长流的热泪。

我们会怀念,也会欢呼。真正受过伤的人,才知道疤痕也有生命。我们用心灵去抚摸那些疤痕,怀念那些离去的勇敢的生命,欢呼那些重生的可爱的精灵,从而获得前行的力量。

第一章 阿亮的最后九天

蔡医生拿着签完字的单子转身走出病房,我们点了点头。见惯生死的她,表情也是凝重的。

1

最后,阿亮(化名)终于安静地躺在了妈妈的怀里,不再哭闹。妈妈紧紧地抱着他,头靠着头,脸贴着脸,一动不动。

阿亮是"联爱工程"的早期服务对象,是我们帮助过的所有孩子中,我最难以忘记的。

2018年3月15日晚上9点,我在出差途中接到广州Z医院儿科主任房医生的电话,说有一个河源的白血病患儿被遗弃在病房,7岁,急性淋巴细胞白血病复发。三年前,也就是2015年3月,该患儿被诊断为急性B淋巴[母]细胞(以下简称"急淋B")白血病,标危,在Z医院治疗过程中爸爸跑了,只有他妈妈一个人陪着他完成了治疗,历时一年半时间结疗出院。但2018年3月3日复发，妈妈带着他再次来到Z医院，交了2000元押金办了住院手续，3月13日转入重症病房，之后妈妈借口孩子嘴上溃疡涂的药不好用，需要出去买生长因子，离开之后就再也没有回来。医院也尝试过报警，并且向警方提供了孩子的住址等信息，等了两天，警察那里也没有进展。现在只剩下孩子一个人在医院里。因为费用已远超医院的"警戒线"，无法开出新的医嘱，只能按照最近一次的医嘱进行基本治疗，眼下情况非常糟糕。房医生说，之所以联系我们，第一是希望我们来资助他，第二就是希望我们能帮助医院找到他妈妈。

因为当时河源的医院没有儿童血液科，所以所有河源的白血病患儿只能背井离乡到广州或深圳治疗。房医生是资深的白血病医生，对我们的"联爱工程"非常支持，因此我没有犹豫，第一时间答应了他，说我们马上接手一起研究解决问题的办法。

我们连夜召集"联爱工程"的项目伙伴开电话会，安排在广州的社工丹子赶到医院，跟管床医生对接，了解详细情况。

丹子深夜在工作群里回复了解到的基本情况：孩子叫阿亮，爸爸34岁，河源本地人，妈妈32岁，H省人，两人未婚生育阿亮及其12岁的哥哥。在阿亮生病前，他和哥哥一直由奶奶在河源老家抚养，父母在外打工，住在一起，在广东的同一城市不同的工厂工作。贫贱夫妻百事哀，三年前阿亮生病后，父母在阿亮治疗过程中感情破裂，爸爸一走了之，由妈妈一个人在医院陪同阿亮完成治疗。但是阿亮第一次康复后妈妈还是带着他回到了河源乡下的奶奶家，后来爸爸回家后两人复合。

这次阿亮复发后，爸爸再次外出打工，然后杳无音信，留下妈妈一个人面对。当阿亮被送进重症病房后，妈妈也不见了，医院从13日开始就一直联系不上家长。发现孩子被遗弃之后，几个科室医生一起给孩子筹了3000元，请了一个护工照顾他，但是这些钱只够请十几天护工，用完了之后，护工就没有义务继续照顾他了。孩子现在一直在大喊大叫，不停地喊妈妈，情况很让人揪心。目前我们需要做的有两件事，一是如何让孩子继续得到治疗，二是迅速了解孩子的家庭情况，寻找孩子的父母。丹子转述医生的话，现在钱是其次，最希望的是能联系上孩子的妈妈，孩子的情况已经非常特殊，希望孩子妈妈能够陪他走过这一段艰难的路程。

当时已是深夜，虽然没有组织线上会议，但是伙伴们你一句我一句地开始在群里讨论了起来。估计孩子的父母因为治疗无望已经放弃他了，该如何让他们回头是一件很难的事情。有的伙伴说父母太狠心了，说妈妈如果不回来，这种行为已经构成犯罪了。愤怒的情绪在蔓延。丹子转述了阿亮在普通病房时同病房的一个病友妈妈的话，说阿亮的妈妈已经为这个孩子付出太多太多了，也是个可怜人。我们还是要冷静下来，先琢磨怎么找家长。住院信息显示，孩子的住址是河源市××县××镇××村,家里其他信息不详,我在群里安排河源的伙伴小雅第二天一早去河源市民政局,请他们协助看看能不能从当地派出所查到更多信息。

3月16日一早,小雅到达河源市民政局,请一直支持"联爱工程"的民政局曾科长帮忙联系派出所和村委会。丹子则通过医院提供的阿亮妈妈的电话号码开始打电话,刚开始是打通了不接,连打两次都没接,再打就提示关机了,看来是铁了心不接电话。

为了说服阿亮妈妈,我咨询了律师志愿者朋友,他听了情况后说这完全符合《刑法》第二百六十一条关于遗弃罪的描述,而且属于情节恶劣,法律规定这种情况可以处五年以下有期徒刑、拘役或者管制。①

有伙伴建议直接发信息告知阿亮妈妈这样做的法律后果,以此来震慑她回到医院。我仔细琢磨后觉得这个时候跟阿亮妈妈直接谈法律不合适。思虑再三,我们一起在群里讨论斟

---

① 《中华人民共和国刑法》第二百六十一条规定:"对于年老、年幼、患病或者其他没有独立生活能力的人,负有扶养义务而拒绝扶养,情节恶劣的,处五年以下有期徒刑、拘役或者管制。"犯罪对象是年老、年幼、患病和没有独立生活能力的人;犯罪主体是特殊主体,即对于年老、年幼、患病和没有独立生活能力的人负有扶养义务的人;犯罪的客观方面是遗弃行为,其行为方式表现为不作为,即行为人负有法定扶养义务,又有扶养能力却拒不履行这种义务;犯罪的主观方面是故意犯罪,即行为人明知自己不履行扶养义务会给被扶养人造成困难,带来危害,仍拒绝履行法定扶养义务。至于犯罪动机如何,比如家庭困难和矛盾等,不影响本罪的成立。

酌文本后,给阿亮妈妈发了一条信息:

> 亲爱的阿亮妈妈,您辛苦了!我是深圳市恒晖公益基金会的工作人员,我理解您的不容易,也理解您的难处。首先请接受我们的敬意,我们知道在阿亮第一次治疗期间,完全是您一个人陪伴孩子走完了整个治疗过程,我们知道这是非常非常艰难的。我们的"联爱工程"公益项目为河源籍的儿童白血病患者提供资金、社工等综合服务,我们在这里帮助小阿亮,陪伴他走过这一段艰难的人生路程。我们会给孩子提供医保报销的补贴,医保目录内的费用我们会全部兜底;我们可以帮忙请护工,可以帮助提供您和孩子亲人在广州的住宿。但是毕竟我们不是孩子的妈妈,亲情是我们无法代替的。阿亮这几天一直在喊妈妈。希望您能回复我,如果有进一步的困难,也请您告诉我,我们一起来面对和解决。据医生说,小阿亮还是有希望的。退一万步说,万一治不好,也希望他能在最爱他的妈妈的陪伴下,没有遗憾地离开。我知道这很不容易,但希望和您交流,我们互相扶持,一起来面对,好吗?

信息发出去了,没有回音,电话打过去仍是关机。

上午11点,河源市民政局帮忙联络到了村委会,我们联系上了村主任。我们简要地跟村主任沟通了阿亮的情况:一是孩子情况不太好，医生对病情不太乐观；二是治疗费用不要太担心，我们公益组织会提供支持，尽力协助；三是目前的情形属于遗弃行为，涉嫌犯罪，要让家长知道。村主任承诺马上去家里了解情况。

中午，村主任给我们回电话反馈阿亮家里的情况：阿亮爸爸妈妈都不在家，家里只有奶奶和12岁的哥哥。哥哥也患病，胳膊上长了一个大瘤子，当地医院初步诊断疑似是黄色瘤。阿亮患病几乎花光了家里的钱，值钱的东西能卖的都卖了，确实困难，哥哥没喊疼也就没有继续去确诊治疗。奶奶知道阿亮的情况后急得直哭，说愿意到医院来照顾阿亮，但是家里的哥哥又丢不下。

我们在电话里迅速做出决定，如果奶奶可以来，可以带上阿亮的哥哥，请村委会协助送到河源，由小雅陪同送到广州Z医院。小雅是河源本地人，懂客家方言，一路照料没问题，路途费用包括到广州的食宿都由基金会负责。

下午5点钟，村委会的张委员送阿亮的奶奶和哥哥到了河源，小雅接到他们后，三人一起坐着河源的企业家志愿者蔡敏新安排的车到达了广州。一问才知奶奶只有55岁，只比我大几岁，但是小雅说看起来比我大20岁的样子，很苍老。12岁的哥哥很聪明，乖巧懂事，会说普通话，从家里出发后哥哥就成了他们家和我们沟通的桥梁。小雅在路上给我发信息，说阿亮哥哥的病也挺重的，胳膊上的瘤子触目惊心，能不能这次到广州也带他检查一下。我答复她可以的,虽然哥哥这种情况不在"联爱工程"救助范围内,但我们可以联系广州的其他儿童公益组织给予帮助。

三人到广州的时候已是晚上8点半,奶奶没有去我们安排好的旅馆,而是直接带着哥哥到了病房。两天来,病床上的阿亮隔一会儿就会大声哭喊着叫妈妈,丹子和陪护的工人一点辙都没有。见到奶奶和哥哥,或许是因为看到了亲人,或许是因为实在是哭累了,阿亮的哭闹声小了一些。

找到奶奶对我们来说算是前进了一大步,但是房医生说现在还是急需一个能作为监护人签字的人,否则无法做治疗。《民法典》第二十七条规定,未成年人的父母已经死亡或者没有监护能力的,由祖父母、外祖父母、兄、姐或者其他愿意担任监护人的个人或组织担任监护人,但是须经未成年人住所地的居民委员会、村民委员会或者民政部门同意。我们跟奶奶商量,如果不能把孩子的父母找回来,那么就请村委会出具将孩子监护权变更为奶奶的证明,以便接下来对孩子进行救治。奶奶说她来想办法找儿子。

2

第三天,也就是3月17日,奶奶和哥哥,还有恒晖基金会的员工小史、小雅和丹子在病房轮流陪着阿亮，除了哭累了睡着的时间，阿亮一直在喊妈妈，声音时大时小，已经声嘶力竭。哥哥在旁试图安抚弟弟，但几乎没有效果。奶奶不停地进进出出打电话、发信息，神情焦急。

3月18日上午10点左右，阿亮的爸爸出现在病房门口。

很明显，阿亮的爸爸是被阿亮的奶奶强行拽来的，神情木然。看了一眼病床上不停呼喊妈妈的阿亮，他并没有上前抚慰，脸上也看不出任何心疼的表情，甚至连焦急的表情都没有。阿亮对爸爸出现在病房似乎也没有任何感觉，没有叫爸爸，甚至没有往爸爸的方向看一眼，仍然不停地叫着妈妈。奶奶的眼神里有些抱怨，也有些愤怒，但是当着病房里恒晖基金会员工小史和丹子的面，她并没有发作。奶奶让阿亮的爸爸去给孩子冲奶粉，他一只手拿着奶瓶，一只手笨拙地开着奶粉罐的盖子，动作很不熟练。护士见状忙上前帮忙开罐，阿亮的爸爸就这样一只手拿着奶瓶，让护士往奶瓶里一勺一勺放奶粉。奶粉冲好后，阿亮的爸爸递给奶奶，奶奶抚摸着阿亮的头，把奶瓶凑到阿亮嘴边，轻声哄着阿亮喝，但是阿亮反复摇头哭喊着拒绝。奶奶一筹莫展，只好坐在床边抚摸着阿亮的头，用手轻轻地梳着阿亮大约两个月都没理过的蓬乱的头发，眼下只有这样才能让阿亮稍微平复一些。

小史把阿亮的爸爸叫到病房外交流，得知他早上刚从东莞过来。问他是否知道孩子的病情，他说不大清楚。小史带着他来到主治医师蔡医生的办公室，交流中阿亮的爸爸几乎不怎么说话，小史主问，蔡医生详细回答，算是给阿亮的爸爸补充介绍情况。看到阿亮的爸爸一直处于游离状态，小史很着急，几次插话问他是不是清楚情况。为了保证后面的沟通不错过关键信息，小史情急之下在交谈开始几分钟后用手机录下了后面交流的全过程。

蔡医生介绍说，阿亮入院时只交了2000元押金，而实际发生的费用已经接近10万元，在PICU（儿童重症监护室）上呼吸机一天就是1万多元，阿亮差不多上了一个星期的呼吸机了。现在我们看到的账单上之所以欠款为54500元，是因为PICU开通了绿色通道，以没有监护人的被遗弃的孩子来处理的，很多费用根本没有记录上去。蔡医生说的第一个问题是希望家长和基金会一起讨论一下这个资金的着落。

第二个问题，蔡医生直接转向阿亮的爸爸："对家长来讲，我们需要确切地知道孩子需要继续治疗吗？"阿亮的爸爸依旧沉默，眼神游离，不回答蔡医生的问题。谈话尴尬地僵持了一小会儿，小史在旁边问："如果不治疗会是一个什么情况呢？"蔡医生回答得很干脆："根据我们的经验，不治疗那就只有一条路。"

阿亮的爸爸继续不发一言，现场气氛开始变得有些古怪。小史着急地问："这个问题是需要孩子爸爸妈妈两个人确定，还是只需要其中一个人确定呢？"蔡医生回答说："这是爸爸妈妈两个人一起做决定的事，如果爸爸决定不治疗，必须妈妈给授权，因为父母都是他的监护人，对这个问题必须达成一致。我们很多孩子是一个家长陪着来治疗的，但是我们都知道是爸爸妈妈共同决定要治的，可能只是一个人签字，另一个家长的意见哪怕是口头转达也必须要有。如果一个家长说治，一个家长说不治，我们是绝对不治的，一定要统一意见。如果没有统一意见我们就搁置，先抢救生命为主。如果父母统一意见都说要治，那我们就开始运作，进入具体治疗方案阶段。"

蔡医生接着说："阿亮如果要治，前期还会有一些检查费用，估计还需要万把块钱，要做PET-CT（正电子发射计算机体层显像），做脊髓的磁共振成像，因为阿亮的情况是癌细胞已经侵犯了中枢神经系统，我们要看它们定位在哪些位置，弄清楚全身还有没有其他地方的肿瘤侵犯。我们肉眼没有看到的、用手摸不到的，很有可能也有。如果真要治，我们必须把这些肿瘤侵犯的部位摸清楚了，后面治疗时，我们每一个疗程都要复查这些位置。"

小史接着问阿亮的这种情况是不是需要移植，蔡医生回答道："我们医院不做移植，如果确定做移植，要转去广州市其他医院。但是做移植肯定首先要缓解，做CAR-T（嵌合抗原受体T细胞免疫治疗）也好，做化疗也罢，都是首先缓解了才可以进行。但是阿亮现在的情况是90%以上的骨髓是肿瘤细胞,而且我昨天摸孩子的情况,觉得阿亮的肝脾是在继续增大的,就是说肿瘤细胞正在阿亮体内疯长,多拖一天,肿瘤的数目肯定会更多,治疗的难度会更大。"

阿亮的爸爸继续沉默,小史的声音已经开始变得焦急了,问蔡医生如果再这样拖着不做抉择,会是什么情况。蔡医生果断地说:"死亡,再不做抉择,孩子的未来就是死亡。他肯定会遇到一个出口,比如说脑出血,一下子抽筋人就没有了;或者是肺出血,或者是严重的感染休克,心率、血压一下子都没有了,我们抢救不回来,人就没有了;有的时候孩子肺部也会有浸润,可能吃东西呛一下,人就没有了……具体说什么时候会没有,医生也不知道,有的孩子可能就是个把星期的事,有的孩子也能够拖上一个来月。"

蔡医生此时再次转向阿亮的爸爸,直接面对他说:"你知道孩子现在跟他来的时候的区别吗?前几天来的时候,他起码还能自己走呀、坐呀,吃东西也还行,这两天已经是瘫在床上了,有时候还不停地抽筋,只不过意识仍然清醒。孩子很痛苦,你是孩子的爸爸,你和他妈妈要马上商量抉择,到底是治还是不治了。基于医疗资源紧缺和孩子无法确定是否进一步治疗的情况,孩子可能近期要被转入普通病房。但是医院仍会按照'挽救生命原则',如果出现生命危险,医院会予以抢救。"

阿亮的爸爸木然地说了一句"知道了",就起身回了病房。

小史谢过蔡医生，也跟随阿亮的爸爸回到病房，忙乱中没顾上按停录音键，于是就录下了他跟阿亮爸爸接下来的谈话。

阿亮的爸爸回到病房后就直接转身面对跟着进病房的小史，用带着浓重客家方言腔的普通话，对小史说："希望你们去把那个费用交了。"小史问什么费用，他说就是刚才医生说的那个七八万元的费用。小史回答说："我们不能这样简单地去直接交费，我们基金会的政策只是针对所有医保目录内的费用进行兜底补充报销。"阿亮爸爸马上提高声音说："那你们给我们发的信息是假的？你们说所有的钱你们全包我才来的。"小史说："我们给您爱人发的信息都有留底，我们从来没有说过所有费用全包。"阿亮的爸爸再次提高声音说："你们不是跟村委会说过让我们不要担心吗？这不是全包的意思是什么？你们基金会那么大，难道十万八万都拿不出来吗？"小史这时也提高了声音回答他："我们都是人，你这么说话我无法理解，我回答不了你这个问题，我要去给我们领导汇报了才能回答你！"阿亮的爸爸冷淡且不耐烦地说了一句："那你汇报去吧。"

小史下楼在医院的院子里给我打电话汇报情况，声音颤抖，语速很快，夹杂着前后重复的信息，可见小史心中充满了愤怒和委屈。在汇报之前，小史已经把录音发给我听了，我也有了心理准备。本来我们有严格的服务规则，任何情况下不得跟服务对象争吵，但这次的情况太特殊，我没有责怪小史，我在电话里说："小史，你辛苦了，你马上回深圳休息，医院那边先让丹子盯着,我明天一早就赶过来。"

3

后来这件事结束之后团队一起复盘的时候,小史只要说起阿亮的爸爸仍然会激动得难以平复情绪。我们团队的心理专家志愿者倪子君老师给我们做心理团建的时候,跟我详细分析了这个案例,说小史当时是非常明显的心理创伤应激反应状态,你当时没有批评他,及时把他撤下一线,是非常正确的处理方式。

3月19日上午8点半,我从深圳北站坐车出发到广州南,赶到Z医院刚刚10:15。和丹子在医院楼下简单碰头后,我来到病房,阿亮或许是哭累了,暂时安静地躺在床上,奶奶憔悴地坐在床边,面如土色。阿亮的爸爸不在,应该是和阿亮的哥哥在我们安排的附近旅馆休息。我和丹子直接到6楼儿科医生办公室找蔡医生。蔡医生热情地接待了我们,虽然她非常忙,但还是花了将近一个小时跟我们进行了详细交流。

蔡医生跟我们详细讲了阿亮2015年患急淋B白血病来院治疗,到2018年3月3日复发被妈妈再次送来,从入院到转入重症病房,然后妈妈离开的全过程。阿亮被医院视为弃儿,开辟"绿色通道"予以治疗,截至当日上午10:30,账面欠

第一章　阿亮的最后九天

款已达54500元。因为费用超出医院的警戒线，故无法开出新的医嘱，只能按照最近一次的医嘱进行基本治疗。目前阿亮的爸爸已经出现，案主不再被视为弃儿，绿色通道关闭，所有产生的费用需要结清，并且需要额外补充缴纳一笔押金和检查费用（初步算是两三万元，后续费用还要看检查结果），才能进行下一步的检查和治疗，否则现在任何诊疗都无法进行。阿亮的病情一直在发展，白细胞升高，触诊肝脾肿大，初入院时还能自己走动，现在只能躺在床上。但是因为欠费，所以无法进行详细检查来确认孩子目前的身体状况。

我问道接下来可能的治疗方案和治疗前景，蔡医生给出了三种治疗方案。

一是先化疗完全缓解，之后放疗，再移植。移植用全相合骨髓最好，花费至少30万元；用父母半相合骨髓，价格比前者高10万~30万元，总体价格为50万~60万元。[①]该方案风险大，因为阿亮为复发，化疗存在耐药的可能，而且左眼视神经已被癌细胞侵犯，放疗需要考虑眼睛能否承受。生存率为40%~50%。

二是CAR-T。该方案还在临床研究阶段，估计花费20万

[①] 全相合骨髓移植术指的是造血干细胞来源于与患者HLA（人类白细胞抗原）完全匹配的亲属的造血干细胞移植手术，又称同胞HLA配型相合的造血干细胞移植术。亲缘HLA半相合造血干细胞移植术指的是由患者的单倍型相合亲属（包括父母、子女、同胞或堂表亲）提供的半相合造血干细胞移植于患者的手术。——编者注

元左右。房医生在这方面有过成功案例，他反馈也可以考虑CAR-T。但是该方案风险高、价格高，可能出现高热和肝功能损害，需要在重症监护室接受治疗，疗效不确定。

三是非常规治疗——西达本胺。该方案为实验性治疗，使用国产药西达本胺需要1万元1盒，可以先免费试用一盒，后续是否继续使用需要询问房医生。这个药针对的是T细胞恶性肿瘤，而阿亮是B细胞，不过可以尝试。当然药也是存在副作用的。

蔡医生强调说，这三种方案是基于阿亮最近一次检查情况做出的，虽然总体方案不会变，但是鉴于后来没有检查过身体，不知道疾病进展情况，所以必须真正检查后才能确定他的身体是否能承受相应的治疗。下一步治疗需要监护人进行签字确认才能进行，基金会就算是帮助出钱也不能代替家长做决定。

我们向蔡医生询问医院是否有临终关怀舒缓治疗，蔡医生说医院没有跟父母说过舒缓治疗的事，因为医院床位太紧张，确实没有专门做舒缓治疗的床位。如果之后决定进行舒缓治疗，在河源有医院接收的前提下孩子可以回去，并且他目前的身体状况暂时还承受得起几个小时的救护车颠簸。蔡医生说在她的印象中，一般的医院都不愿意接收进行舒缓治疗的患者，因为这种床位几乎没啥经济效益。但是我们基金会在河源关系好，河源医院的床位也没有广州这么紧张，或许可以协调。

最后蔡医生跟我们说，目前阿亮在重症病房，基于医疗资源紧缺和不能确定是否进行进一步治疗的情况，阿亮可能近期要转入普通病房。

从蔡医生办公室出来，回到病房发现阿亮的爸爸已经回来了，我们约他在综合楼6楼电梯间排椅处坐下交流了一刻钟。我跟他同步了蔡医生的意见，又跟他详细讲了基金会的补充报销政策和我们可以做的事情，表示我们会全力配合家长和医生救治孩子。阿亮的爸爸比较沉默，交流中基本不怎么正眼看我。他表示自己目前因为阿亮的病情，还有大儿子未确诊的病，思维比较混乱，不知道该怎么办。因为阿亮的治疗一直都是他妈妈负责跟进，所以这次入院治疗他不确定阿亮的妈妈有没有做异地就医备案手续，医保报销的事情也不知道咋办。他也打过电话给阿亮的妈妈，但是对方不接。阿亮的爸爸最后说，听奶奶讲，阿亮的妈妈明天会坐汽车从H省来广州。他得等阿亮的妈妈过来再一起商量相关事宜。

无论如何，这是一个积极的信号，找到阿亮的妈妈在此刻意义非凡。我和丹子分析了一下情况，确定接下来的工作重点有三点。

一是尝试跟医院沟通，把欠款部分和后期的治疗费用分开，让阿亮能够尽快开始化疗缓解，然后转院去可以移植的医院化疗，或者做CAR-T临床试验。如果化疗不能缓解就回河源，请河源市人民医院血液内科的张忠强主任安排床位，请首都医科大学附属北京儿童医院的重症儿童临终关怀专家周翾医生指导，进行舒缓治疗。

二是恒晖基金会尽快按照"联爱工程"相关流程给予医保补充报销部分。就剩余的欠款部分，可以联系河源市社保局、民政局以及广州的相关公益组织，帮助阿亮尽快垫付报销前期治疗费用。

三是阿亮妈妈的到来特别重要。根据之前的沟通，要考虑一些可能出现的情况，如果阿亮的妈妈明天还是不到，可以通过 H 省妇联工作人员跟进帮忙做工作，我也正好认识 H 省妇联的一个负责人。

4

阿亮的妈妈是 3 月 21 日上午回到医院的。当天下午 2:20，我、丹子还有广州市金丝带特殊儿童家长互助中心（以下简称"金丝带"）的伙伴阿辉一起，约阿亮的父母一起到医院综合楼 6 楼电梯间排椅处交流。看到我们过来，阿亮的妈妈站起来打招呼，阿亮的爸爸也跟着站了起来。虽然满脸的憔悴，但还是能看出这是一个面容姣好的女子。她眼眶偏黑，很明显这几天也是备受折磨没休息好。她有些局促地搓着手说谢谢我们，神情中满是歉疚。

阿亮的妈妈跟我们详细讲了一遍阿亮第一次治疗至复发的经历，我们安静地听她讲完。会谈过程中，阿亮的妈妈几乎一直在流泪，阿亮的爸爸则坐在旁边不怎么说话，但眼睛里也有泪光。

阿亮2015年3月第一次发病，在河源本地医院确诊后，来到广州Z医院治疗，其间阿亮的爸爸很少出现，基本上需要父母一起听重要消息做决定的时候才会来，而签字部分都是由妈妈完成。阿亮的爸爸在旁边听着，并不反驳。

治疗费用方面，三年前阿亮的父母都挣得不多，每人每月打工有两三千元的工资，基本花在一家人的日常生活上，没有什么积蓄。阿亮病了之后，姑姑贷款3万元，将其中一部分用于阿亮治疗，姑姑负责还贷款。第一次治疗中，阿亮的爸爸和姑姑一共出了6万多元，阿亮妈妈的娘家也给了2万元。父母双方目前一共欠债十几万元。

阿亮第一次治疗没有出现大的感染，顺利进入维持期，于是回河源休养，定期回Z医院复查，其间还上过学。2018年2月19日是一次复查的日子，但是考虑到这一天是大年初四，就没有去医院。就在那几天，阿亮偶尔告诉妈妈头痛头晕，妈妈也没有太在意，后来阿亮左边眼睛也开始模糊了。直到2018年3月3日，阿亮的妈妈陪着阿亮坐救护车来到Z医院。

阿亮的妈妈在交流时淡化了自己抛弃阿亮的这段经历，我们也没有追问和讨论这个问题。

关于阿亮的医保报销，阿亮的妈妈表示没有办理异地就医备案，之前报销都是在医院自费结算后拿票据回乡镇社保所报销的。阿亮的爸爸提供了有关工作人员的电话，丹子拨打后，对方告知当前有一个政策——河源14周岁以下白血病患儿可以不办理异地就医备案，直接全自费从医院结算，带着票据原件、诊断证明和费用清单到户口所在地社保所，可以报销票据的70%。但是如果孩子在医院办理了异地就医，只能依照医院系统联网的常规报销进行结算，且结算后无法重复或者补充享受上述70%的报销政策。进一步沟通之后，阿亮的妈妈反馈，阿亮的第一次治疗就享受了该政策，依靠报销款冲抵治疗费，才将治疗支撑了下来。

我们跟阿亮的妈妈详细对了一下从河源市医疗保障局（以下简称"医保局"）拿到的阿亮第一次患白血病治疗的相关医保数据，花费总金额为198236.45元，基本医疗保险报销了138065.53元，大病保险报销了11702.88元，共计报销149768.41元，报销比例为75.6%。看起来报销比例并不低。阿亮的妈妈告诉我们，治疗中有一部分药物在医保目录外，需要外购（在医院药房单独购买或在院外药店购买，不计入医院结算）；还有在家口服维持化疗的药物期间，发生了感染和肝功能不好的情况，医生通过微信指导他们购药治疗，这些都是医保不报的；住院时，有些药物医院药房没有，医生也会让家属外购。具体医保目录外花了多少钱，阿亮的妈妈表示记不清楚了,只记得有一次光是买医保目录外的药就花了3万多元。所以治疗中的花费远远不止医保报销数据体现的那些。再加上两年时间里在河源乡下和广州两地跑,路费、饭费、住宿费(阿亮的妈妈说自己多数时候是在病房里挤在阿亮床边度过的,但有时候也要登记一个小旅馆洗个澡休息一下)都不是小数目,家庭确实被掏空了。

关于对下一步治疗的抉择,阿亮的妈妈表示还没有向蔡医生了解治疗方案,对于孩子目前的情况也不是非常了解。我把蔡医生跟我谈的三种方案简单陈述了一下,包括治疗费用和潜在风险,也告知了她舒缓治疗的方案。阿亮的妈妈明确表示,目前可能的求助方法还没有尝试完毕,肯定是不愿意放弃治疗的。说到这里,阿亮妈妈的眼泪一下子喷涌而出,大颗大颗地往下滚。我看了一眼阿亮的爸爸,他也跟着点头表示不放弃阿亮。

关于社会救助资源,阿亮的妈妈表示,目前为止没有申请过任何慈善基金,也没有进行过筹款,所有的治疗费用来源就是自家过去不多的积蓄、向亲朋和村里的借款、医保报销款、孩子姑姑贷的款,还有娘家给的2万元。

我们又跟阿亮父母讲了一遍"联爱工程"的具体救助流程和医保目录内的兜底补充报销,并且告诉他们,我们前一天已经将相关的慈善基金咨询了一遍,基于阿亮目前的情况,除了我们,又筛选出另外两个可以尝试申请补充救助的渠道,其中一家是跟我们一起来的"金丝带",但这家机构需要经过媒体报道,另一家需要准备申请材料,我们可以帮助申请救助。

金丝带工作人员阿辉补充说,他们有媒体求助板块可以作为筹款渠道,并提醒阿亮父母媒体曝光可能产生的后果。阿亮父母明确表示愿意上媒体,阿辉向他们提供了《广州日报》和广州电视台相关人员的联系方式。

会谈持续了一个小时,面对一直哭泣的阿亮妈妈,我不知道该怎么安慰。我只是最后提醒,希望他们俩能尽快一起和蔡医生沟通,抓紧确定下一步的治疗方案。

3月22日中午12点半,我们和蔡医生约了一个电话会,了解阿亮父母和她交流后的进展。蔡医生反馈前一天傍晚跟阿亮父母交流后,到今天上午他们仍然没有明确答复,因为住院部没法给阿亮开任何治疗的单子,所以今天想办法通过门诊开了抽血的检查单。从血常规来看,阿亮的病情已进一步恶化——白细胞有4万,血小板只有9(随时可能脑出血),血红蛋白只有63,这些都是重度贫血的表现。蔡医生刚已告知阿亮父母孩子的病情危重。鉴于阿亮可能出现生命危险,医院今天再次开通绿色通道,欠费状态下也给予阿亮免费抢救,但是不能做白血病的进一步专科检查和治疗。

蔡医生告知我们,已经就阿亮的情况请示了医务科,并和财务科沟通,每个患者在医院的账户是唯一的,任何汇入阿亮治疗账户的款项都会优先偿还欠款,所以是否进行慈善捐助请我们考虑好。

蔡医生同时告知,目前医院已经做好阿亮欠费出院的备案,如果阿亮要出院,家长签字同意即可,但是医院不会主动要求阿亮出院。在阿亮身体情况没达到出院标准的前提下,他们医院是不会主动让孩子出院的,因为这样就是拒绝收治了。

蔡医生告知,昨晚她和阿亮父母就孩子的治疗进行了沟通,两个人的意思还是尽自己能力治疗。蔡医生告诉他们,除了寻求社会力量的帮助,也可以看一下地方政府是否有支持。

蔡医生在电话里跟我们反映,医护人员现在也很为难。之前阿亮被视为弃儿进行治疗,按照相应程序进行即可,如果出现抢救无效死亡的情况,作为遗弃方的父母也没有理由指责医院。现在基金会帮忙找到了阿亮家长,但是费用又不能全部保障阿亮接受治疗,阿亮既没有足够的钱医治,又不愿意离开医院,医护人员的压力就非常大。即使医护人员都是按照规章救治的,如果孩子死亡,家长说不定也会一条条地数落医护人员治疗不及时、不人道,甚至闹出医疗纠纷。医护人员的心理也很脆弱,也需要社会的关怀。我在电话里表示理解医护人员的难处,感谢他们在阿亮的治疗过程中做出的努力,同时表达了基金会作为人道救援方,也有行动规则和边界,眼下对患儿补充报销的规则边界只限于医保目录,不能包括所有治疗费用,否则对基金会来讲是一个无底洞,毕竟我们面对的是全河源市的孩子，而不是个案。从另一个层面讲，为一个特例而修改基金会的章程规则也来不及。蔡医生表示互相理解。

5

跟蔡医生沟通完，我们迅速商量，采取基金会垫付欠款和治疗费用的方式，让阿亮尽快进行下一步检查与治疗。我们需要根据第一种治疗方案，一是预先确认合适的下一步移植治疗医院，咨询是否有床位；二是请阿亮父母在Z医院做好异地就医备案，以便出院时联网报销结算，多余款项退回基金会；三是需要阿亮父母签署监护人知情同意书。

说动就动，丹子马上电话咨询了两家有移植能力的大医院：中山大学孙逸仙纪念医院儿童肿瘤专科反馈本周无床位，下周可以再问；广州市妇女儿童医疗中心反馈科室床位紧张，但是家长可以带孩子和相关材料先来专科门诊评估，再考虑是否收治，如果孩子情况严重无法出行，由家长带材料过来评估也可以。我与河源市人民医院血液内科张主任沟通确认，如果阿亮回河源进行临终关怀舒缓治疗，他们医院儿科可以接收。

当天下午4:50，我们来到阿亮的病房，跟阿亮父母商量我们的建议方案：恒晖基金会以"联爱工程"慈善医保补充基金预先垫付款的名义对阿亮欠费部分，包括后续检查和治疗，进行垫付。首期垫付金额基于目前了解到的数据，暂时定为10万元。

预先垫付款的操作思路是这样的：阿亮作为"联爱工程"的服务对象，按照原本的流程，应该是进行医保报销后，由"联爱工程"工作人员从社保局调取数据，计算后进行补充报销，但是阿亮目前欠费，无法结算报销，"联爱工程"无法计算补充报销的额度。基于阿亮的家庭困难情况，基金会先将阿亮以后可能出现的"联爱工程"补充报销款预支垫付。联网结算之后如有退款，需要退回基金会账户。

阿亮目前采用自费结算回户口所在乡镇社保所报销的模式，但是基金会垫付需要采取异地就医即时结算的方式，以保证款项使用的规范性，而接下来两天是周末，所以丹子在赶赴医院前告知患者家长尽快在社保所下班前办理异地就医备案。但是阿亮父母反馈，打了好几个电话都没有人接，之后又因为和上门关怀阿亮的志愿者沟通而错过了时间。

会谈中，阿亮父母都表示考虑过后续可能出现的一些情况，比如阿亮可能在治疗中就会去世，人没有了，后面还有欠债；再比如基金会垫付了10万元，但是这笔款项用完后，后续产生的治疗费用无法保证接续上，阿亮的治疗再次被迫中止，会更痛苦。阿亮的妈妈表示，因为阿亮第一次生病她是全程陪伴的，对于孩子的情况有所预知，虽然很难接受，但是也做了万一的准备。不过说起这个话题的时候阿亮的爸爸和他那边的家人不表态，她也没办法做决定。阿亮的爸爸表示，阿亮的奶奶把阿亮从小照顾大，奶奶不愿意放弃治疗，家里也不好违背老人家的意愿直接说后面的事。

阿亮的爸爸告诉我们，阿亮2015年第一次生病时家里申请成为贫困户，但是村干部说贫困户不能连续超过两年，所以阿亮今年复发的时候家里就不是贫困户了，相关政策好像就申请不上了。阿亮的爸爸一家人没有分家，三兄妹及其家属十几口人住一栋老房子。生病前，阿亮随奶奶住一屋；生病后，阿亮随妈妈住一屋。阿亮的妈妈一边照顾孩子一边上班，因为要带阿亮回广州复查，经常一个月就上十几天班，工厂老板同情她的遭遇，没有辞退她。她一个月有3000元左右的收入，而阿亮每次复查都要花费3000元左右，经济很紧张。

交流持续了近两个小时，后面阿亮爸爸又比较细致地问了临终关怀舒缓治疗的具体做法。在了解到河源市人民医院可以接收之后，他提出一个方案：阿亮转入河源市人民医院进行临终关怀舒缓治疗，基金会把阿亮在Z医院的欠款垫付结清之后，10万元内剩余的款项用于阿亮哥哥的检查和治疗。阿亮的爸爸进一步提出"帮人帮到底"，此时阿亮的妈妈打断了他的话，表示基金会是帮助他们一家的好人，没有义务承担阿亮的全部治疗费用，更别说承担两个孩子的费用，他们应适可而止，不要难为好人。我们表明，垫付款项是"联爱工程"慈善医保补充基金对阿亮的预先垫付款，而且基金会今天给出的后续安排是基于阿亮父母要尽力治疗的表态的，阿亮爸爸提出的新方案我们无法承诺。

当晚7点，我们约了蔡医生到办公室会谈，沟通我们基金会的方案和阿亮父母的反馈。蔡医生还是强调必须先交够住院押金，才能考虑进一步检查治疗，否则只能是一般生命抢救措施。了解了我们的下一步方案之后，蔡医生表示，10万元肯定能够在垫付欠费的基础上保证阿亮进行身体检查并开始初步治疗。但是蔡医生反映，对比同病区其他患者家长，阿亮父母一直是消极逃避的状态，没有向医护人员表现出积极的态度，她个人觉得慈善捐助应该用于确实有需要而且积极争取的患者。我们说阿亮的妈妈还是很积极的，虽然前期有遗弃行为，但是确实是困难到了极限，现在她回来了，孩子本来一直哭闹，妈妈一进病房抱起他，他马上就紧紧地抱着妈妈安静下来了，一会儿就很难得地安静地睡着了。讲到这个细节，蔡医生的眼圈也红了，说这个农村姑娘不容易，我们可以谅解她。

蔡医生也讲了目前治疗面临资源上的困难，比如前一天阿亮重度贫血，血库分配了红细胞，但是血小板一直分配不到。广州2018年4月将全面取消互助献血，血库告急，对于相关资源的分配也会更加严格，像阿亮这种情况很难优先分配到。

如果这个时候阿亮死亡，医护人员担心，虽然他们已经做到了医院规定之下他们能做到的极限，但是依然可能面临医疗纠纷。

关于治疗方案，蔡医生补充说明了为何考虑第三种治疗方案，即非常规治疗——西达本胺。因为阿亮被遗弃后，医院上报了他的情况，当时房医生考虑到孩子已经没有钱进行其他治疗，如果进入西达本胺的试验组，至少可以争取尝试一下治疗，房医生能用自己的科研经费承担阿亮的骨髓检查。如果药效不错，后续有机会继续免费服药以及用科研经费支持身体检查。当前因为阿亮没有钱进行检查化疗，如果选择直接吃药，医院在程序上也做好了准备，只要阿亮家长签字就可以实施。但是阿亮家长说这个方案有风险，不考虑。

讨论到医保报销和药物使用的细节问题，蔡医生告诉我们，关于医院医保联网结算，很多地区医保规定不可以办当日出入院，也就是住院中期结算，同一种疾病需要相隔一段时间（至少三天）才能办理再次入院手续。也就是说，患者必须实际出院才能办理出院手续，不允许"挂床"。一般而言，医保患者办一次入院，要自付一次起付线的钱，如果随便办一次住院中期结算，医保局会认为医院骗取患者二次入院的医保定额，同时让患者损失一次起付线的钱，涉嫌骗保和故意让患者受损失，医保局会严厉处罚医院，甚至取消医院医保定点资格。如果患者自己或者家长主动要求办理住院中期结算，并且当地医保部门也知情同意，就可以办理。这样的操作医院有先例。如果患者治疗无效死亡，不结清欠款，就办不了后续的民事事务，除非有医疗纠纷，家属一般都会结算或者跟医院有还款协议。结算完毕后，医院会将所有票据清单直接交给家属，而非第三方捐赠人。

6

3月23日上午11点，阿亮爸爸给丹子打电话，要求丹子去医院一趟。丹子询问需要讨论什么内容，他没有回应，只是一再要求丹子去医院。丹子反复询问之后，他才告知准备给阿亮转院。丹子复述了22日会谈时告知的两家医院床位情况和接收流程，但是阿亮爸爸回复，手机里听不清楚，于是丹子建议他从病房走出去，到电梯间接听电话信号会好很多，结果他直接把电话挂断了。

丹子通过微信用文字告知阿亮爸爸，中山大学孙逸仙纪念医院目前没有床位，只有广州市妇女儿童医疗中心可能有床位，但是需要家长带着孩子的材料去专科门诊评估。他问丹子为何还要把没有床位的医院推荐给他，丹子澄清说微信文字写得很清楚，没有床位的是中山大学孙逸仙纪念医院，广州市妇女儿童医疗中心可能是有的。此时阿亮的爸爸问丹子:"你觉得阿亮能否被广州市妇女儿童医疗中心收治?"丹子回复说:"我是医务社工,不能代替医生进行专业评估。"阿亮爸爸追问丹子觉得阿亮是否适合转院,丹子回复说,她不能从非专业角度给予评价,还请他理解。

过了10分钟,阿亮爸爸微信语音告知丹子,希望基金会下午把阿亮的奶奶和哥哥送回河源去。丹子联络好小雅后,回信说下午2点去医院接两人去越秀南客运站。

放下电话,丹子和我讨论事态发展。丹子是社工专业毕业的,有良好的专业素养,但是这次服务中服务对象的不确定性、服务界限的不清晰性,以及阿亮爸爸越来越依赖基金会的倾向,让她感到困惑并产生压力,她提出需要明确该个案的行动边界。

目前已经明确基金会垫付的10万元是基于阿亮父母选择三种治疗方案中的一种后实施的,而基金会没有相关的先例,所以需要马上拟定一份垫付协议,陈述个案的整体情况(包括接案原因、接案后基金会做的工作、目前个案的进展),垫付补充基金的原因、流程,附上"联爱工程"的相关文件,并强调阿亮监护人对阿亮负有的责任。患者家长选定三种治疗方案中的一种,并签署垫付协议,基金会就会马上根据协议进行垫付。垫付协议对双方都有保障。

下午2点,我和丹子带着垫付协议一起去医院,上楼之前在医院大堂走廊处遇到了蔡医生。蔡医生告知我们,他们刚进行了检查，目前阿亮病情进展较快，身体已经无法承受最基本的化疗，这意味着不能再进行任何积极的治疗了。中午，蔡医生和阿亮父母就孩子的情况及下一步抢救与否进行了深入沟通，阿亮父母已决定放弃抢救，此时正在打印谈话结果，准备签字确认。我问是否可以转回河源进行临终关怀舒缓治疗，蔡医生说目前阿亮的身体状况已经承受不了坐车，哪怕是救护车，（阿亮的生命终结）应该是很快的事情了，而且这边出院再到那边入院的手续很复杂，建议不要折腾。

丹子联系上住在附近旅馆的阿亮奶奶和哥哥，接他们去客运站，我则跟随蔡医生来到阿亮的病房，看着阿亮父母签字放弃抢救。我站在那里一时不知道说什么好。阿亮的妈妈签完字看到我，主动过来跟我打招呼。她的脸已经是偏黑的土色，憔悴得几乎不成人形，眼眶红得有点可怕。她说根据这几天阿亮的病情发展，她对今天的情况有预感。在医院费用缺口方面，阿亮的妈妈表示准备用手头还有的一点钱，多少还一点医院的欠款，再打个欠条，看能否换出部分医疗票据回乡镇社保所报销，再用报销款和借款还清剩余欠费。我跟阿亮妈妈说，社保报销完成后，及时通知恒晖基金会在河源的社工小雅，进行"联爱工程"慈善医保补充基金的报销，已经是这种情况了，你们就不要再拉外债了。

阿亮的妈妈点头小声说着感谢，然后默默地转回床头，抱起刚打了止痛针躺在病床上不再哭闹的阿亮。阿亮安安静静地躺在妈妈的怀里,像一个大婴儿。蔡医生拿着签完字的单子转身走出病房,我们点了点头。见惯生死的她,表情也是凝重的。我和阿亮的爸爸站在病房里,看着阿亮母子就这样紧紧地抱着,阿亮的妈妈弯下头用脸贴着儿子的脸,一动不动。一时病房里似乎连呼吸的声音都没有了,时间就这样停止在那里。

我当晚赶回了深圳。第二天上午10点得知阿亮在病房里离开了人世,是在妈妈的怀里离开的。当天下午,阿亮在广州火化。我问丹子,阿亮的后事是如何办理的,丹子说,已经没有心力去问了。我在电话里沉默了一会儿,还没放下电话,就听到了丹子的抽泣声。我安慰丹子说:"你做得很好,已经出色地完成了一个医务社工的工作,不要难过。"丹子说:"陈老师,我难过的不是这个,而是因为昨天听到曾跟阿亮同住一个普通病房的病友的妈妈跟我说的悄悄话,说阿亮妈妈真的是太苦了。阿亮妈妈曾哭着告诉她,在陪阿亮治疗过程中借钱无门的时候,曾去做过一次性工作者。我这才回想起9天前深夜赶到医院对接时,那个病友妈妈跟我说过的'阿亮的妈妈已经为这个孩子付出太多太多了'这句话的意思,我越想越难过。"

那是一个完全被石化的瞬间,我拿着电话,怔在那里说不出话。等我回过神来,马上叮嘱丹子这话不可对任何人说,丹子哭着说肯定不会对外说的。

写到这里我曾经犹豫过，既然我当时要求员工不能对外说，那我要不要把这一段如实写出来？这会不会对这个可怜的母亲造成二次伤害？

最终决定写出来的原因，是我内心的声音说服了自己——这不是一件可耻的事情。是的，这不可耻，一点都不可耻。这是一个在绝境中为自己孩子的命运做殊死抗争的母亲所做的最后的让人心痛的努力，不容被指责。

即便她曾经逃离过，在我心中，她也是一个可以为自己的儿子忍辱负重，甚至牺牲一切的伟大的母亲。她当时的逃离，并不是狠心丢下自己的儿子不管，而是在拼尽全力以后，无法面对失去孩子的绝望，那一刻她确实筋疲力尽了，已经完完全全地崩溃了。我猜想她离开医院的那一刻，内心在祈求，也在赌，她赌这个社会不会抛弃她可怜的儿子。事实上，医院没有抛弃阿亮，我们慈善组织也没有抛弃阿亮。她7天后的回归，与其说是我们把她找回来的，不如说是为母的天性让她熬不过去了自己回来的，不如说是母子连心，病房里阿亮的哭声把她唤回来的。

告别阿亮一周后，恒晖团队开了一个复盘会。关于阿亮的妈妈，我们每一个人都表达了敬重。丹子说，我们只不过陪了阿亮9天，因为投入了感情，把自己陷进去了，所以才觉得受不了，而阿亮的妈妈几乎独自陪了她患重症的孩子整整三年，其间的奔波流离之苦，所经历的希望、失望和绝望，对一个贫弱的农村妈妈来说,到底是一种什么样的非人折磨啊!

阿亮的妈妈签完放弃抢救的字后,和儿子头靠着头、脸贴着脸,紧紧抱住儿子,坐在那里一动不动的情景,现在回想起来仍让我心痛不已。

7

彼时恒晖基金会刚运营"联爱工程"不久,服务过程中的经验和教训都是重要的积累。我们详细复盘了整个过程,讨论在今后的社工服务中如何增加共情,如何更好地倾听,如何消除误解,如何提高效率,我们也梳理出了这个过程中相关政策和法律需要关注的点。

与政策相关的,我们重点梳理了河源社保异地联网报销备案的政策。原则上,参保人住院前要去社保局开介绍信,但实际情况是很多人住院很急,来不及开,所以出院结算前都可以前往社保局开介绍信。参加城乡居民医疗保险的,带身份证件到参保地劳动和社会保障所开具介绍信即可,也可拨打劳动和社会保障所的工作电话,报上身份证号进行办理。有的医院不需要提供介绍信回执,只需要在社保部门登记后在医院的医保负责部门查询有无登记即可。这大大方便了我们后来帮助异地就医患儿办理异地就医备案服务的工作。

与法律相关的，我们梳理出三个需要关注的点：一是农村孩子的监护权是否可以进行变更？如果穷亲戚可以获得更好的医疗报销或援助政策，变更患者监护权到穷亲戚家是不是一种获得政策帮扶的方案？二是如果需要积累音视频资料作为项目工作记录或研究材料，那么录制音视频需要征得对方的口头同意还是书面同意？如果未经对方同意，录制音视频以保障工作人员自身权益的行为是否合适？三是非婚生子的监护人是谁？

与社会工作相关的点是，服务极端个案，需要高度重视一线工作人员可能遇到的心理创伤。心理专家给我们上辅导课的时候说，如果我们在一线医务社工服务的过程中遇到特殊的灾难性个例，感觉到较长时间的压抑，觉得非常不高兴，情绪不稳定甚至易怒，出现了睡眠不好等状况，就是已经有心理创伤了。不仅经历灾难的人会产生心理创伤，目睹别人灾难的人也有可能产生心理创伤，更何况我们经常不是简单地目睹，而是在全程试图全力拯救，所以大家要对自己的心理状况保持觉察。我们随后也定下一个制度，在个案比较复杂的情况下，基金会需要安排多个工作人员参与讨论，需要关注一线社工的情绪状况，对他们进行及时的督导，帮助解决问题和纾解情绪。

关于阿亮哥哥的治疗，我们后来联系了一个公益组织给予了适当支持，阿亮哥哥的病情得到了控制，4年后考上了一所技校。小史在阿亮去世几个月后曾尝试跟阿亮爸爸联系，想了解一下阿亮哥哥的身体情况，结果发现阿亮爸爸已经把他拉黑了。他们家后来的一些情况，我们主要是通过村干部有一些零星的了解。

这些年里，我们都小心翼翼地没有再打扰阿亮的妈妈，但是阿亮的妈妈一直没有删除丹子和小史的微信，因为他俩到现在还能看到她偶尔发的朋友圈。半年后，我们得知她已经离开阿亮的爸爸回到了H省的乡下老家，两年后在老家成了家。后来她和现在的丈夫有了一个儿子。

我在小史的朋友圈里看到过她抱着那个儿子的照片，儿子壮实可爱，母子俩脸贴着脸。

第二章 活着的菩萨

有那么一瞬间我头脑中闪过一个意念,那就是如果这个世间真的有菩萨,菩萨希望看到的就是一大家人在艰难困苦中互相紧紧抱住不松手的样子。

1

15岁的小莹（化名）是河源市龙川县人，在"联爱工程"服务的所有宝贝中，她刷新了两个纪录：一是病情反复程度的纪录，或者说患儿遭受的痛苦折磨的纪录；二是患儿家庭自费花费的纪录。

小莹出生于2008年，得病前的几年跟随在广州打工的父母一起生活，在父母工作的工地附近读小学。她还有一个比她大三岁的哥哥，在河源当地读高中，平常周末跟随爷爷奶奶在河源乡下生活，每逢寒暑假都会到广州跟爸爸、妈妈和妹妹相聚。这是一个普普通通的农村家庭，虽然为生活忙碌奔波，但一家人性格都非常好，父母勤劳质朴，兄妹俩听话乖顺，日子虽苦也甜。

2020年12月，晴天霹雳找上这个家庭。小莹最开始是发现月经过了一周仍然不止，出于少女的羞怯她没敢说。又过了几天，血量越来越大，慌乱中小莹才告诉妈妈。妈妈马上带她去附近的社区医院做检查，医生建议住院进一步诊断，经过初步检查怀疑是白血病。后来在广州市妇女儿童医疗中心（珠江新城院区）经过一系列检查，确诊为急性髓细胞性白血病（AML）。这是一种髓系造血干细胞恶性疾病，以不成熟髓细胞在骨髓里聚集，以及骨髓造血抑制为特征，病情来势凶猛，预后凶险。

对多数白血病患儿来说，化疗就可以解决问题。但是对于小莹这样的高危急性髓细胞性白血病患儿，光靠化疗不能解决问题。医生的诊疗建议是在化疗一到两次病情缓解后进行骨髓移植才可能治愈，但存在早期或晚期移植相关并发症暴发的风险。

随后小莹一直在广州市妇女儿童医疗中心（珠江新城院区）治疗，化疗了两个疗程，病情初步得到缓解之后准备做骨髓移植。小莹妈妈体弱且要负责小莹的日常照护工作，夫妇俩商定由爸爸来跟女儿做配型。小莹爸爸的配型是成功的，但是临到移植手术之前，身体检查发现肝脏有小三阳[①]，因此

[①] 所谓"小三阳"是指慢性乙肝患者或乙肝病毒携带者体内乙肝病毒的免疫学指标，即乙肝表面抗原（HBsAg）、乙肝e抗体（HBeAb）、乙肝核心抗体（抗HBC）三项阳性。——编者注

爸爸的骨髓就不能用了。哥哥当时正在河源高中读高一，义无反顾地提出来为妹妹捐骨髓，当时就中断学业赶到广州的医院做配型。哥哥配型成功后，由于身体检查时发现尿酸高，因此吃了半个月的药调理恢复，于2021年4月才完成对小莹的骨髓移植手术。

原以为走到这一步，小莹的命运终于可以拨云见日了，谁知这才是小莹真正经受折磨的开始。用医生的话说，小莹几乎将白血病患儿移植后可能经受的感染全部经受了一遍。小莹患病之前体重有93斤，治疗过程中一度跌到不到60斤，数次走到鬼门关的门口。

小莹的父母很讲卫生，平常我们去探访时发现他们的出租房收拾得干干净净的。小莹移植后，父母更是在医生和社工的指导下步步留心，生怕在照护过程中不注意导致小莹感染。但在移植后的第二个月，小莹还是出现了膀胱感染。好不容易控制住膀胱炎，又接连感染出现中耳炎、鼻窦炎。2021年8月，因为费用报销问题，父母在小莹身体状况稍显稳定时办理了短暂出院，但在广州的出租屋里才休息了一天，小莹就出现了血管堵塞，不得不马上又回到医院。8月底的时候，小莹被检查出毛霉菌肺部感染。毛霉菌感染是一种严重的真菌感染，特别是在肺部，极其凶险。医生说这个阶段出现毛霉菌肺部感染是最可怕的情况，可能是鼻窦炎引起的继发感染，也可能是此前咳嗽一直在做雾化的缘故，总之当时小莹的免疫力已经低到似乎连空气中最小的尘埃都承受不住的地步了。

小莹就这样持续发烧了一个多月,其间安排了4次洗肺,但病情不仅不见缓解,反而愈加严重。9月底本来准备安排肺切除术,但医生综合评估后说风险太大,因为小莹的血小板、血红蛋白等各项指标都偏低。更要命的是同时期小莹身上又出现了大面积的带状疱疹,连脚底都长满了水疱,已经没法上厕所,只能在床上大小便。小莹的妈妈每天不停地给小莹擦药清洗,到后来每次用纱布轻轻地擦洗,小莹都感觉很痛,痛不欲生的表情让妈妈心碎。

我第一次去医院探访小莹是在2021年12月24日,因小莹病情太严重不能进病房探视,我是跟小莹妈妈在楼下进行的交流。还没开口,小莹的妈妈已经泪流满面。她压力很大,倾诉欲望很强,从小莹发病前聊到移植后,再到现在的家庭情况,尤其是讲到小莹在住院化疗、移植期间的艰难,反复说了三四次,一边说还一边拿出手机上拍的照片让我看,它们包括小莹生病前美丽活泼的照片,小莹住院手术后发生各种并发症和感染之后躺在床上的照片,以及身体各部位感染时的一些局部照片,前后对比,简直触目惊心。同期移植的其他孩子情况都已经平稳了,但是小莹还在大大小小的感染中挣扎,该打的化疗药因为感染的原因,也拖了好几个月一直没有打,小莹的妈妈非常担心这样会影响整体的治疗效果,但是又束手无策。除此之外，他们家还极其困难，能卖的东西都卖了，能借的地方也借遍了，他们像走进了黑暗的隧道，看不到头，也看不到亮光。她妈妈说鉴于小莹的情况，曾经有亲戚朋友劝她考虑放弃，讲到这里她再一次放声痛哭，自己的骨肉怎么可能放弃，不管多么辛苦，拼了命都一定要救女儿。

小莹的妈妈还说起一个让人伤心的细节：最近有几次她半夜醒来，无意间看到小莹在掐自己的脖子；她还说过好几次连累了妈妈，自己实在太疼了，不想治了，这让小莹的妈妈非常担心，每天晚上都不敢睡太熟，稍微有一点响动就要起来看看孩子。

探访结束时，我拉着小莹妈妈的手，说孩子既然遭受了这么大折磨还能挺到现在，就说明孩子的生命力多么顽强，你要有信心，也告诉孩子要充满信心，我们大家都会帮你们。小莹的妈妈坚持要送我们到医院大门外的街边，一边走一边忍不住流泪。我看到基金会服务对象档案里写着她出生于1982年，比我小11岁，可是眼前憔悴的她看起来比我要苍老不少。

在晚上回来的途中，我脑海中一直萦绕着小莹的那些照片。我发了一条朋友圈：

> 平安夜的此刻，我请求我所有在祈祷的朋友帮助我为一个孩子祈祷。此刻我不知道能做什么，我请求我的

朋友们一起为这个正在跟病魔抗争的美丽女孩祈祷，祈祷孩子闯过这一关。

我想起小时候在农村时母亲说过的一句话，大意是当所有的力气都用完了的时候，你还有一种力气，就是愿力。你还可以发愿，你可以在心里念阿弥陀佛，请菩萨保佑你。那一刻我想起了天堂里的母亲，我在心里跟母亲说，如果您在天堂能感受到儿子此刻的心情，请您一起帮我保佑这个孩子。

后来，我们团队的小伙伴经常会说小莹就是"活着的菩萨"，她的的确确是命大。2021年4月做完移植手术之后，小莹经历了几乎全身的反复感染，一直持续到2022年4月才逐渐好转，一年间病危通知书不知下了多少次。特别是从2021年8月开始的半年时间里，小莹已经不能正常进食，平常的营养来源主要就是"联爱工程"公益项目提供的小百太能和小佳膳奶粉，稍有好转的时候小莹妈妈会熬点白粥，小莹已瘦到几乎不成人形。

在这么极端困难的情况下，小莹居然扛了过来。到2022年4月，小莹反复的发烧开始消退并趋于平稳，咳嗽开始好转，也能比较正常地吃一点流食了。2022年5月，小莹的体重增加到70斤，身体各项指标开始趋于正常，也能开始打化疗针了。小莹的妈妈跟我们电话分享这些进展的时候喜极而泣，我在电话这头也热泪盈眶。小莹太不容易了，她在绝望的隧道中顽强地坚持住了，最终等到了生命的光亮重新照进来。

2

除了濒临绝境时的精神压力，作为一个普通的农村家庭，小莹全家在这期间也经受了极端的经济压力。为了节约用好每一分钱，小莹妈妈在那几年里养成了记详细账目的习惯。2022年10月10日我上门探访的时候，曾详细地看了小莹妈妈记录的账本，和她一起算了一笔细账。从2020年12月小莹诊断出白血病到2022年10月10日，其家庭花费情况见表2-1：

表2-1 联爱河源重点服务对象（小莹）费用情况整理

板块	内容	费用（元）	合计（元）
大额住院费用（化疗、移植、感染）	化疗1	48265.87	664440.26
	化疗2	22001.86	
	造血干细胞移植	172116.1	
	出血性膀胱炎	27988.96	
	血管堵塞、感染	149287.22	
	感染毛霉菌	237492.46	
	肺部感染	7287.79	

（续表）

板块	内容	费用（元）	合计（元）
其他医疗相关费用	日间住院治疗、检查、注射丙种球蛋白、门诊开药，以及父亲、哥哥体检等	191091.06	191091.06
自购药	间充质干细胞5支（出血性膀胱炎）	60000	298160
	去纤苷8支（血管堵塞）	176000	
	泊沙康唑肠溶片10盒（毛霉菌感染）	62160	
送外检	抽血、痰等	31015	31015
生活费	广州租房、买菜、日常生活用品等（22个月）	154000	154000
误工费	父亲（14个月）、母亲（22个月）	177200	177200
大额支出合计			1515906.32

在这个费用表中，几乎所有费用都有精确到元角分的账目。小莹妈妈唯一没有记录的是误工费，这一项是我帮他们算的。她妈妈之前在广州一家幼儿园做清洁工，每月工资3600元，小莹生病之后辞去工作，没有一分钱收入，那就是3600元/月×22=79200元；她爸爸之前跟着工程队安装木地板，因为技术好，每月有7000元的稳定收入，但小莹生病后整整14个月没有工作，那就是7000元/月×14=98000元，合计177200元。

按照河源市当时的医保报销政策，小莹连续两年都达到了大病报销的封顶线 25 万元，2021 年因为多次出院入院计算的差错，还给小莹多报了 20228.89 元，达到了 27 万多元。后来龙川县医保局年底复盘发现后，打电话要求小莹妈妈把多报的 2 万多元退回去。小莹妈妈当时的情况说一贫如洗都不算夸张，实在退不出钱。县医保局一方面委托律师事务所给小莹家里发来了催款律师函，说再不退钱就要上法庭；另一方面也告知小莹妈妈如果不退钱，就要在医保局经办人的工资中扣这 2 万多元。小莹妈妈为这 2 万多元既承受着违犯法律受制裁的压力，又背负着连累好人无端受过的道德压力，于是试着去刷信用卡兑一些现金出来还账，结果显示信用卡已经无法刷出。小莹妈妈又急又害怕，为此哭了好几次。

我们"联爱工程"对小莹的支持，也把医保目录内的补充报销政策用到了极致，一共为小莹报销了 153889.63 元。"联爱工程"的项目设计，是对试验地区的儿童白血病进行医保目录内的兜底治疗。这个设计的初衷有两个方面：一是任何政策必须有边界，不能无边界地兜底，否则就是一个无底洞，那是任何慈善组织都不可能承受的支付压力；二是"联爱工程"的社会实验价值也正在于此，在实证案例和数据的基础上，通过独立的第三方卫生技术评估，推动医保目录外的新药好药特效药尽快进入国家医保目录。所以，按照医保目录的兜底治疗，也给我们留下了推动药物政策完善的工作空间。

小莹这个极端的案例，为我们后来打开另一个工作空间提供了启示。如果小莹没有发生这些感染，那么她的费用压力将会小很多很多。小莹感染中用的大多数重要药物都不在医保目录内。治疗血管堵塞的去纤苷，一支就22000元，当时内地无法买到这种特效药，还是通过"港澳药械通"政策的特殊通道帮小莹买到的，小莹用了8支，共176000元；治疗出血性膀胱炎的间充质干细胞，一支12000元，小莹用了5支，共60000元；治疗毛霉菌感染的泊沙康唑肠溶片，一盒6126元，小莹用了10盒，共62160元；感染后的痰和血液送外检测的花费31015元……这些花费全部在国家医保目录外。"联爱工程"服务过的300多名患儿，无一不在证明这样一件事情：只要预防了感染，不仅生存率会大幅度提高，生存质量也会大幅度提高，同时医疗费用还能大幅度下降。后来我们把"联爱工程"医务社工板块十项工作中的防感染培训和服务作为特别优先级的工作。

根据小莹妈妈记录的账单，截至2022年10月，小莹患病以来的花费已达151.59万元。扣除医保报销、"联爱工程"补助和其他社会爱心救助（小天使基金提供5万元，"眼镜哥哥"基金提供3万元，方楚雄教授工作室基金提供2万元）以及一些亲友的零星支持后，自费金额高达896243.93元。

事实上，这仅仅是小莹妈妈所做的大额支出记账，没有包括这期间的所有花销。"联爱工程"项目组2023年年初从河源市医保局调取的数据显示，截至2022年年底，小莹在医保系统中的总票据费用为1174950.55元，对照表2-1中大额住院费用和其他医疗相关费用多出31.94万元。当然，这个数字也包括表2-1没被统计进去的2022年后两个月小莹的治疗费用。再加上这几年全家人往返奔波的路费，以及哥哥做捐献骨髓手术后身体出现状况的治疗等花费，小莹家庭累计花费已接近200万元。对一个普通农民家庭来说，这近乎一个天文数字。

那天我们上门探访的时候，小莹刚刚从医院完成化疗，阶段性地出院休息。她们租住在天河区城中村一栋老居民楼的8楼，没有电梯，很小的两室一厅。我们在门外进行严格的手脚消毒后才进门，屋内极其简朴，还有一点淡淡的消毒水的味道。小莹的脸上有了一些血色，口罩外的一双双眼皮大眼睛笑起来闪着微微的光亮，眉毛弯弯长长，就像画出来的一样。她的头发剃光之后已经长出了一两寸长，看起来像是一个俊俏的小伙子。我们和她妈妈聊天的时候，小莹安静地坐在旁边，真是一个让人心疼的乖乖女。

我们聊起现在的家庭状况。小莹的爸爸现在在广州做装修队的水电工，每天280元，一个月能挣6000元左右。受疫情影响，装修队停工时爸爸就去做物流分拣快递，每小时17元。家庭已经完全被掏空，爸爸不敢休息，只能连轴转，因为眼下全家都靠他一个人打工的收入糊口。哥哥在龙川县读高中，父母现在难以抽出精力和时间去关注哥哥。哥哥一般都是和爸爸沟通，爸爸每周日给哥哥转钱，有时200元，有时300元，不买其他东西的话，学校生活费差不多也得每月800元。由于之前给妹妹捐骨髓配型体检和做手术耽误时间较多，加上担心妹妹的身体健康情况，哥哥自身状态受影响也比较大，所以现在学习比较吃力。兄妹感情特别好，每周末都会打电话问候，俩人聊起来没完，总是聊到哥哥心疼妹妹不让她多费力气说话了才挂电话。河源老家的房子是小莹爸爸兄弟三人合盖的，面积不大，各家的孩子都陆续长大，人多时住不下。小莹一家常年在广州打工生活，所以老家只有小莹的爷爷奶奶跟伯伯一家住。小莹生病之后，四处借钱走投无路之时曾经想过卖掉房子，但是因为乡下的房子不值钱，而且跟爷爷和伯伯一家产权无法分割，所以没有卖成。爷爷奶奶年老体弱，也是一身旧疾，需要常年吃药。小莹父母的兄弟姐妹都在农村，各家的经济状况也一般，能给到的支持都非常有限。小莹爸爸曾经申请过低保，但是因为家有楼房等一些硬性条件限制没有通过。

　　小莹的状态不错，当听到大家夸她"过关斩将"，非常坚强和勇敢时，她露出了开心的笑容。小莹偶尔会加入对话，说到哥哥的时候，小莹说哥哥救了她的命，小莹妈妈看着孩子的面庞，眼眶又湿润了。小莹生病的时候正上六年级，所以已经中断上学快两年了，在身体状况允许的时候，小莹会在出租房里拿出作业来写一些。偶尔有精神的时候会在妈妈的指导下做一些简单的手工，折纸飞机、纸船什么的，但小莹一直注意不用书本和作业本的纸。那天小莹把她做的作业拿出来给我看，本子干干净净，字迹也工工整整，那是课堂在召唤着她啊。我们问小莹最大的愿望是什么，小莹说最希望回到学校上学。我说咱们先好好治病，养好身体，应该很快了，到时候我送你去上学。说到上学，小莹又高兴地笑了起来。

2022年11月初，小莹妈妈跟我们同步治疗进展，最新的检查结果显示，血红指标上升恢复，不再偏低了；饭量明显提升，面色开始红润。11月上旬还有最后一次预防复发的化疗，一天打一针，连续5天。这次化疗以后，就是每三个月去广州大检一次，5年过后就"解放了"（小莹解读医嘱后的笑语）。移植组的主任医生说："难以想象的奇迹发生在这个孩子的身上。"参与治疗的医生看到小莹的身体进展都非常喜悦。小莹妈妈说，小莹现在的问题是此前用药太多，导致内分泌失调，现在正在看中医调理，有一定的改善，医生说也可能需要长期吃药。小莹妈妈说，准备化疗结束就出院回龙川县的老家休息，乡下偏僻安静，空气好，便于小莹康复，照护的生活成本也低很多。

3

2022年11月11日，我带着"联爱工程"项目的同事靠乾专程到小莹老家去看望。"联爱工程"的捐款人、深圳五谷磨房食品国际控股有限公司（以下简称"五谷磨坊"）的创始人桂常青得知小莹的情况，大为感动，说一定要和我们一起去看看这个"活菩萨"。五谷磨房是做健康食品的，桂总说正好从他们专长的角度看看怎么帮助小莹做好康复期的营养照护。那天桂总跟我们一路同行，她还带上了从美国亨氏集团挖过来的健康食品研发总监王博士，我笑称："你这专业程度算是全球级别了。"

小莹的老家比较偏远，山路曲折，我们从河源市区开车到村里用了3个多小时。到达时，小莹已经和妈妈还有爷爷奶奶在大门口等着我们了，远远地就开始和我们快乐地挥手。虽仍然戴着口罩，但是我们看到的是一个活泼劲儿十足的孩子，以前的小莹又回来了。

一进门就能看到这家人的生活状况。普通的农村房子，从外边看，样子还过得去，这大概就是当初妨碍他们申请低保的所谓硬件条件限制了。里面的墙没有刷，家具简陋，陈设简单，看不到任何值钱的东西。但是里里外外干净清爽，估计是为了迎接小莹回家特别收拾了的。爷爷奶奶都已70岁，一副非常淳朴的乡下老人形象，看到我们是说不尽的千恩万谢的话。我们虽然听不懂客家方言，但是他们的那股热情劲儿我们能充分地感受到。我们在客厅里围坐着，桌上是小莹妈妈早已准备好的一些水果，热茶的袅袅香气升腾，房间里欢声笑语，充满了喜气。桂总大受感染，给小莹封了一个2000元的大红包，还带了好多适合大病康复孩子吃的健康食品，一样一样地教小莹如何吃。

小莹全程陪我们坐着聊天，不时还会加入大家的谈话，每个人的关心和问话她都会积极回应，时而还开心地笑一下。小莹说，她刚把我们从手机上发给她的红包转给了哥哥，让他买牛奶补充营养。"哥哥救了我的命，我要哥哥健健康康的。"小莹说起哥哥时一脸的甜蜜。爷爷奶奶特别勤劳，小莹一家平时吃的米都是爷爷奶奶种的，这几年瓜果蔬菜等吃食的供应，爷爷奶奶贡献巨大。几年里，老人家为孙女操心挂念，不知道能做什么，只能拼命种田给孩子做点后勤支持。小莹和爷爷奶奶很亲，我们聊天时她基本上充当了翻译的角色，时常和爷爷奶奶说着说着就笑起来了。有那么一瞬间我头脑中闪过一个意念，那就是如果这个世间真的有菩萨，菩萨希望看到的就是一大家人在艰难困苦中互相紧紧抱住不松手的样子。

那天我们的头号话题是上学。按家中现在的实际情况，小莹妈妈的想法是，最好能去龙川县城的学校就读，以后的照护和就医检查等都会比较方便。但现在面临的最大困难是联系不到学位，她试着找了学校，也问了好几个亲戚朋友，都说没有办法。医生说过完年就可以上学，小莹妈妈希望年前能够确定学位，租好房子，明年春节后开学接着读六年级第二学期，明年九月读初中。哥哥也在龙川县城的中学就读高三，这样的话妈妈可以照护兄妹俩。爷爷插话说:"小莹好聪明的,生病前读书一直很好。"妈妈也说:"生病以前上学的事情没有让家里操心过,成绩很好,班里的老师都很喜欢她。"我一口答应下来说这件事我来办,虽然当时我并不认识一个龙川县教育口的人,但是在那一刻,我内心充满了必须办好这件事的豪情。

"心想事会成",这句话在我的公益之路上反复被印证。晚上回深圳的车上,我们都在讨论小莹的情况,商量接下来如何给这个可爱的孩子找学位。正在龙川县出差的公益伙伴、腾讯公益慈善基金会的助理秘书长杨钦焕打来电话,此时他正和龙川县的张县长在一起,该县长是我的忠实粉丝,曾自费购买过50本《在峡江的转弯处》送给同事们学习,刚聊天得知钦焕认识我,所以特别想通过钦焕介绍认识。钦焕把电话给到张县长,我跟他说:"我今天下午就在龙川啊。"他连声说一定要见一面。我说:"这会儿我已经在回深圳的高速公路上啦,咱以后再见面,不过这会儿有一件麻烦事不知道方不方便跟您讲?"张县长马上说:"请讲请讲,陈老师的事就是我的事。"我在电话里简单讲述了小莹的情况,并直截了当地提出孩子现在想去龙川县城上学,但是没有学位的问题,电话那头的张县长很爽快地答应来解决此事,也对我们"联爱工程"项目为龙川的白血病患儿所做的事情表示感谢,并再三邀请我有机会到龙川时一起见面交流。接完电话,车里的人都笑了起来,说这也太巧了吧,居然还有这等送上门的好事,看来这是老天在帮助陈老师落实好事不过夜啊。

放下电话稍一沉思,我就想起来小莹妈妈说过的因多报销20228.89元被县医保局要求退款的事情了,想着既然联系到了龙川县的领导,那我干脆就跟他提一下这件事。我们随后通过钦焕互推的个人名片加上了微信好友,简单问候之后我就用语音留言告知了相关情况,并请求张县长帮忙协调此事。当晚9点,张县长在了解情况后,在微信里给我留言说,孩子治病已经花了很多钱,不能再给老百姓增加负担了,这个问题他们会研究,并妥善予以解决,还请我告诉小莹妈妈不要再为此事挂怀。我随即将这个好消息转达给了小莹妈妈,让她放宽心,小莹妈妈回消息说"非常感谢",还加了一个流泪的表情。

我直到那天下午才直接加了小莹的微信,在回来的车上,小莹很懂事地给我发信息问候路途平安,我给小莹回信息:"小莹,我已经找到了龙川县张县长,你明年上学的学位问题他答应帮忙解决。你现在安心治疗就好,你上学的时候,我送你去!"小莹秒回:"啊啊啊,好的,谢谢陈老师啊!"然后马上发了一个热泪长流的表情。我继续给小莹回信息:"我们都为勇敢的小莹点赞!为你可爱的好哥哥点赞,为你坚强的爸爸妈妈点赞,为你淳朴的爷爷奶奶点赞,为你善良的大家庭点赞!小莹加油哦!"小莹秒回:"我会的!"然后是一个乖巧可爱的表情。

在车上桂总说，告别前，她曾悄悄地跟小莹说："阿姨太喜欢你了，想送你一件礼物，你随便说，你最喜欢什么，阿姨就送你什么。"结果小莹说她喜欢读书，想要一个小书架。桂总十分感慨，说这样的孩子不帮，心里怎么过得去啊。桂总说，回去就把自己上高中的女儿用过的一个很好的书桌和书架送过来，再送小莹一台笔记本电脑，当时疫情尚未完全结束，这样可以方便她以后上网课和查找学习资料。桂总还说，她的父亲曾是湖北省重点中学的校长，是教数学的全国特级教师，虽然现在已经80岁了，但是身体很好，在家里闲着也是闲着，今晚回去就给他布置任务，让他马上开始线上辅导小莹的学习，帮小莹把这两年耽误的课程补一补。我笑着说："桂总这里无论逮着什么事都是拉满弓啊，小莹的这个课外学业辅导老师，无论是从水平上还是能量上，都是全国级别的了。"桂总笑说："那是必须的。"

探访回来后的第三天（11月14日），小莹妈妈发信息说上午有爱心人士到家里了解核实情况，并给小莹带了好多礼物，听起来是张县长安排人来关心慰问了。11月17日，小莹妈妈说当地镇社保所和村委会的工作人员也到家里探访了小莹。

11月17日晚，小莹妈妈联系"联爱工程"项目同事靠乾，说不好意思跟我直接说，但是又忍不住想争取一下，询问能否再帮忙给她弟弟家上小学二年级的小女孩也争取一个县城学校的学位。小莹妈妈说，确实不好意思再给我添麻烦了，但是家里现在情况比较难，她弟弟和弟媳离婚了，弟弟在外打工，孩子现在是爷爷奶奶带着在镇里上学。如果也能争取到县城上学，小莹妈妈就可以一起照看三个孩子，也为家里减轻一些负担，回报这几年困难中大家庭对小莹的支持。靠乾表示非常能理解小莹妈妈和家里人的期望，但当下首先需要解决落实的是"联爱工程"服务对象小莹的学位问题，弟弟孩子这边的情况，原则上不属于项目范围内的问题，但他会向我汇报，但不能保证可以办。小莹妈妈表示理解和感谢。

靠乾和我汇报这件事的时候，我二话没说就答应了。我想起老家下湾村的一句土话，一个羊儿是一放，一群羊儿也是一放，谁叫张县长自称是我的粉丝呢，这次我麻烦他就麻烦个底朝天，但是我知道答应下来的真正原因，主要是小莹妈妈不容易，我想尽最大努力帮一下。我马上给张县长打电话，干脆在电话里把底朝天的心里话明着说给他听，拜托他一起帮忙协调两个学位，张县长哈哈大笑着一口答应了。

2023年2月6日是新学期开学的日子，也是小莹正式上学的日子。我和靠乾2月5日晚上赶到龙川县城，如约送小莹上学。6日一早6:40，我们到达小莹一家租住的房子，小莹已经和妹妹吃完早饭，抑制不住的兴奋写在她的脸上。这是我几年来第一次看见完全没戴口罩的小莹，虽然我仅仅从眉眼就能看出来小莹是一个美丽的女孩，但是真正看到小莹的全貌，内心里还是感叹小莹的美丽。不知道是不是因为团队把小莹称作"活菩萨"说习惯了，我觉得小莹微笑的样子就是有一种安静悲悯的气质。我第一次拥抱了小莹，也拥抱了她的妹妹，把带来的一些新学年文具送给了两个小宝贝。张县长得知我亲自来送小莹上学，也要一起来送。10分钟后，张县长和县教育局局长一行赶到小莹租住的房子，进门跟小莹妈妈热烈地握手，给小莹送上了祝福的红包，小莹也十分礼貌地和大家打招呼、说感谢。

我们7点钟出门，天上下起了毛毛雨，我打着一把大伞扶着小莹的肩膀和她一起步行去学校。从租住地到学校约需15分钟，我在路上和小莹边走边聊，小莹说好高兴终于又可以上学了，说这么多好心的叔叔伯伯来送她上学，感觉像做梦一样。我问小莹："你知道为什么这么多人喜欢你，愿意帮助你吗？"小莹说不知道，我说："因为你值得。"小莹似懂非懂，眯着眼笑着对我说："请陈老师放心，我一定会努力学习的。"

我们走到时，校长和班主任老师已经等在了校门口。我们一起随着班主任老师的引领，陪着小莹走到她的六年级班级教室，里面所有的同学已经坐好，中间第三排的一个空位置就是给小莹留着的。我和张县长、县教育局局长以及校长等人留在教室门外，目送小莹走进教室，在窗口远远地看着班主任老师向全班同学介绍小莹。同学们热烈欢迎的掌声响起的时候，我在走廊上眼睛有些湿润了。从家到学校，十几分钟的路程，小莹用了两年多的时间终于重新走回来了。

4月20日晚上7点钟，小莹给我发来信息："陈老师，告诉您一个好消息哦，我们上周四举行了中段考测试，我的语文88.5分，数学85分，英语较好，96分，体育80分，书写18分，总分397.5分，在班上排16名，年级排66名。"我马上回信息："太棒了！小莹加油哦！"小莹回信："嗯嗯，我会继续努力的！"然后跟着发了一个可爱的表情。

6月20日晚上7点，小莹给我发过来一个大大的奖状照片，小莹获得了龙川县中小学英语听说比赛的三等奖！我马上回信息："小莹太棒啦！为你骄傲！"小莹回信息："谢谢陈老师！"几秒钟后又发了一条："陈老师吃饭了吗？"那天我正在加班，还在办公室，就随手回了一条："还没呢。"小莹秒回："陈老师，忙完要记得吃饭哦！"我几乎是笑着给小莹回了一个"好嘞"！

六年级学期结束，小莹以优秀的成绩顺利升入初中。教师节那天，小莹给我发信息问候。9月29日是中秋节，我作为中国民间慈善组织的代表在日内瓦参加联合国人权理事会的大会，小莹在朋友圈看到我在瑞士的状态，发信息祝我在异国他乡中秋节快乐，她说："陈老师保重身体，事事如愿，工作顺利呀。"那一刻我真的快乐无比。

4

小莹的"活菩萨"之名是我们团队感喟于她治疗过程的曲折和顽强,背后对她的称谓。而我们2018年开始将"联爱工程"复制推广到青海省的时候,第一个失而复得的患儿就是一个小喇嘛。

2018年年初,我们在河源试验取得初步成功的基础上,想试着找一个西部省份来复制推广儿童白血病综合控制的公益模式。春节刚过,我和"联爱工程"的合作伙伴、北京新阳光慈善基金会的刘正琛一起到青海省妇女儿童医院调研。该院血液科的曹海霞主任见到我们非常高兴,说:"总算把你们给盼来了,我们青海可太需要你们这些做专业慈善的人来了。"

曹主任介绍说,青海省妇女儿童医院过去三年间诊断出了90名白血病患儿,她让我们猜一下有多少孩子没有继续治疗就直接回家了,正琛猜10个,我猜20个。"56个!"曹主任说出这个数字的时候,眼眶立马就红了。62%的孩子直接放弃治疗,这是一个惊人的比例。过去河源也有过白血病患儿家庭放弃治疗的案例,但是数字远没这么夸张,而自从"联爱工程"到了河源,就再也没有发生过一起放弃治疗的情况了。我和正琛当即决定,"联爱工程"第一个复制的西部省份就定在青海省,青海省的第一家试点合作医院就定在青海省妇女儿童医院。我还拉了一个青海联爱推动群，开始调研工作，准备经过半年筹备，下半年正式在青海启动"联爱工程"公益项目。

2018年3月14日18：06分，曹主任在群里发出一条求助信息：玉树州一个叫扎西（化名）的12岁患儿，2月4日因头晕心悸来住院，一查血常规就发现异常，进一步骨穿检测加免疫分析，确诊为急性淋巴细胞白血病，危险程度定为中危，家长得知这个检测结果后当天就把孩子带回去了。今天孩子的姐姐又给曹主任打电话，咨询能否继续治疗的事，但欲言又止。曹主任说，这个孩子是她说的那90个孩子之外的，就发生在今年，孩子特别乖巧，让人想着心里很不忍。曹主任说，虽然知道我们还在省直各相关部门和相关医院的调研工作过程中，"联爱工程"还没启动，但还是希望我们帮忙救救这个孩子。我当即在群里表态，这个孩子我们救，救他的过程也是调研工作的一部分。曹主任表示非常感谢，给我们留下了患儿姐姐的电话。

当时正在西宁做调研的恒晖基金会项目经理阿程马上跟患儿的姐姐通了电话，电话是患儿姐夫接的，他们说15日上午10点带孩子到医院，阿程跟他约好了见面地点。

3月15日上午10点，阿程来到医院和扎西一行会合。半小时后，阿程在群里发了一张现场照片：一个小孩趴在桌子上，旁边站着一个男人，扶着椅背。阿程在群里留言："现在情况比较紧急,孩子特别虚弱,已无法站立,姐姐和姐夫送过来治疗,但是一早孩子的继父跟着赶过来了,继父不同意治疗。站在椅子后面扶着椅背的就是孩子的继父。"我们都很愕然,问继父不同意孩子治疗的理由是什么,阿程陆陆续续地在群里向我们报告沟通进展,原来继父听一个当活佛的舅舅的话,说这个孩子不需要继续治疗了,而且家里也没有人照顾他,所以不治了。

正琛自告奋勇地说他认识一个青海活佛朋友,让阿程马上落实是哪个寺庙的哪个活佛说的,我们可以请正琛的活佛朋友去沟通一下,看看到底那位活佛的原话是怎么说的。阿程随后问到了继父说的那个活佛舅舅的电话号码,正琛说马上去联系。

阿程继续留在医院做继父的工作,详细说明我们"联爱工程"项目的内容,让他不要担心,治疗过程中只要预防住感染,家庭基本不需要花多少钱,我们会在医保目录内完全兜底,而且扎西的病只是中危,治疗成功率是非常高的。此外,照顾的事我们慈善组织也可以请志愿者或者护工帮忙。但是继父几乎一句都听不进去,阿程说话时完全不看她,也不搭话。姐姐和姐夫一脸焦急,但是又不敢表态。扎西的脸色已经煞白,曹主任说让扎西先住院马上输点血,继父都不同意。

我看阿程发过来的照片,那个男人也就30多岁的样子。阿程了解情况后回复说,继父的确只有30岁出头,扎西的妈妈49岁,对继父言听计从。姐姐给妈妈打电话,结果妈妈说听继父的还是放弃治疗带回来吧，姐姐一脸的难过和无奈。阿程说，那孩子看着真让人难受，感觉都坚持不到回去，关键是他还听得懂汉语，他就那样趴在桌子上听身边的这些大人讨论他的命运。

局面僵持在那里，阿程后来发信息说，扎西的姐姐家就在西宁郊区，现在大家已经以扎西身体太虚弱不能长途跋涉为由，说服他们下午先回西宁郊区姐姐家。阿程跟姐姐说，先请她想办法把扎西留在她家，我们尽快想办法把扎西妈妈的工作做通。

深夜，正琛在群里说，活佛舅舅联系上了，他是扎西妈妈的表弟。活佛舅舅并没有反对扎西治疗，只是说过要尊重命运轮回之类的话，看来其实只是继父不愿意给扎西治疗而已。活佛舅舅听了我们的项目介绍，说特别好，赞同孩子接受治疗，愿意帮我们一起做孩子父母的工作。我们一下子觉得情况明朗了起来，但阿程说恐怕没那么乐观，那个继父小扎西妈妈十几岁，你说他家穷吧，他继父还戴着一枚大金戒指，上面好像还有颗玛瑙，脖子上也戴了一根项链。曹主任说，这个继父也没有说过没钱治病的话，但就是让人感觉不是自己家的孩子一点都不心疼。曹主任在这条信息后面还连续加了三个流泪的表情。

我们进一步了解到扎西家有5个孩子，他们家的主要收入来源是两个男孩在寺庙当小喇嘛，每月有补贴，然后到了挖虫草的季节去挖虫草卖些钱。年幼的扎西和哥哥其实是家里收入的主要来源。现在继父大概是觉得孩子得了重病，不仅不能去寺庙，无法给家里带来经济收益，还要吃饭、要被照顾，估计是想把这个负担扔掉了。

3月16日一早，活佛舅舅回话说，给扎西继父打电话了，但是他没有立即答应，说要回去跟孩子妈妈讨论一下。有了这个底气，阿程说服姐姐和姐夫留住扎西。姐姐姐夫下午回话说，他们已把扎西送到了附近的藏医院，无论如何都不让继父把他带回玉树。

接下来怎么办，几个小伙伴在群里七嘴八舌地讨论着。小史说，这种情况应该剥夺继父的抚养权了。阿程说咨询了青少年法律专家，如果是监护权，可以通过当地妇联和村委会协调，而且只有孩子妈妈能做主。正琛说干脆请活佛舅舅直接跟孩子妈妈说。我提出可以考虑去玉树把孩子妈妈接到西宁来，如有可能甚至可以把活佛舅舅也一起接过来，妈妈在西宁沟通起来会好很多。曹主任说如果现在还不开始治疗，直接回去就等于杀了这个孩子，孩子的生命顶多就只有一两个月了。曹主任说，最近还有好几个放弃治疗的孩子，他们恨不得在医院设立"驻院佛"了，说着又发了几个连续流泪的表情。我在群里回复说，今后我们慈善组织来做。

当天晚上正琛再次跟活佛舅舅通话询问进展，活佛舅舅说跟孩子妈妈没有打通电话，他说其实他跟扎西家是远亲，他也没有见过孩子的继父，据他所知，这个人是阿坝州的，跟孩子的妈妈并没有领结婚证。活佛舅舅又给继父打电话，结果人家不接了。活佛舅舅明显生气了，他说："我们能帮就帮，他们家人实在不愿意，我们也就不帮了。"曹主任说理解活佛舅舅的心情，活佛是善良的，就算把生死看得再开，也肯定不会见死不救的。曹主任还说，医院之前接诊过一个小喇嘛，寺里的活佛带头给孩子捐了钱，大家想把钱打到医院，结果孩子父亲跪在地上说要去北京治疗，让把钱打到他的个人账户，之后如果用不了会退还给捐款人或者帮助别人。结果后来这个父亲并没有带孩子去做规范治疗，吃了些藏药没治好，他父亲钱也不退了，气得活佛回去闭关了一个多月。

这消息一下子让大家不淡定了。小史在群里嚷嚷着要曝光这个人，让他见识一下网友的力量。阿程说这没用，人家不讲汉语，不出玉树，网友怎么讲人家根本不关心。她在群里告诉小史冷静一下，现在对扎西来说，最重要的是治疗，一旦上网让网民关注起来，媒体记者再跑到医院追踪报道，孩子的治疗就没法儿进行了。当时小史还在办公室加班，我跟他说你注意控制情绪，这件事你别管了，赶紧回去休息吧。

我们马上召集电话会讨论，没让小史参加。现在的情况比较明朗了，这个继父只不过是一个有影响力的外人而已，他并没有处置扎西是否治疗在法律上的决定权，我们需要斗智斗勇，排除他的影响。现在的有利条件是孩子的姐姐和姐夫都是想帮孩子治疗的，如果他们此时站出来做主，直接带孩子来治疗是最好的。如果姐姐和姐夫不站出来，我们就申请地方政府部门协助，反正是要尽一切努力给这个孩子生的机会。至于最后孩子能不能活下来，就看医生的努力和他的造化了，我们要做的就是一定要把他拉回医院。就算孩子万一走了，这个案例也会是一个很好的破题机会，让大家看到有的人是如何打着宗教信仰的旗号把好经念歪的，不能让孩子走了还不能改变他的同胞的命运。

大家在讨论中也流露出一个担心，孩子的继父和母亲在一起生活是事实，而且明显他对这个家庭有掌控性的影响力，所以最好还是协商解决，否则孩子即使活下来，今后在漫长的成长岁月里，在我们无法介入帮助时，他也会面临继父的非正常对待。过去我们常说扶贫先扶智，但在扎西父母这里，是扶贫先扶良知的问题。

5

电话会开到快凌晨，最后的结论是，第二天上午阿程去做扎西姐姐和姐夫的工作，这是最近的一条路。对于如何从法律上和情理上跟他们仔细分析，我们一起商量了话术，既不能给他们造成太大的压力，又能激起他们的责任担当。这条路如果走不通，就马上找志愿者，直接把扎西的妈妈和卡登活佛接到西宁。当时已经是周五晚上，姐姐反馈扎西今天已经吐血两次了，我们定下一个目标，无论如何这个周末要搞定所有问题，让孩子最迟下周一开始治疗。

3月17日周六下午19：15，阿程在群里贴出了扎西姐夫最新回复信息的截图："有你们这么多好心人，作为扎西的姐姐姐夫，我们感到非常惭愧。让人痛恨的是他妈妈和继父已经直接决定放弃了。他们真枉为人，不管他们了，明天我把扎西带来治疗。说实话，我们两口子心有余而力不足，但是只要能治好孩子的病，我们两口子给你们磕头都行。"

群里一片欢腾，最近的路走通了！阿程说快虚脱了，我在群里安慰鼓励她乘胜前进，孩子住了院才算成功。阿程迅速跟姐夫通电话商量细节，我们这边马上和曹主任电话商量安排周日值班的医生接诊，包括办理住院手续、找护工之类的细节我们很快也都一一安排好，约定周日一早扎西姐姐姐夫就带着孩子和阿程到医院见面。

22：12，扎西姐夫给阿程发信息说，扎西刚才又吐血了，一直在呻吟，也不吃饭，但是意识是清醒的，非常难受，问可不可以现在马上送他去医院。我们立即跟曹主任联系，曹主任说这就安排值班医生，扎西一到就马上进ICU（加强监护病房）。

22：17，曹主任在群里说她现在就去一趟科里，给值班医生和住院部详细交代一下，她自己就在科里等扎西一家，她来主持急救。我在群里感谢她这么晚还亲自跑一趟，曹主任回话说："是我要感谢你们这么努力帮我们青海的孩子。"说完又跟了一个流泪的表情。

22：50，扎西姐夫发信息说已经找到了车，马上从西宁郊区家里出发来医院，估计12点到。消息同步到工作群，曹主任说她已经到了医院，准备工作就绪，她在医院等着。

3月18日0：42，扎西姐夫发信息说已经到达医院。曹主任6分钟后在群里告知，她已经接到扎西，马上开始治疗。

3：43，曹主任在群里同步信息：扎西刚到时情况危急，血色素只有2克，血小板1000，马上输了血，目前孩子的生命体征暂时恢复平稳，已办好住院手续，根据情况进展暂没有进ICU，让大家放心。曹主任感叹孩子血小板和血色素这么低都没怎么发烧，一方面原因可能是青海高原细菌相对少，另一方面应该是孩子的身体基础确实好，从诊断出白血病到今天，42天没治疗，孩子还能有一息尚存，这也是一个奇迹。

我在群里说："曹主任辛苦了！感叹曹主任真的是医生中的'活佛'。"我也慰问了彻夜未眠的阿程，阿程说："我不辛苦，好想说一句为人民服务，但发现自己的身份是群众……"我在群里秒回信息说："马上培养你入党！被人民群众需要，特别是被弱势群众需要，是共产党员的最高信仰。你符合共产党员的标准。"阿程说："谢谢陈老师的培养，希望大家一起为扎西祷告，愿这个经历坎坷的孩子治疗顺利！"

凌晨，我们基金会走简易程序审批先垫付了1万元，下午我们根据治疗进展需要又追加垫付了2万元。下午5点，阿程在群里发了一张扎西躺在床上的照片，孩子脸上已经有了一点血色，虽然看起来还很虚弱，但是有了一点微微的笑容，甚至面向镜头还用右手比了一个V形手势。我们都表示，难以置信这是昨晚才送来急救的孩子。

接下来重要的事情就是扎西的照护安排了。晚上7点，扎西的姐夫跟阿程说，他和扎西姐姐照顾几天可以，但是扎西的治疗不是一天两天的事，他们家的生计也要兼顾，所以已经沟通好让扎西的哥哥来照顾弟弟，他已经跟寺院请到假了，最迟后天就能赶到医院。现在的问题是扎西的继父下午又赶过来了，虽然不再阻止孩子治疗，但是待在医院不走。他听不大懂汉语，最主要的是他照顾扎西也不可能上心，很明显他在这里不起作用。我们建议他回去，他也不听，这人咋想的我们也不知道，反正是不走。曹主任说，每次我们跟姐姐夫说话，继父就立马凑过来，好像怕我们密谋什么事情一样。后来阿程跟姐姐姐夫说好晚上他们陪床，继父晚上9点多终于悻悻地走了，但是第二天中午又来到了医院。

3月20日下午6点，扎西的哥哥赶到了医院，哥哥带来了寺院活佛的话，要是他一个人照顾不过来，寺院还可以派人来帮忙。当天晚上，阿程在群里又发了一张扎西在病床上的照片，脸上已经绽开了笑容，是那种很明净的笑容，一如藏区明朗的天空。大家在群里说扎西的笑容实在是太治愈了，给了我们很大的信心。

接下来的问题是扎西的医保。虽然办理了入院手续，但是医保还没连接上，现在治疗用的都是我们慈善组织垫付的钱，这几天治疗强度大，马上又要欠费了。扎西的医保现在还不知道有没有交，家人一直说交了，但是按照身份证号码在社保系统里查了一下，没有扎西的社保记录。姐夫咨询了村主任，村主任说给他上了，但是好像登记社保时扎西不在家，因为不知道扎西的准确名字，就随便给写了个名字，所以这事要问老村主任。姐夫前一天也没有联系上老村主任，说是退休去了牧区。本来想让继父回去找老村主任，反正他待在这里也不起作用，但是他一直不走。晚上阿程给医院办理补交钱手续的时候，又跟他们一家人说了这件事，继父终于答应第二天回村里问清楚。

真是不做具体深入的社工服务，不知道有多少离奇古怪的问题。老村主任随便写的，随便写的啥？总得有个名字吧。阿程把扎西家的社保登记证拍照发到工作群里，我们一起看他们家的社保登记证，确实有几个人不知道是谁，也没有看到有2006年出生的孩子。难道扎西没有上户口？但是户口本最后一页确实是扎西的信息。总之，这件事肯定是基层干部办事不认真给整复杂了。阿程咨询了青海省人力资源和社会保障厅医疗保险处（以下简称为"省人社厅医保处"），青海省2018年的社保缴纳是从2017年9月开始，到2018年2月底结束的。当务之急是让继父回去跟村里确认清楚，实在没有交就只能通过省人社厅医保处争取一下，把2018年的社保赶快补缴上。曹主任咨询了医院医保科的李主任，说有这个可能性。

正琛晚上又咨询了一家特效靶向药的生产厂家，说企业现在有一个政策，低保家庭可以申请靶向药的全免费赠药。他马上在群里布置阿程落实扎西家是否有低保，结果是他家没有，舅舅家里有低保，问是否可以把扎西的户口转到舅舅家。这显然不合适。那天晚上的情形有点应了我们老家的一句俗话：羊叉打兔子，次次打在空子里。大家都有点郁闷。

3月21日下午，阿程在群里发了扎西去做检查的照片，他继父和姐夫跟在后面，看着像两个保镖。我好奇地问，继父不是回去落实社保手续了吗，怎么还在医院？曹主任说，这人看起来不地道，一开始说没人照顾的是他，现在来了这么多人，他倒不愿意走了，一副生怕有啥好处最后自己没有的样子。我跟阿程说，要硬气一点和这个继父说话，他必须做点正事，回去马上落实社保到底是什么情况。当天晚上，阿程说继父终于回去了，看来这次是真的。

一周后，阿程得到确认信息，当年老村主任给扎西家办理社保手续时工作马虎失误属实。于是我们这边迅速启动完成了给扎西的社保补缴手续。此时，扎西的身体指标全面达到了化疗的标准，已开始化疗，他终于可以顺顺利利地继续治疗了。

之后扎西的治疗总体上都非常顺利。我们的患儿治疗档案显示：2018年3月20日开始做VDLP方案诱导化疗，化疗过程顺利，化疗第19天进行骨髓穿刺，MRD（微小残留病变）约为0.73%，符合阶段性出院条件回家休息；2018年5月6日返院，给予MRD＞1%加化疗，化疗过程顺利，10天后出院回家休息；2018年6月27日返院，给予第二轮HD-MTX（大剂量氨甲蝶呤）化疗，过程顺利，无不良反应，9天后回家休息；2018年8月2日返院，进行第三轮HD-MTX化疗，过程顺利，无不良反应，7天后回家休息；2018年8月27日返院，进行第四轮HD-MTX化疗，过程顺利，经综合评估于2018年9月12日进入维持阶段，定期返院按序化疗；2018年12月1日返院复查，全血细胞分析组合显示，扎西的身体状况已经达到结疗标准。

这些年我们治疗的患儿，平均治疗周期为2年，而扎西的治疗周期只有9个月。或许是因为扎西的病情本来只是中危，再加上身体基础好，青海高原的康复环境也好，总之扎西是我们最早帮助的那批患儿中最快康复结疗的。

2018年12月3日，我专程飞到青海看望扎西，庆祝他即将出院。一进病房，穿着深褐色藏袍的扎西就朝我们热情地挥手，虽然戴着口罩，仍然掩盖不住他那像高原天空一样明朗灿烂的笑容。扎西给我戴上洁白的哈达，阿程拍下了我弯腰接受哈达拥抱扎西的那一刻，那张照片后来很长时间都放在我的案头。每次看到这张照片，就似乎看到了扎西在高原飘荡的经幡中明净的笑容，心里充满了温暖和力量。

延伸阅读

联爱工程

联爱工程是我的第一个公益项目，也是我辞职投身公益的初衷所在。我 2016 年 12 月辞职，当年春节期间安静下来，开始广泛深入地阅读思考，画思维导图，写项目计划书，到云南的昭通和普洱做了半个月的田野调查，拿到了不少案例和数据，为联爱工程做准备。儿童白血病是我选定的第一个试点病种，我希望找到一个有三四百万人口的贫困地区地级市作为试点，对这块"试验田"范围内所有的白血病患儿进行医保目录内的兜底治疗，在此基础上建立翔实的案例库和数据库，从患者服务、医生能力提升、药物政策完善三个角度帮助国家探索因病致贫的解决办法。

2017 年 2 月，我来到深圳国际公益学院落脚，同时开始筹划成立恒晖公益基金会。在深圳市民政局递交申办基金会的材料时，民政局法规处王辉球处长问我接下来想干什么，我给他讲了联爱工程——儿童白血病综合控制的思路。他听着听着就很夸张地睁大眼睛看着我，说："如果换个人坐在我对面说这些话，我可能会认为这是一个精神病患者，但是听你说这些，我又觉得还是有可能的。"他同时建议我把"试验田"从遥远的云南，换到国务院安排深圳对口扶贫的广东省内的河源市或汕尾市，抑或广东省外的百色市或河池市。一是这些地区和深圳地理上离得近，将来的交通等行政成本会低很多，二是深圳市民政局未来也可能整合一些社会资源支持这个项目。第二天是周末，我跟企业家朋友李从文爬山的时候，和他聊到今后的打算，他说他正好认识时任河源市委书记张文，于是我在山上用从文的手机给张书记发了一条短信，没想到下山途中就收到了张书记的回信，说欢迎我去河源做公益社会试验。

2017年3月13日，我背着包到河源市开始调研。8月15日，联爱工程正式在河源启动。6年多的时间里，联爱工程河源项目做了不少事情，帮助河源市从无到有建立了儿童血液科，让孩子在本地能治；通过独立的第三方卫生技术评估，推动了儿童白血病临床广泛使用的两支新药好药特效药进入了国家医保目录；最欣慰的是救治了177名白血病患儿，帮助其中143名患儿成功闯过生命中的黑暗隧道，康复结疗或者进入康复前维持治疗期。2018年，联爱工程被复制到有590万常住人口的青海省，5年来已救治132名患儿，其中118名患儿成功闯关。陪伴这些孩子的过程，是我下半场公益人生最初的洗礼。

2023年年初，在河源市和青海省试点成功的基础上，我们决定再找一个西部的人口大省来扩大我们的社会试验。在给几个西部省份传递信息后，甘肃省医保局很快向我们反馈了积极对接的信息。甘肃省委主要领导提出要建设爱心甘肃，整个甘肃对公益慈善组织敞开了欢迎的怀抱。2023年，我7次到甘肃调研，最终决定到有2500万常住人口的甘肃省复制联爱工程。在甘肃，我们的联爱工程将全面升级：对患者的报销将往前延伸到医院端，我们将和甘肃省有儿童白血病治疗能力的四大医院——兰州大学第一医院、兰州大学第二医院、甘肃省人民医院、甘肃省中心医院——直接合作，在医院结算端口直接实现所有住院患儿的医保目录内百分之百的报销，不用等到患儿出院后再来联爱工程补充报销；我们将和深圳市拾玉儿童公益基金会一起，在甘肃兰州试点全面搭建医务社工服务体系，从疾病科普、医保衔接、心理支持、防感染知识培训、营养照护、病房学校、异地就医家庭支持、安宁疗护（临终关怀）、入户探访、愿望成就10个方面来探索中国重症儿童的医务社工服务体系；我们将和北京大学人民医院国家血液系统疾病临床医学研究中心紧密合作，为甘肃省的儿童血液病医疗水平提升赋能；我们将和中兴通讯公益基金会一起，通过独立的第三方公益卫生技术评估，不断推动药物政策的完善。

第三章

风中的雁子

那凛冽的风已在命运的旷野中远去，无论你多么顽强地守着当年被风吹裂的伤口，时时撕开，顽固地不让它愈合，那呼啸而过的风终究都是抓不住、追不回的。

1

2023年5月12日,我们知更鸟公益项目接到试点学校的紧急求助,说是碰到了一个非常麻烦的情况:一个小学六年级女孩自杀未遂,老师和校领导已经束手无策,需要请项目组的心理专家帮助指导进行紧急危机干预。

事出紧急,我们顾不得考虑这是不是设计好的项目范围内的事情了。知更鸟公益项目旨在关怀儿童青少年的心理健康。我们选了三所学校,即一所高中,两所初中,开发了教师赋能、家长学校、成长课堂三个板块的课程。项目希望从试点学校开始,探索预防儿童青少年精神困惑的社会支持系统。项目不做已经患抑郁症的孩子的救治,因为无论从伦理的角度还是能力的角度，这都不是公益人要做的事情，这种工作只能由专业医院和医生来做。

接到求助，我马上给知更鸟项目的医学心理专家宋梓祥医生打了电话，他曾任联勤保障部队第904医院（原中国人民解放军精神卫生中心）精神心理科主任，他创立的"悦注心理"主要致力于儿童青少年心理疾病的预防与治疗。宋主任答应立即结束会议和我们一起去学校。

宋主任带了两位专业心理医生和我们在学校会合。我们赶到校长办公室的时候，女孩的爸爸刚刚从外地赶到，女孩20岁的哥哥在同一座城市上大二，接到通知也赶到了学校。妈妈据说在上班，还没赶到现场。女孩由一位老师陪着在学校心理室，宋主任马上安排两位专业心理医生给女孩做诊断测评，我们这边同时和校领导、班主任老师以及学校心理老师开始座谈。

校长向我们介绍了基本情况：女孩叫雁子（化名），刚满12岁，平常在学校表现正常，学习努力，成绩很好，还有不到两个月时间就要毕业了。今天一早班主任老师发现雁子的状态很糟糕，走过去询问，发现她手腕上有一道新鲜的划痕，血迹尚在，仔细一看脖子处也有一道结疤的划痕。老师一翻雁子的书桌，发现里面有6把刀，不是削铅笔的那种刀，大约五六厘米长，有推的，也有翻盖儿的，都非常锋利。老师一下子就慌了，马上安排心理老师把雁子带到心理室，自己则紧急找到校长汇报。校长把班级的老师召集起来了解情况，体育老师说4月份上体育课时发现雁子把袖子撸起来的时候，胳膊肘之下、手腕之上的正面有五六道较浅的划痕，已经结疤，当时问过雁子是怎么回事，雁子说没事，体育老师看雁子没任何异样，划痕也不重，就没有太重视，没想到今天这孩子直接划手腕了……大家综合判断孩子有明显的自杀行为，人命关天，责任重大，这是不得了的事，学校迅速启动应急程序，一边跟家长联系，一边向教育局汇报。校长向教育局提出，这个孩子需要马上送到相应的精神病医院治疗，心理老师提出向知更鸟公益项目组的专家请求帮助。

我和宋主任一边听校长介绍情况，一边观察坐在一旁的雁子爸爸和哥哥的情况。爸爸是一个非常老实的人，典型的进城务工者的样子，淳朴敦厚，脸上写着辛苦和善良，基本上不怎么说话。哥哥在上大学，但是神情中没有青春的朝气，感觉很不快乐，而且不是那种因为眼下妹妹的困境而焦急的不快乐，而是一种长期生活压抑的不快乐。

宋主任后来跟我说，他基于多年的专业经验判断，这个孩子的困境较大概率来自家庭。宋主任在校长和老师介绍完情况后，就转向哥哥，请他把妹妹的性格跟我们大概说一说。哥哥说妹妹是一个非常阳光、外向的人，他带来了妹妹留在家里的过去几年的作文本，说你们看妹妹的阳光性格都写在这里。他也说到在小学五年级的时候，妹妹曾经跟他说过班上有同学找她借刀去割腕。但是他说,妹妹并没有表现出明显的抑郁倾向,平时也没有什么冲动的表现。今年3月,有一次哥哥周末准备烧菜,让妹妹洗碗。袖子撩起来时,他在妹妹的手臂背面靠近胳膊肘的地方发现了两三道浅浅的划痕,已经结疤,哥哥当时并没有在意,因为妹妹一切都正常,哥哥没有想太多,也没有和爸爸妈妈讲这个事。宋主任问完哥哥再转向爸爸,爸爸除了担心和伤心,几乎说不出任何有效信息。

宋主任迅速梳理了一下事情走向的几个节点:一是五年级的时候有同学向雁子借过刀;二是今年3月,雁子手臂背面已经有了两三道划痕,划在比较靠近胳膊肘的地方,洗碗撸起袖子时才能看到;三是到了4月,天气热,在体育课上撸起袖子的时候,能发现她胳膊肘之下手臂正面有五六道相对深一点的划痕,已经结疤;四是班主任今天发现她的手腕上有带血的划痕,脖子上也有一道已经结痂的划痕,不是划在里面,而是划在外面可以看得见的地方。

在给出专家意见之前,宋主任现场组织了讨论会。这个孩子的情况肯定是渐进的,从什么时候开始有刀不知道,但是从今年3月份、4月份到今天被发现的三个时间点的划痕来看,划在手臂背面、手臂下方的正面和手腕三个地方,分别代表什么意义呢?孩子的行为都是有动机的,把它分析出来、识别出来,做出科学合理的认知和选择,是专业的心理学知识进入校园的意义。宋主任要求在场的老师都发表一下意见。

心理老师最先发言，她认为孩子很明显有自杀倾向，至少是自残倾向，她选择伤害自己的位置，可能跟她的抑郁程度加重有关系，这是第一个判断。第二个判断就是她自伤自残想得到的结果，可能是想引起家长对她的关注，或者是想引起某个人对她的关心。心理老师建议孩子住院治疗，学校要迅速排险，然后视治疗情况决定孩子是否休学。

班主任老师认同心理老师的分析，他还讲到前几年自己碰到过的一个情况：一个平时挺开朗的男生一天突然用刀划破了自己的手臂，他这么做就是因为另外一个女生对他实施语言暴力，然后他就当着那个女生的面拿刀在自己手臂上划了下去，做给对方看。潜台词就是：你看我就敢划，我就敢死，因为你骂了我，但我无法伤害你，那我就用这种极端的方式回应，我要让你背负自责感，用这种方式让你难受。所以他不知道雁子是不是也遇到了类似情况。

一同来学校的另一位知更鸟项目的教育心理专家成鹏博士发表了看法。成鹏博士是悦注心理联合创建者之一，有丰富的青少年心理危机干预经验。他第一个判断是孩子的划痕走向，从衣袖遮住旁人不一定能看见的地方，到之后几个月的时间里越来越靠近别人可以看得见的地方，其心理动机应该是在提供一种暗示，发出一种自救的信号，她在用行为语言向外呼救："请你看见我。"第二个判断是孩子的情形越来越危险，因为划痕的位置已经非常靠近动脉，针对她的这种行为，成博士的判断是"非自杀性自伤行为"。

2

这边的讨论会还在紧张地进行，那边心理医生对雁子的专业诊断测评也在同步进行。中午的时候，书面诊断测评意见书（详见本章章后延伸阅读）传过来了。

心理诊断测评结果很明确：重度焦虑，重度抑郁。校长和老师的表情都非常沉重，爸爸和哥哥的表情痛苦且恐慌。我也是第一次看到如此详细的青少年精神疾病诊断书，多维度，全方位，每一个字符和每一张图表都传递着紧张的情绪。现在压力到了宋主任这里，学校需要一个结论，孩子是不是需要马上送精神病医院，必须做决策了。

眼下这个孩子就是一只风中的雁子，不，简直就是一只风雨飘摇中的雁子。

宋主任的表情很严肃，他仔细翻看着测评表，陷入了沉思。我们大家都看着他，不说话，不敢打扰他的思考。

大约10分钟后，宋主任给出了建议：第一，这个孩子的情况比较严重；第二，今天这个孩子暂时不送精神病医院，她今天可以由爸爸和哥哥领回家，先由家人妥善照护一天再说。宋主任需要一天的时间跟爸爸、妈妈还有哥哥详谈，再给出孩子的诊断结论和治疗方案建议。

宋主任后来跟我详细说了他当时做出暂缓送孩子去精神病医院决定的思考过程。悦注心理正在做一个"青少年非自杀性自伤行为"的研究项目，从心理医学角度分析，这个孩子的情况很典型。非自杀性自伤行为也是一种表达和求助的方式，这是孩子在用行为发布信号，是在考验家长和老师能不能看见她的痛苦与需求。有的孩子遇到精神困惑的事情会讲出来，会表达难过，但也有很多孩子不想把心理冲突讲出来，她（他）会觉得这些困惑难以启齿，觉得很为难，那么她（他）就需要通过另外一种方式把这些困惑讲出来。老师们共同的感受是这个孩子平常非常阳光外向，和班主任还有其他任课老师也没有发生过冲突。在和老师的交流中，我们能感受到班主任老师很有温度，对学生的关怀是到位的，其他科任老师也没有过任何体罚学生的行为，和学生的互动总体良好。那么，导致雁子这个孩子重度抑郁的原因，肯定有不太方便讲出来的课堂之外的烦恼。

孩子划在手臂上的不同时间、不同程度的划痕是在表达她的内心冲突。孩子应该是痛苦到了无从发泄的程度，才尝试用自伤的手段来缓解痛苦。她的心理活动轨迹首先是从出血概率不大、出血量不会很大的地方开始尝试，其实这是在她的可控范围内尝试。然后逐步往血管更精密、更容易出血的地方尝试，意味着她的痛苦体验加深了。最后往马上会被看见的地方尝试，则是在向外传递强烈的信号，她是渴望被看见的，她的潜意识里有强烈的被关注的愿望。分析孩子这个心理演进的过程，对我们的诊断、对后面的干预措施有重要意义。

除此之外，心理医生应该科学解读那个专业心理诊断测评量表，医生要会看，要尽最大努力读懂孩子没有说出来的语言，而不能草草地依据心理诊断测评量表下结论，不能轻易地错失在相对比较轻松的可逆阶段抢救孩子的机会。孩子一旦被当作重症患者送进精神病医院，会被封闭在严格管理的精神病房隔离治疗，她要面对的氛围会马上不一样。比如，一进去就会被减掉指甲，并把指甲磨到没有一丁点儿锋利处；会被抽掉皮带、鞋带、头绳等一切带绳索性质的穿戴；会被收掉钥匙等一切有一丁点儿伤害可能的硬物；会面对身边各种奇奇怪怪的病友；会看到极端病友被绳子捆绑控制住去做治疗的情景；可能会需要比较大量地用药，甚至会用上电击等物理治疗方法……医疗创伤的可能性是存在的。虽然这种情况下孩子仍然有康复的可能性，但是难度就不是一个量级了。

虽然医生给雁子做出来的心理诊断测评量表看起来病情很严重，但宋主任却在量表里读到了孩子的潜意识。虽然孩子回答的问题是真实的、可靠的,但是病情程度如此之深,不能排除她有潜意识里做给你看的故意行为。其实当天下午回家后,妈妈就发现她大腿上和肚皮上也有划痕,根据划痕的深度,看得出来她划手臂背面的时候也划了大腿,说明她确实痛苦,但总体上是在她可承受的范围内;洗碗时哥哥发现后问起的时候,她还掩饰说没事,这是一个意义的表达;划到手臂正面的时候她也划了肚子,这是一个加重表达的层面了,但是请注意,此时体育老师偶然发现苗头问她时,她仍在掩饰说没事;她划到手腕附近的时候也划了脖子,这就是一种豁出去的表达了。自伤的程度一点点加深,一点点靠近他人可以看见的地方,这个过程既是她痛苦加深的过程,也是她求助的过程。同样的道理,她原来刻意压抑不快乐的表达,到这会儿手腕割了终于被看见的时候,完全可能是孩子从潜意识里觉得终于被看到了,卸下了压抑表达的压力,一吐为快把过去的痛苦倾泻而出,干脆就痛痛快快地把各个选项的感受全部说到顶。

宋主任综合分析,这孩子话里有话,她的潜意识在呼喊,不能简单地判断这个孩子只能送精神病医院了。针对雁子的情况,除了用三个维度(量表评估、心理访谈、绘画投射)进行综合心理评估,还需要跟身边紧密人员进行深度会话和访谈。如果做不到相对精准的诊断,就一定不能做到精准治疗。

3

这个孩子为什么会这么痛苦？她的学习成绩很好，老师对她很好，她和同学关系也很好，也没有早恋的迹象，那么这种强烈的精神痛苦究竟来自哪里呢？

按精神病学分析，第一要考虑她是不是有基因生物性原因，这个孩子的父母没有精神病史，往上数代都没有精神病史，这个可以排除；第二要考虑个体因素，从这个孩子的自伤过程如此缜密有序，且表达如此完整来看，也可以排除个体精神错乱的因素；那么第三就要重点考虑诱发因素了。

就在宋主任担责压下诊断结论的这一天缓冲时间里，我们在一起对雁子父母和哥哥的访谈中，找到了诱发因素。

宋主任后来说，当时在学校压住不让送雁子去精神病医院的一个重要原因，就是没有见到雁子的妈妈。在一个医生目力可见的范围内，老师、同学、爸爸、哥哥都不可能是雁子疾病的诱因。还有一个雁子生命中最重要、最亲近的人——妈妈，她为什么没有马上到场？说是在上班，但是得知女儿在学校自杀未遂的情况下，妈妈还能够安心地上班吗？这本身就比较奇怪。问雁子爸爸关于妈妈的信息，爸爸只是痛苦地摇头。通过和校长、哥哥的交流，宋主任已经基本定性这件事情的症结——雁子妈妈是需要我们关心的，恐怕需要干预的是她妈妈。

宋主任和我是当天晚上见到雁子妈妈的。她的妈妈叫春燕（化名），瘦削的身形和憔悴的面容都在告诉我们，这是一只在风雨中长大的燕子。

春燕从小生长在安徽北部农村，没满岁时母亲去世，6岁时父亲去世，成了孤儿，从此寄养在她的堂哥家。听春燕讲述成长经历，难以想象她是怎么长大的。从小被冷眼相向，被排挤，被误解，被冤枉，被辱骂。父亲临终托孤给春燕的堂哥，因此堂哥对她还可以，但是堂嫂就不一样了，多了一个小孩子在家里吃饭，再加上家里穷，自己一家人都吃不饱，所以就嫌弃她。春燕从小当着嫂子的面就不大敢吃饭，总是坐在桌子最边沿处，小心翼翼地看着身边的人，埋头默默地拿着筷子往嘴里扒拉饭，偶尔伸出筷子夹菜，但只要嫂子的眼睛一翻，她就立马缩回手来。堂哥在家的时候，还偶尔给她夹一筷子菜。回想起童年时候吃的每一顿饭，对春燕来说都是屈辱。春燕面容姣好，在村子里算是长得很好看的姑娘，但是童年时永远穿着最破、破得不能再破的衣服，因为嫂子只给她穿这种衣服。春燕手脚麻利，扫地，喂猪，拾柴，做家务，看着家里有什么事就马上上手，但是她似乎永远讨不到嫂子的一次笑脸。

春燕8岁的时候，发生了一件事。堂哥家里的母鸡每天下一个蛋，很规律，但是有一天傍晚嫂子去鸡窝里没有看到鸡蛋，这成了当天家里一件天大的事。嫂子第一个想到的就是被春燕偷吃了，厉声呵斥问春燕鸡蛋到哪里去了，春燕怯生生地否认自己拿了，嫂子拿起扫帚就劈头盖脸地打过来，无论她怎么哭诉都不停手。堂哥回来，听信了嫂子的愤怒控诉，也接过扫帚打她。这还不算，嫂子随后在全村人面前大声宣扬家里养了个白眼狼小偷，让她在屋旁路口，在全村人经过的大路口下跪，要她承认这个鸡蛋是她偷的。面对嫂子滔天的怨恨怒火，春燕感觉到再不承认怕是要被打死了，最后痛哭着承认是自己偷吃了。从那以后，春燕背上了一个小偷家贼的骂名，上学同学们也嘲笑她，这让她度日如年。

好不容易熬到初中毕业，春燕慢慢地长成了一个破衣服都掩盖不了的美丽姑娘。她渴望爱，但是她没有父母，没有嫁妆，到哪里去找爱的人呢？她找了全村最穷的一家人，这家人兄弟六个，最小的老六憨厚老实，大春燕一岁，同情春燕，也喜欢春燕。春燕看上了这个最听话、最好掌控的老实人，初中一毕业就带着他一起到县城去打工，后来他们在县城的工地上成家，一步一步地在县城买了房子安顿了下来。

春燕多年来都是每天早上5点起床，先把家务活干完，7点骑电动车去上班，到晚上9点回家，再做饭、洗衣、拖地，到12点才能休息，而且二十年如一日地这么坚持。宋主任说，这种生活习惯在心理学上叫作过度代偿，她是在弥补童年的情感缺失和极度的不安全感。过度代偿在生理学上也有相同情形，比如左心室功能不良时，右心室会产生代偿作用，代替左心室行使一定的功能。但如果右心室长期代偿或者代偿功能过强，就称为过度代偿，会对右心室产生负面影响，心力衰竭往往就是这样造成的。长期过度代偿的负面影响极大，宋主任甚至预言春燕如果不做出改变，未来的寿命肯定不会很长。

这些年春燕对老公、对孩子的掌控欲是很强的，听了春燕的成长经历，这几乎已是必然：我都这么辛苦了，所以老公必须要听我的，孩子们一定要听我的。她希望儿子一定要上大学，从小对儿子逼得不得了，后来儿子总算是考上了大学。女儿从小天资聪颖，长得也好看，她大概从女儿的身上看到了自己的影子，看到了追回自己失去的童年，甚至失去的人生的可能性。从女儿上小学一年级开始，她就要求女儿一定要考第一名，哪怕是考了99分，在全校排第一名，她也不会放过地问一句"为什么扣了那1分"。她在加倍地犯一般的妈妈都会犯的错误。她每天都在给孩子灌输生活的动力：你看我每天早上5点就起来了，我为什么这么努力呢，我是怎么走过来的啊，你们是我的希望啊，我们一定要坚强，一定要争一口气，一定要做给亲戚看。她平时节俭得每一分钱都要掰成两半花，但是前年回老家过年时大方地花钱大办筵席，体体面面地请全村人吃了一顿饭，还告诉村民她的儿子上了大学，女儿学习成绩很好。当年被逼着在全村人面前下跪的耻辱如此深地烙印在她的记忆中，她要用这种方式找回童年时失去的体面和尊严。

老公虽然是一个任劳任怨的憨厚老实人，但是也逐渐受不了春燕强势的性格，从前年开始就到100多公里外的地方打工了，算是变相地离家出走。平常个把月才回来看看孩子，每个月还是按时把挣的辛苦钱如数交给春燕。儿子虽然上了大学，但是性格沉默，不快乐就写在脸上。雁子虽然漂亮且性格外向，学习成绩也好，但是妈妈沉重的爱就像一个黑暗的箱子压在她的心里。我们每个人心里都有一个这样的箱子，但是那个箱子的容量是有限的，雁子12岁的稚嫩人生已经承载不动如此沉重的箱子了。

这就是雁子的原生家庭画像：妈妈焦虑强势，爸爸沉默无奈，哥哥一脸苦涩，女儿拿刀自伤。

那天晚上，春燕的情绪匣子完全打开了，压抑在内心深处多年的委屈、无力与痛苦彻底被释放出来，我们项目团队一直陪着她，听她说，陪她哭，她就这样边哭边说了两个多小时。宋主任不时地给她递抽纸，直到一包抽纸全部用完。春燕的老公木然地坐在旁边，偶尔抹抹眼泪，但全程没有一句话。等到春燕稍微平静下来之后，宋主任拉着春燕的手说："你很不容易，你辛苦了，你培养了两个优秀的孩子，你是一个伟大的母亲和妻子。你太不容易了，换作任何一个与你有同样童年经历的其他人，都很难做得有你这么好。我在合肥上了5年医科大学，我和你俩也算是老乡，相识就是缘分，我们仨能不能拥抱一下？"宋主任张开双臂去拥抱春燕和她老公时，她老公一下子泪如泉涌，泣不成声，春燕也再次失声痛哭。他们足足拥抱了5分钟才分开，宋主任说："我知道你还有很多的话，但今天已经很晚了，我们先这样，明天我们再找一个时间详细说。我是一名精神科医生，平常我的专家门诊号很难挂到，费用也很高，这次为你们提供的服务是公益服务，不收一分钱。我们是老乡，我们互相理解支持，女儿的问题不大，关于女儿的治疗你们就听我的好吗？"

4

从雁子家回来的途中，宋主任给校长打了电话，告诉他自己的诊断意见：雁子没有大问题，不用送精神病医院。

第二天，宋主任跟春燕及其丈夫再次长聊之后，又跟雁子进行了单独诊聊，给出了中度焦虑伴有轻度抑郁的诊疗结论。宋主任给学校写了一份书面的专家诊断意见，并制订了综合治疗建议方案，由医生、家庭和学校等共同来完成对雁子的救治。

首先要解决的是这个家庭根儿上的问题——雁子的妈妈春燕需要关怀，需要疗愈。在第二天的细聊中，春燕已经能够意识到孩子的问题就是自己的问题，她非常痛苦。她说只要孩子能好，哪怕让她离开家都可以，离开5年、10年都没有问题，到外面住招待所甚至到外地去打工都可以。从中也可以看到，她解决问题的办法都是如此偏执。宋主任分析春燕言行背后的心理症结：她要否定自己的童年，否定自己的既往，可是一个人的童年和既往能够这样轻易地被否定吗？不能。既往的经历就像长在一个人身上的胎记，是不可能刮掉，也不可能改变的。与既往和解，与原生家庭和解，也是与自己和解，与社会和解，与时代和解，这是我们每个人都要完成的修行。只不过对春燕来说，这个过程更加艰难。

命运的确对春燕不公，她的童年极度缺爱，虽然后来命运补偿给了她爱她的老公、儿子和女儿，但是春燕这么多年来一直在绑着自己最亲的人，和她一起去讨伐自己童年的惨痛记忆。可是这注定是一场无望的讨伐，她要讨伐的敌人到底是谁呢？是那个几十年后面容苍老、衣衫褴褛、依然过得不好的嫂子吗？是那些当年目睹了她在村口下跪的村民吗？是那些童年时嘲笑她是小偷的同学吗？春燕要讨伐的甚至不是堂吉诃德眼中的风车，而是一场已经吹过的风而已。那凛冽的风已在命运的旷野中远去，无论你多么顽强地守着当年被风吹裂的伤口，时时撕开，顽固地不让它愈合，那呼啸而过的风终究都是抓不住、追不回的。最终的结果是春燕不仅自己斗得遍体鳞伤，而且伤及家人，导致老公离家出走，儿子郁郁寡欢，女儿自杀未遂。

好在春燕已经意识到了问题，如果处理得好，这次女儿的自杀未遂对她的人生或许会是一个向好转折的机会，让她在命运的悬崖处，看到执拗地背着痛苦记忆生活的风险，看到生命的意义，看到生活的意义。她转嫁到女儿身上的压力应该会减轻，甚至会被逐步移除。

宋主任最终制订了一个家庭、学校、医生、志愿者四方联合拯救雁子的方案。宋主任从医疗规范的角度，跟我们详细讲解了青少年的自杀防范。孩子的自杀风险分为几个步骤：第一步是自杀意念，有了消极的想法；第二步是自杀仪式，准备了刀、药等自杀工具；第三步是自杀行为，包括自杀未遂和自杀成功。这每一步的过程都有极大的干预空间，都在等着父母、老师、亲友去发现，去阻止，去调和。

具体到雁子的情况，该如何评估她的自杀风险呢？

她的第一步自杀意念应该是从五年级开始产生的。有同学找她借刀，倾诉苦恼，透露自杀的想法，这个借刀的孩子后来转学回农村老家了，她是否消逝在生活的风雨中，我们不得而知，但这次的借刀应该是雁子消极意念的开始。第二步是雁子在苦恼中做自杀尝试的准备，这次在她书桌里搜出的6把刀，应该是逐步的仪式性的准备。第三步，拿着刀一步一步在自己的疼痛范围内升级尝试，一步一步靠近致伤致命处尝试，也是在一步一步地往可见处尝试。宋主任分析，雁子与其说是在尝试自杀，还不如说是在一步步发出越来越清晰的信号，她的尝试不能被简单地定性为自杀行为。她是不想死的，只是她不知道该怎么排解成长的苦恼，也不知道该怎么求助，于是按照潜意识的指引，通过这种特殊的方式来呼喊、来求助。从确保学校规避风险的角度来看，这个孩子本来可以在当天有自杀行为的表象，加上心理诊断测评量表显示为严重抑郁的严峻形势下，简单地直接被送进精神病病院封闭治疗。把她护在家庭、学校和社会联动的空间里干预，是要冒风险的，但这绝对值得一试。

宋主任最后确定的是柔性综合干预模式，在确保全过程有安全监护的条件下让雁子边上学边接受治疗。宋主任把这种柔性综合干预模式总结为6个方面。第一，药物治疗。针对有明显抑郁情绪且伴有消极意念和行为的学生，药物治疗是非常必要的干预措施，这样也可以从生物学角度调整孩子的大脑功能及神经递质的平衡。第二，个体咨询。情绪和行为都是思维的外显，个体的认知决定行为，进一步决定结果。个体心理咨询为学生减压赋能，从心理学角度调整心理认知和应对方式，从而改变结果。第三，家庭治疗。青少年儿童的情绪通常与自身个性、学业压力、人际交往和家庭功能密切相关，家庭不是一个讲道理的地方，而是讲爱和温度的地方。亲子沟通和心理服务类似，都是兼具专业性、温暖性与艺术性的过程。家庭治疗是指家长和孩子共同参与，接受规范系统的心理咨询与治疗，通过调整家庭模式与功能状态来助力孩子、温暖孩子。第四，家校联盟。班主任和家长之间需保持常态化沟通交流，形成基本共识，共同关心关注孩子的人格培育、学业发展与身心健康。第五，家长访谈。在条件具备的情况下，家长一起接受心理访谈，达到调整夫妻沟通模式、密切家庭关系、取得平衡共识的效果，从而更好地了解和理解孩子，更好地尊重和支持孩子。第六，专业而有温度。家长、班主任和心理老师在教学、管理、陪伴以及与孩子的沟通过程中，既要做到专业，也要有温度，特别是在重要时点与重要事件上，这一点在后面的治疗中尤其显示出重要性。

5

在和雁子妈妈长聊后的第二天会诊反馈总结时，宋主任对校领导（校长、党委书记）、一线老师（班主任、心理老师）和监护人代表（爸爸、哥哥）做出了如下反馈会诊意见：雁子存在中度焦虑伴有轻度抑郁，需要专业心理危机干预与管理。对雁子妈妈则采用了柔性反馈，即经综合评估，专家会诊意见是：你女儿有青少年常见的情绪问题（就是有一点焦虑抑郁，或处于焦虑抑郁状态），这一类问题在青少年儿童中并不少见，特别在女孩子中更多（陈述问题的普遍性、雷同性，明显降低母亲的心理压力)。"青少年常见的情绪问题"的表述方式比"中度焦虑伴有轻度抑郁"会更加柔和，更易被雁子妈妈接受。宋主任给雁子妈妈解释了女儿形成情绪问题的原因，主要是这个优秀的孩子具有高敏感度、高自尊的特质，高敏感度指她心思特别细腻，感性大于理性；高自尊指她自我要求较高，尊严感较强，而她目前这个年龄还掌控不好自己的高敏感度和高自尊，所以建议她要接受专业心理服务——支持成长性心理咨询辅导，帮助她心理成长发展。另外，除了家长要多给孩子理解与认可外，也建议班主任多给孩子包容与支持，有需要时家、校、医三方要多沟通讨论。

具体治疗方案，宋主任建议用一点没有什么副作用且青少年有适应证的药物作为辅助治疗，建议采用一种中药和一种西药联合治疗，观察6~8周，视效果再判断是否调整。在联合方案中，起治疗效果的主要是西药，中药起调理和暗示作用，因为一是家长认为中药比较安全，使用后会更放心；二是中药的名称本身具有心理暗示作用（如舒肝解郁胶囊、九味镇心颗粒等）。为了增加信任和依从性，在解释所用西药的安全性方面提供确凿的证据：一是该药有青少年适应证，说明对青少年是安全的；二是该药经过临床交叉试验，证明对心脏没有明显损害。交叉试验的设置是：有心脏疾病的人伴发抑郁后，或有抑郁的人突发心脏疾病，使用该药均不会增加心脏疾病的严重性。通过科学严谨的研究结果和临床试验，让孩子和家人放心。

宋主任后来在给我们讲课时，以此为例讲述了心理医生（或心理老师、心理咨询师）的陈述沟通如何既能呈现出高度专业性，又能让孩子、家长和班主任感受到满满的温度与赋能，大大减轻孩子、家长和老师的压力。如果把青少年情绪问题比喻成下肢骨折，药物治疗和心理咨询就像两根拐杖，家校的理解支持就像轮椅，孩子的自我成长训练就是下肢功能康复锻炼。自我成长训练就是要让孩子保持向外性：保持兴趣爱好和社交沟通，保持户外运动与光照时间，保持正念冥想与积极心态。总结下来，雁子的问题属于青少年常见情绪问题，治疗方案包括安全且轻微的药物辅助、专业心理成长咨询、家校理解与支持、自我成长训练等几个方面。

由此我们也梳理了针对青少年精神困惑的校园安全与危机管理，而目前一般学校的几种做法是值得商榷的。一是只要发现学生有心理问题，不论原因和病情轻重，一律要求家长带回家休养或直接办理休学；二是有些学校的窗户和阳台都安装着护栏，类似于监狱或精神科病房；三是让家长进班陪读或委派几个同学轮流看护，寸步不离跟着。第一种方法属于一刀切，对有严重心理问题无法正常上学的学生是有保护性的，但对一般心理问题，经过短期调整即可恢复的学生是有危害性的。第二种方法比较冷漠，这样的设置会让所有人感受到压抑、窒息，不利于有心理问题的学生康复。第三种方法会制造歧视，针对情绪问题学生，班主任安排家长陪读或同学暗中监护不仅非常具有侮辱性，而且很伤自尊，特别是学校经常要求同学悄悄做这个事情，不要对别人讲，但孩子是藏不住话的，所以有情绪问题的学生发现真相后会非常愤怒，极易出现针对性反抗，且不再信任学校和所有老师。

另外，精神科医师一般会建议把问题孩子家里的窗户装上限位器，原本窗户可以开得很大，现在只能开一条缝，说是为了确保安全。但这样的设置会让孩子反感，也会让他们更敏感。家庭安全设置究竟该怎么做？针对雁子这个个案，大家讨论的结果是，让她哥哥说最近学校安排在家上网课，不用去学校，确保哥哥天天在家，这个不经意的、有温度的安排，可以让哥哥起到陪伴和监护作用。还有一个叠加方法是借助外力，比如哥哥买两张适合女生看的电影票，再请雁子近期见面较少的发小一起去看，就说电影票是发小妈妈单位发的福利，她妈妈周末恰巧没空去看电影，所以建议她邀请雁子一起去看电影。除了电影票，还可以设定快餐店优惠券、动漫展门票等，此类叠加方法可以发挥朋辈的力量，助力她走出心理困境。和发小一起活动几次后，哥哥就可提出要不要接送、要不要邀请发小来家里吃饭、主动报销活动经费等提议。

这个柔性干预方案实施下来，效果是惊人的。一个多月后我们就得到反馈，雁子的情绪恢复良好，顺利考上了初中。

2023年9月开学后，我们对雁子的家庭进行了随访。雁子从那以后再也没有过自杀的想法和行为，生命安全，脸上的笑容也明显增多了。整个家庭关系趋于和谐稳定，爸爸已回到本市打工，便于更好地照顾家庭，妈妈也减少了每日工作时长，并爱上了广场舞，给了自己更多的放松空间。目前还在坚持的一点就是每天上学都由哥哥接送。接送过程中，兄妹俩会聊各自学校发生的趣闻，家庭氛围越来越轻松，家庭成员之间也更加相互理解。

宋主任跟我们复盘这个案例，也非常感慨。如果按照传统精神科医生的建议，在当时那个严峻的情形之下，多半要立即安排雁子住院，不愿意就强制执行。住院后，重度患者外出检查都要有护士或卫生员等工作人员陪同，工作人员牵着绳子一端，另一端扣着患者的手臂，有时工作人员一手要牵3~5个患者，这不是危言耸听。宋主任在精神专科医院工作了25年，对这一点非常纠结和痛苦。

后来，宋主任在原单位创建了青少年儿童心理中心，科室采取半开放式管理模式，住院床位26张，但医务人员就有32个，这样的配置比例可以自豪地说是全国第一。所谓的半开放式管理，就是病区的大门是开放的，但是门口会安排一名护士值班，进出病区大门都需要登记，外出做检查不用绳子牵手，而是有护士挽着孩子的胳膊，边走边谈心，轻松完成检查任务。在中心住院疗养的孩子，上午接受查房，查房后在活动室开展各种心理游戏活动,下午去团辅室接受心理团辅,晚上被统一安排看心理电影或进行运动达人竞赛等,每周被安排一次公园里的大型室外心理团辅,周末可以由家属带回家居住。这样的设置具有三重效应:一是特别有温度,有利于孩子康复;二是管理上安全风险系数增加,科室和医院会承担一定的责任和压力;三是科室工作人员成本增加。但是教育和医疗是社会的两大生命线,教育需要因材施教,医疗也需要专业而有温度。心理健康服务恰恰是介于教育和医疗两者之间的临界点,所以这个成本是值得的。

结合雁子这个个案,我们把学校和家庭两个外在资源进行了整合,调动个体的内在资源,发挥专业心理机构和心理专业人员的力量,提供专业而有温度的服务,特别是宋主任丰富的专业理论和临床经验,成了我们团队在关键时刻的"定盘星"。最终这个孩子没有进精神病医院,没有被关在铁门里面,避免了医疗创伤。

这些年青少年精神健康问题日益成为社会关注的热点。2023年3月下旬,我在不同的群里看到某大城市5天时间里有7个孩子自杀:4个孩子跳楼,1个孩子跳河,2个孩子服药,引起了社会恐慌。人们怀疑这个城市的学生是否遭到了网络上相约自杀的蛊惑。但是后来剖析每个案例,发现它们是互不关联的独立自杀事件。

这个大城市只是因在短时间内密集出现了这些极端事件

而引起了人们的关注,其实在不少地方都有这样沉痛的事情发生。那些零星消逝的孩子,没有成为社会的热点和关注点,但是他们带给社会的沉重感是一样强烈的。我曾经听深圳一所名校的副校长跟我讲到他们学校一个跳楼自杀的12岁女孩,家庭条件很好,父母都是事业非常成功的人士。她在家里把书桌和卧室收拾得干干净净的,留下遗书说,请不要怪学校的老师和同学,她也不怪家长,她只是不想活下去了……这位副校长跟我讲到这里的时候哽咽到说不下去,我竟不知道该如何安慰他。

我不知道这些孩子里有多少和雁子一样有类似的遭遇,我只确定一点,那就是这些孩子在走上绝路之前,一定发出过很多信号,但是被家长、老师、社会一一忽略了。看过我《在峡江的转弯处》这本书的朋友都知道,我曾经是一个重度抑郁症患者,我濒临过深渊,对那种痛苦深有体会。特别是对那些处于人生成长初期的孩子,我更能体会到他们在抑郁情绪的风暴中彷徨无助的痛苦感受。

写到这里,10年前一对母子的身影浮现在我的脑海中。那年我在巴东县任县委书记,在茶店子镇一个偏远村子考察的时候,看到一个孩子双手交叉抱在胸前在田边游荡,他有十七八岁,穿的衣服还算干净,但是头发很乱,看人的眼神直勾勾的,目中无光。跟他打招呼,他没有反应,同行的镇干部说这个孩子有精神病。我到不远处他家去看了一下,只有他母亲在家，她是一个50多岁的农村妇女。问起孩子的情况，她说几年前在学校读高中的时候犯病了，后来送到精神病医院治疗，缓解后被送回家里。现在还是每天吃药，不吃药就会狂躁发病。吃了药多半时间会睡觉，醒了就在附近四处游荡一会儿，母亲在不远处留意着，到时间就做饭给他吃。我问这位母亲将来打算怎么办，她说就这样陪着孩子，每天给他做饭吃，到做不动那天为止，也就不管了。

那天我把身上的零钱都掏出来留给了那位母亲，"到做不动那天为止"，每每回想起她坚韧而又无望的表情都让人心碎。我不忍细问那个孩子是如何患病的，或许是不甘于贫困封闭的命运急于想通过读书改变，用力过猛而导致心弦断裂；或许是在成长过程中遭遇了难以承受的压力或伤害，无法排解而精神崩溃；或许是遇到了过于复杂的青春期烦恼，无处倾诉而形成了情绪的堰塞湖，最终溃坝……总之这个孩子的状态，让我看到他的命运已经是永远地不可逆了。他大概率会像我童年印象中下湾村的疯子张伯娘和肖家傻儿子一样，在村民们的恐惧避让和防备嫌弃中，不自知地走完一生。

那也是一条命。

此刻的灯光下，我有一个摁不住的强烈念头，假如时光真的可以穿越，回到十几年前，那个孩子犯病后，如果学校有专业的心理老师在，有我们这样的公益组织在，他碰到的医生是宋主任这样的医生，或许他的命运轨迹会完全不一样。

6

2022年年初,俞敏洪老师在全国两会上提出了一份提案——《关于重视青少年抑郁预防和治疗的建议》。起草提案时,俞老师专门跟我联系,希望我根据知更鸟公益项目的经验给他提供一些参考资料。我当天就系统地写了一份思考和建议,俞老师大为赞赏,最后以我写的材料为蓝本整理了这份政协提案(详见本章章后延伸阅读)。

这份提案在当年全国两会上很受重视,我也因此幸运地和俞老师建立了紧密的合作关系。俞老师后来决定把他个人在互联网上的流量收入全部捐出来,用于支持我们的知更鸟公益项目。

2023年10月10日,我看到新华社发布的消息,国家卫生健康委于10月9日召开新闻发布会,介绍"促进儿童心理健康,共同守护美好未来"的有关情况。教育部体育卫生与艺术教育司副司长、一级巡视员刘培俊介绍,将加强学生心理健康工作上升为国家战略。

知更鸟公益项目的思路是在这个国家战略下,发挥社会组织的实验功能、连接功能和倡导功能,立足于学校,从老师、家长、学生三个层面,深耕科普和预防,让儿童青少年的精神困惑被看见、被了解、被疗愈。首期我们在全国不同的地方选了三所学校作为试点,一所高中,两所初中。项目设计的服务对象分为五环，从内到外分别是心理老师、班主任老师、全体老师、家长、学生，每一环的服务目标分别是："让每一个心理老师得到专业赋能和督导支持"，提高学校心理老师的专业知识水平、咨询能力，帮助他们缓解压力，减少职业倦怠，完善校园心理咨询配套设施，减少校园危机事件的发生率；"让每一个班主任老师都成为'心理老师'"，增强班主任老师对学生心理精神困惑的识别能力，提高他们应用心理学知识处理学生问题的能力；"让每一个老师都懂相应的心理学知识"，为老师提供心理知识培训，增强他们对孩子精神困惑的了解，也对老师进行心理团建，让他们以更好的状态面对孩子；"让每一个父母都成为懂心理学的知心家长"，让家长掌握陪伴孩子成长必备的心理学知识，帮助家长自我成长，更好地与孩子沟通；"让每一个孩子感受世间美好，对成长充满渴望"，通过博雅教育提升孩子的审美能力，思考人生的价值和意义，寻找人生的方向感，帮助孩子放松身心、增强信心，提升积极心理品格。我们针对每一环，开发了不同深度的课程体系。我们在试点学校设有驻点心理社工，西北师范大学心理学院同步跟踪评估项目的工作成效。

希望知更鸟公益项目能够探索出可复制推广的模式，帮助更多可爱的"鸟儿"在成长中免于忧伤，快乐地飞越他们的山峰。

延伸阅读

雁子的第一次书面诊断测评意见书[①]

表 3-1　雁子同学焦虑测评量表

总粗分	63
标准总分	78.75
诊断结果	重度焦虑症状

重点提示：
　躯体性焦虑，因子得分：27
　　6. 手足颤抖：相当多时间
　　7. 躯体疼痛：绝大部分或全部时间
　　10. 心悸：相当多时间
　　11. 头昏：相当多时间
　　13. 呼吸困难：相当多时间
　　14. 手足刺痛：相当多时间
　　15. 胃痛、消化不良：小部分时间
　　16. 尿意频数：小部分时间
　　17. 多汗：小部分时间
　　18. 面部潮红：小部分时间
　精神性焦虑，因子得分：36
　　1. 焦虑：绝大部分或全部时间
　　2. 害怕：绝大部分或全部时间
　　3. 惊恐：绝大部分或全部时间
　　4. 发疯感：相当多时间
　　5. 不幸预感：绝大部分或全部时间
　　8. 乏力：相当多时间
　　9. 静坐不能：相当多时间
　　12. 晕厥感：相当多时间
　　19. 睡眠障碍：绝大部分或全部时间
　　20. 噩梦：绝大部分或全部时间

测评结果：
　经常无端地感到焦虑、害怕和紧张，感到内心的烦恼，似乎要有事情发生，所以心跳加快，心慌，显得坐立不安，常有自己会失控或者发病的感觉。经常伴有胃部不适，食欲不振。夜眠差，多梦，易惊醒，或入睡困难等。

---

① 这是联勤保障部队第 904 医院精神心理科使用的专业诊断测评量表，建议每一个关注孩子精神健康的家长参考，因为里面有父母应该关注的孩子精神状况的详细维度。

第三章　风中的雁子

表 3-2 雁子同学抑郁测评量表

总粗分	66
标准总分	82.5
参考诊断	重度抑郁症状

重点提示：
  抑郁精神性，因子得分：8
    1. 忧郁：绝大部分或全部时间
    3. 易哭：绝大部分或全部时间
  抑郁躯体障碍，因子得分：24
    2. 晨重晚轻：相当多时间
    4. 睡眠障碍：绝大部分或全部时间
    5. 食欲减退：绝大部分或全部时间
    6. 性兴趣减退：绝大部分或全部时间
    9. 心悸：相当多时间
    10. 易倦：绝大部分或全部时间
  抑郁精神运动性障碍，因子得分：6
    12. 能力减退：相当多时间
    13. 不安：相当多时间
  抑郁心理障碍，因子得分：28
    11. 思考困难：相当多时间
    14. 绝望：相当多时间
    15. 易激惹：绝大部分或全部时间
    16. 决断困难：绝大部分或全部时间
    17. 无用感：绝大部分或全部时间
    18. 生活空虚感：相当多时间
    19. 无价值感：绝大部分或全部时间
    20. 兴趣丧失：相当多时间

测评结果：
  情绪非常低落，感觉毫无生气，没有愉快的感觉，经常产生无助感或者绝望感，自怨自责。经常有活着太累、想解脱等消极的念头，还常哭泣或者整日愁眉苦脸，话语明显少，活动也少，兴趣缺乏，睡眠障碍明显，入睡困难或者早醒。

表 3-3 90 项症状清单

	原始分	平均分	参考诊断	均分 ± 标准差
总分	350			129.96±38.76
总均分		3.89		1.44±0.43
阴性项目数	2			65.08±18.33
阳性项目数	88			24.92±18.41
阳性项目平均分		3.95		2.60±0.59
躯体化	44	3.67	极重	1.50±0.50
强迫状态	37	3.7	重	1.90±0.59
人际关系敏感	33	3.67	极重	1.77±0.61
抑郁	57	4.38	极重	1.67±0.60
焦虑	40	4	极重	1.62±0.58
敌对	25	4.17	极重	1.79±0.69
恐怖	26	3.71	极重	1.49±0.55
偏执	23	3.83	极重	1.66±0.59
精神病性	36	3.6	极重	1.56±0.53
其他项目	29	4.14	极重	1.65±0.58

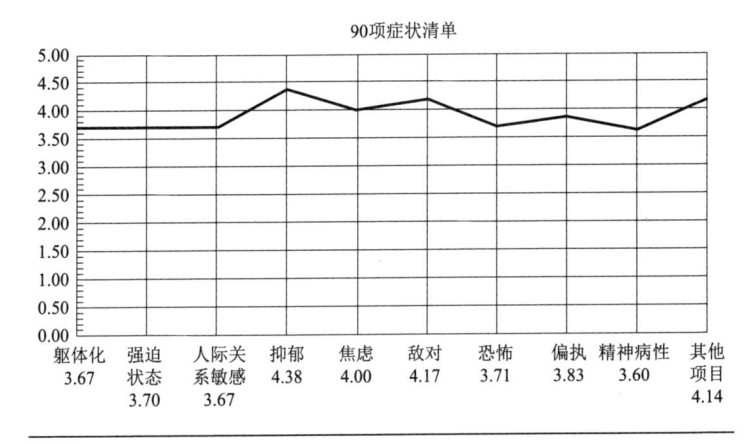

90项症状清单

躯体化	强迫状态	人际关系敏感	抑郁	焦虑	敌对	恐怖	偏执	精神病性	其他项目
3.67	3.70	3.67	4.38	4.00	4.17	3.71	3.83	3.60	4.14

第三章 风中的雁子

续表

重点提示：
躯体化：
    极重
        53. 喉咙有梗塞感
    重
        1. 头痛
        27. 腰痛
        42. 肌肉酸痛
        49. 一阵阵发冷或发热
        52. 身体发麻或刺痛
        56. 感到身体的某一部分软弱无力
    中
        4. 头昏或昏倒
        12. 胸痛
        40. 恶心或胃部不舒服
        48. 呼吸有困难
        58. 感到手或脚发沉

强迫状态：
    极重
        3. 头脑中有不必要的想法或字句盘旋
        9. 忘性大
    重
        10. 担心自己的衣饰整齐及仪态的端正
        45. 做事必须反复检查
        65. 必须反复洗手、点数目或触摸某些东西
    中
        28. 感到难以完成任务
        38. 做事必须做得很慢以保证做得正确
        46. 难以做出决定
        51. 脑子变空了
        55. 不能集中注意力

人际关系敏感：
    极重
        无
    重
        36. 感到别人不理解你、不同情你
        37. 感到人们对你不友好、不喜欢你
        41. 感到比不上他人
        61. 当别人看着你或谈论你时感到不自在
        69. 感到对别人神经过敏
        73. 感到在公共场合吃东西很不舒服
    中
        6. 对旁人责备求全
        21. 同异性相处时感到害羞不自在
        34. 我的感情容易受到伤害

抑郁：
    极重
        15. 想结束自己的生命
        20. 容易哭泣
        26. 经常责怪自己
        29. 感到孤独
        79. 感到自己没有什么价值
    重
        5. 对异性的兴趣减退
        14. 感到自己的精力下降，活动减慢

续表

  22.感到受骗、中了圈套或有人想抓你
  30.感到苦闷
  31.过分担忧
  32.对事物不感兴趣
  54.感到前途没有希望
  71.感到任何事情都很难做
 中
  无

焦虑:
 极重
  80.感到熟悉的东西变得陌生或不像是真的
  86.感到要赶快把事情做完
 重
  2.神经过敏,心中不踏实
  23.无缘无故地突然感到害怕
  33.感到害怕
  57.感到紧张或容易紧张
  72.一阵阵恐惧或惊恐
  78.感到坐立不安、心神不宁
 中
  17.发抖
  39.心跳得很厉害

敌对:
 极重
  24.自己不能控制地大发脾气
 重
  11.容易烦恼和激动
  63.有想打人或伤害他人的冲动
  67.有想摔坏或破坏东西的冲动
  74.经常与人争论
  81.大叫或摔东西
 中
  无

恐怖:
 极重
  70.在商店或电影院等人多的地方感到不自在
 重
  25.怕单独出门
  50.因为感到害怕而避开某些东西、场合或活动
  82.害怕会在公共场合昏倒
 中
  13.害怕空旷的场所或街道
  47.怕乘电车、公共汽车、地铁或火车
  75.单独一人时神经很紧张

偏执:
 极重
  68.有一些别人没有的想法或念头
 重
  18.感到大多数人都不可信任
  43.感到有人在监视你、谈论你
  76.别人对你的成绩没有做出恰当的评价
 中
  8.责怪别人制造麻烦
  83.感到别人想占你的便宜

续表

精神病性：
极重
77. 即使和别人在一起也感到孤单
85. 认为应该为自己的过错受到惩罚
90. 感到自己的脑子有毛病

重
7. 感到别人能控制你的思想
87. 感到自己的身体有严重问题
88. 从未感到和其他人很亲近

中
16. 听到旁人听不到的声音
62. 有一些不属于你自己的想法

其他：
极重
19. 胃口不好
44. 难以入睡
59. 想到有关死亡的事
89. 感到自己有罪

重
64. 醒得太早
66. 睡得不稳不深

中
无

测评结果：
躯体化：躯体不适感受非常明显，伴有烦躁不安的情绪，总是感到头部不适、紧绷、头晕、头胀、或是胸闷气急，犹如石头压住的感觉，心慌多，常担心会突然死亡，胃纳差，腹胀。

强迫状态：每天有 4~6 小时重复某些动作或反复思考某些想法，甚至影响到日常生活，使其社会功能和生活功能部分受损，患者明知这些动作和思虑没有必要，但无法控制，极其焦虑，不得不以重复的动作和反复的思虑来换取暂时的心理轻松，但过后又被焦虑所支配去重复动作和思虑。

人际关系：平时很内向，常因过分敏感而少与人讲话。对别人的谈论经常加倍注意，担心有人议论而显得神经过敏，有时会采取指责别人的方法，而使得朋友极少。

抑郁：自我评价很低，常感到自己像无用的人，情绪低落明显，整日愁眉不展，责怪自己。有时会产生无助感或绝望感，有消极观念出现，食欲减退，饮食不振。

焦虑：明显地紧张不安，总感到有不好的事要发生，坐立不安，来回徘徊。经常大汗淋漓，心跳快，心慌，胸闷气急，严重的惊恐发作时，可能因有疑死的感觉而非常紧张。

敌对：怀疑心十分明显，甚至会怀疑别人采取了迫害自己的行为。经常会发怒，激惹性增强，以叫骂、摔东西来发泄，与人难以相处，甚至连与亲人都无法友好相处。

恐怖：对自己所恐惧的对象无法接触，会采取强烈的逃避行为，伴有紧张、焦虑的心情，严重时会产生昏厥的担心，甚至有胸闷、气急或疑死的感受，明显地影响工作和日常生活。

偏执：无法信任别人，经常怀疑别人要阴谋迫害自己，认为是受到监视，被人跟踪，经常会采取逃避的行为，或者紧张、害怕，不敢出门，无法去工作，日常生活也受到影响。

精神病性：经常有幻听，其内容多为批评、责骂，少数为表扬，有时沉浸在幻听中，而不与人接触交谈，且伴有明显的独自发呆、喃喃自语，或与幻听对骂，有时感到思维被别人了解或被人控制，而没有行动的自由了。有时在命令性幻听的支配下做出伤人或自伤的举动，或有严重自责和孤独感。

表 3-4 艾森克个性测验（儿童）

指标	原始分	标准分
精神质	6	55
内外向	12	35
神经质	22	75
掩饰程度	13	50

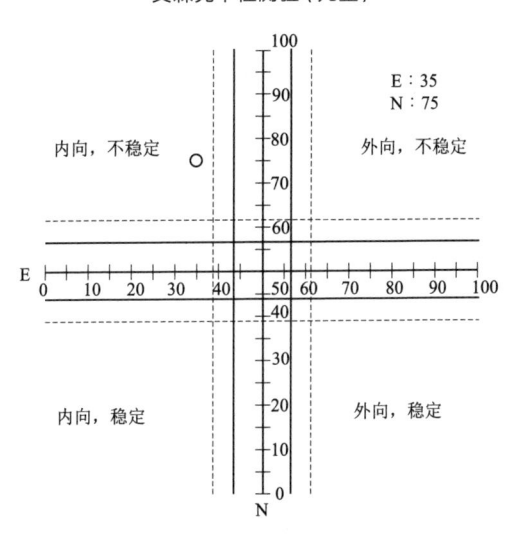

艾森克个性测验（儿童）

E：35
N：75

内向，不稳定

外向，不稳定

内向，稳定

外向，稳定

第三章　风中的雁子

续表

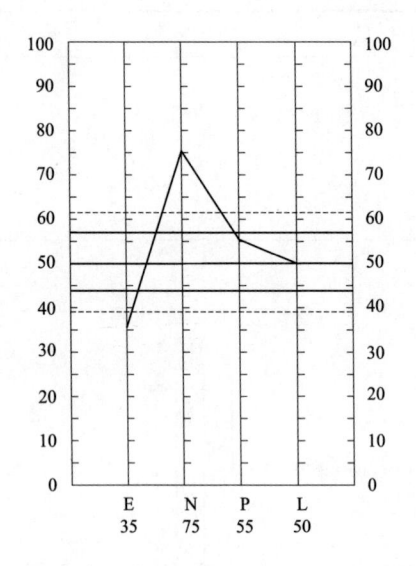

	E	N	P	L
	35	75	55	50

测评结果：

精神质（P）：提示被试的精神质在正常范围内，能与其他儿童正常交往，无明显固执、古怪、麻烦等表现，能善待其他儿童和小动物，会关心他人，表现出一定的同情心和人道主义精神，人际关系较好。

内外向（E）：表现为典型的内向性格特征，喜欢安静、独自思考和爱读书，不喜欢接触较多的人，与人交往时保持一定的距离，生活、学习有规律，思考问题严谨。做事情计划性强，考虑问题瞻前顾后，言语较少；对他人的话较敏感，行为孤僻，踏实可靠。

神经质（N）：表现为典型的情绪不稳定，对各种刺激的反应都过于强烈，情绪激发后很难在短时间内平静下来，极易焦虑、紧张、发脾气，由于强烈的情绪反应而影响与其他小朋友的交往，容易与人发生冲突，睡眠不安，容易出现各种身心问题。

掩饰程度（L）：显示被试对问题回答真实，具有较高的可信度，无明显的掩饰倾向。

关于重视青少年抑郁预防和治疗的建议[①]

提案人：俞敏洪

提案内容：

根据《中国国民心理健康发展报告（2019—2020）》，2020年青少年抑郁检出率为24.6%。其中轻度抑郁为17.2%，重度抑郁为7.4%；小学阶段抑郁检出率为一成，其中重度抑郁为1.9%~3.3%；初中阶段抑郁检出率约为三成，其中重度抑郁为7.6%~8.6%；高中阶段抑郁检出率近四成，其中重度抑郁为10.9%~12.5%。

根据民间抗抑郁组织渡过平台内部的观察数据，青少年抑郁高发的成因，大概有以下几点：一是学业竞争，除了学习时长、课程难度、考试等因素，更大的问题是攀比；二是人际关系，包括家庭关系、家校关系、师生关系、同伴关系等；三是孩子成长中的问题，很多社会现象会给单纯的孩子们带来巨大冲击；四是生活方式问题，比如沉迷网络、作息紊乱、网购频繁、缺乏运动等。

这些因素合在一起，造成了青少年的精神困惑。这不是个别家庭的问题，也不是个别学校的问题，而是全社会的问题。上面千条线，下面一根针，全社会的生存焦虑，一层层传递，最终集中到青少年身上，使得他们不幸成为整个社会转型及阶层变迁的痛苦的承担者。

---

① 提案有删改。——编者注

青少年抑郁和成年人不一样，他们的大脑、心理都在发育中，抑郁和成长中的问题交错，有的孩子并发焦虑、双相、冲动控制障碍、进食障碍、体象障碍、物质成瘾依赖等，构成一个系统问题，处理起来比成年人更加复杂，需要寻找整体解决方案。针对以上现象，我建议：

第一，国家层面进一步高度重视青少年抑郁等精神困惑问题，建立教育部、卫健委、团中央等部门联合行动的机制，形成全社会重视青少年精神困惑问题的氛围。严格落实《教育部办公厅关于加强学生心理健康管理工作的通知》（教思政厅函〔2021〕10号），切实加强青少年学生心理健康管理的专业支撑和科学方法。

第二，真正减轻孩子们的课业负担，开展丰富多彩的课外活动，帮助他们找到自己的兴趣爱好，锻炼组织能力、领导能力、交流能力、团队协作能力、执行力；同时，让孩子们有更多的机会亲近自然，在自然的环境下学习体验，按照孩子的天性去培养教育孩子，通过大自然的力量去激发他们的潜在力，从而培养良好的品格和习惯。

第三，鼓励公益慈善组织牵头构建精神疾病疗愈第三系统——社会支持系统。关于精神疾病疗愈，目前中国有两个系统：一个是医疗系统，另一个是心理咨询系统。建议尝试鼓励公益慈善组织，牵头建立第三个系统——社会支持系统。社会支持系统可以在很多方面发挥作用，弥补现有医疗系统和心理咨询系统的不足，即"短期是诊治，长期是成长，全程是陪伴"。

结合上述青少年抑郁爆发性增长的态势，社会支持系统可以帮助家长缓解焦虑，改变认知，为自己的孩子找到疗愈方向，放弃对孩子的控制，学会允许、接纳、肯定，给孩子自由选择的空间。比如，给孩子们安全感，让孩子们愿意自救；给孩子们创造一个人际链接的场域，让他们学会寻求团体支持等，这些都是公益慈善组织大有可为之处。

第四，要特别重视学校心理老师专业队伍的建设，提升学校心理老师的心理专业知识水平和心理督导、咨询能力，提升班主任老师、教职员工对学生精神心理问题的识别能力，以及应用心理学知识处理学生心理问题的能力。这不仅可以减少校园危机事件发生率，更大意义在于让青少年的精神健康问题在他们成长期间尽早被看见、被了解，进而被疗愈。

第四章　武汉，武汉

爱还在，妈妈就还在。

1

夏思思（以下简称"思思"）烈士是 2020 年年初武汉抗疫前线牺牲的最年轻的英雄之一。她生前是华中科技大学协和江北医院的医生，疫情暴发后第一时间主动请缨上前线。不幸感染后，思思本来完全可以住进医院安排的 ICU，但是面对当时众多重症患者挤满医院的严峻形势，思思以自己年轻、抵抗力强为由，把这个机会让给了当时等待治疗的重症患者之一。2 月 23 日，思思不幸去世，而她让出来的那个进 ICU 的机会，帮助另一个重症患者活了下来。

当时的武汉，是一个没有硝烟的战场。我那些天被隔离在湖北家里，焦虑地指挥着恒晖基金会抗疫物资的筹集，日夜不停。那几天几乎每天都有一线英雄牺牲的噩耗传出，我的心情紧张而沉重。当在工作群里看到思思的讣告的时候，29岁年轻美丽的黑白容颜迎面而来，她的孩子才两岁多啊，我忍不住失声痛哭。当时有媒体报道，在同一家医院做医生的思思的丈夫，请求接替思思继续上前线，我是第一批在网上公开发声呼吁请求组织千万不要安排其丈夫再上前线的人之一。

思思的父亲夏书祥老师是一名老军医，母亲姜文艳也是一名医务工作者。传薪计划公益项目进行几年来，夏老师和姜老师是和我们连接最紧密的家庭之一，我们每年要见四五次面，我能感觉到虽然三年多过去了，但是他们一直没有放下自责的情绪，觉得爸爸妈妈都是医生，却没有能力护住唯一的宝贝女儿，对此难以释怀。

思思的儿子小宝生于2017年5月，妈妈走的时候只有两岁多，还是一个懵懂的孩子。夏老师一家人在巨大的哀伤之余，要面对的一个难题是孩子怎么办。母子俩亲密无间，这之前几乎天天是妈妈抱着睡觉的，要不要告诉他妈妈怎么了？怎么告诉？当时有一个在湖北省妇联工作的心理专家朋友建议先不要告诉孩子，"能瞒多久算多久，保护住孩子的情绪，保护住孩子被爱的安全感就好，将来让他自己慢慢明白"。安顿好思思的后事，夏老师夫妇带着女婿和小宝换租了武汉城区另外的房子，跟小宝说妈妈出差去了，搬家是因为马上要上幼儿园了，这个房子离幼儿园比较近。

小宝是我见过的孩子中，为数不多的称得上早慧的儿童。2020年8月12日，我和传薪计划项目主管桃子第一次上门探访的时候，就发现他已经能够熟背很多首唐诗宋词，他还让我和桃子在他的绘本里随便点，点到哪首背哪首，是那种很流畅、很享受的诵读的感觉，字正腔圆，情感充沛，有时还能够很准确地表达出诗歌之中的情绪，一点儿不像是硬背出来的，更不像是一个三岁孩子的表达能力。从那之后，我们只要到武汉出差，一定会到他家去看他，一起吃顿饭。每次一进家门，小宝都会欢快地扑过来表示欢迎，一点都不认生。他给我们有板有眼地表演在幼儿园学的尤克里里，趴在我身上给我讲在幼儿园大舞台上讲过的故事，我能明显地感受到，小宝对于事物的感受力是高于他的年龄的。

从第一次上门和夏老师夫妇交流，他们就表达了一个担忧，就是要不要跟小宝说妈妈的事，以及该如何说。奇怪的是小宝从来不主动问妈妈去哪里了，他对妈妈的认识似乎停留在妈妈上班去了，然后没回来，只是出差了而已，没有跟他打招呼就出远门了。但是他又似乎感觉到有什么不一样的地方，否则他不会从来不主动问，也不闹着要妈妈。那两年里只要家里有电话来，小宝总是抢着去接；只要有亲戚来访敲门，小宝总是抢着去开门，等客人都进门了，小宝有时还会探出头到走廊上看看后面还有没有人。很明显，他还在等待着妈妈有一天回家。这情形特别让人心疼，姜老师每次见面跟我讲起来都会流泪。

这几年除了每年几次的家庭探访，每年暑假的夏令营都是传薪计划家庭团聚的机会。我们第一次夏令营是2021年在深圳和惠州交界的大海边，第二次夏令营是2022年在内蒙古呼伦贝尔大草原，第三次是2023年在浙江横店影视城。两位老人的脸上逐渐舒展，小宝的成长也让人欣慰。小宝虽然失去了妈妈，但是外公、外婆和爸爸全力以赴地爱护他、培养他，他没有失去被充分爱护的安全感，所以我们在相处中看不出孩子的心理受到的冲击。小宝在幼儿园里是小明星，各种奖状都有，每次见面小宝向我们展示他的最新奖状已经成了常规动作。姜老师说，小宝幼儿园的梁老师和刘老师几乎把小宝当成了自己的儿子，呵护鼓励，对他好得不得了。外公手机中众多小宝参加活动的视频记录着小宝的快乐成长，我们每次一起走在小宝家的院子里和附近街边，都会有不同的小朋友跟小宝热情地打招呼，小宝也都非常欢快地回应。各种情况都显示小宝是一个健康、阳光、快乐的孩子。

2023年4月26日，我们上门探访时，夏老师夫妇再次跟我们深谈，说了他们最近的一些观察和隐忧，再加上小宝马上要满6岁，下半年就要上小学了，他们越来越纠结妈妈的事情是不是到了该跟小宝说的时候。因为 4 月 20 日，小宝的幼儿园同学，也是他的好朋友仔仔过生日，小宝送给仔仔的生日礼物是一张手绘贺卡，画中仔仔的妈妈穿着围裙在和仔仔一起切蛋糕，外婆问小宝为什么只画了仔仔和妈妈，为什么不画仔仔的爸爸和哥哥呢，小宝回答："我就是要画仔仔的妈妈，要把他妈妈画得好漂亮好漂亮。"那天小宝在仔仔家玩的时候，仔仔亲热地喊妈妈，小宝也跟着喊妈妈。但是小宝随即意识到仔仔妈妈不是自己的妈妈，小宝跟仔仔说，他妈妈前年走了，后面又说妈妈去了很远的地方。当时外婆和仔仔妈妈都愣住了，不知道该怎么接话，随后两个孩子自己把话题岔开了，才打破了尴尬。

姜老师一直保存着思思的微信没有删除，经常会把小宝的照片和视频发给思思，想通过这种方式告诉思思她的小宝的情况。前不久，姜老师正在忙的时候，小宝来缠着外婆玩，姜老师于是把手机给小宝，让他看一会儿动画片，结果小宝翻看外婆的微信，看到外婆给妈妈发的好多视频和照片，问外婆为什么妈妈一直不回信息，姜老师只能说妈妈最近工作很忙，才把话题遮掩过去了。

姜老师还讲到，2022 年春节前夕带着小宝逛市场，几个大人停留在卖年货的摊位前，小宝却一直站在卖祭奠用品的摊位前不走。外婆问他要红包还是要新年礼物，他说要买眼前的这个。2022 年中元节的时候，小宝去姑婆家玩，看见姑婆在院子里烧纸，姑婆问小宝知不知道为什么烧纸，小宝说是纪念一个人。在烧用纸做的珍珠项链之类的物品时，小宝嘴里小声说着，"把最好的都送给你"。

种种迹象表明，小宝已经模模糊糊地知道了妈妈的情况。孩子越来越懂事，再继续瞒着他也不是个办法。我回来后马上跟恒晖基金会的心理专家顾问倪子君老师约了一个电话会，子君听了情况后，说这样处理肯定不行，还是要明确地跟孩子说妈妈不在了，以及为什么不在了，但是不能简单地一下子告诉孩子。听了前前后后的情况，他判断思思的家人其实都还在创伤之中，包括她的父母、她的丈夫，以及孩子，还是要有专业的心理专家对整个家庭来进行关注和支持才好。这种哀伤辅导是要求很高的心理疗护方法，子君主动说帮我们联系最专业的资源。第二天，子君就帮我们联络上了北京安定医院的临床心理主治医师刘军老师，刘老师在电话会上对我们传薪计划团队做了辅导。针对思思一家的情况，他的建议是：因为需要长期的近距离关注和支持，建议我们找一个武汉的心理专家团队，并给我们推荐了时任武汉市精神卫生中心的刘连忠副院长。

刘院长在电话里二话没说就答应了下来，说可以成立专家组来为小宝一家做咨询支持。这样级别的专家服务肯定不能要求人家免费做，我们提出传薪计划项目来为专家组付费。刘院长再三表示这个问题以后再说，他说，我们武汉的医生有责任帮助武汉抗疫牺牲医生的家属们渡过难关。

2023年9月1日，小宝正式上小学了。新学期开学前一天，也就是8月31日，小宝要到新学校去上学前适应课，主要内容是认识新老师和新同学，介绍新学校、新班级，带同学们熟悉新校园。小宝上幼儿园期间绝大部分时间都是外公外婆接送的，这次夏老师和姜老师商量由小宝的爸爸带着他去上学。那天的出发特别有仪式感，小宝穿着新衣服，爸爸牵着他的手开开心心地出了门，外公外婆在楼下高高兴兴地目送外孙向着他新的学业生涯出发。

下午爸爸去接小宝的时候，班主任老师在放学前特别把小宝爸爸叫到办公室，跟他讲小宝今天在学校哭了三次，而全班同学只有小宝一个人哭。老师把小宝单独叫到一边安抚他，问他为什么哭，小宝说别的同学都是妈妈送，他没有妈妈。很明显小宝已经知道了妈妈的事，但是又把它当成一个秘密压在了自己幼小的心里，从不在家说起。得知这个信息，外公、外婆和爸爸一起商量，不能再等了，是时候跟小宝说清楚了。

9月2日的晚上，吃完晚饭收拾好，一家人围着小宝舒舒服服地坐下。按照事前商量的方案，由外婆来正式告诉小宝关于妈妈的事情。外婆告诉小宝："你的妈妈叫夏思思，是我和外公的好女儿，是爸爸的好妻子，是你的好妈妈。思思妈妈是一个大英雄，三年多前，她为了抗击疫情，为了救别人牺牲了，整个国家的人都尊敬她。思思妈妈特别爱你，我们也都特别爱你，还有很多的爱心叔叔阿姨也都特别爱你。我们今后都会陪着小宝快快乐乐地长大。"小宝那天接受了外公、外婆和爸爸的拥抱，但他没有哭。

2023年10月28日，我和桃子到小宝家探访，关心小宝上学之后的情况。夏老师高兴地跟我们分享小宝刚上学不久就成了学校的小标兵，他的作业被当作范本在同年级9个班级中传阅学习。小宝蹦蹦跳跳地扑过来欢迎我们，不仅有问必答，还不时找话题来跟我和桃子轮流聊天。我注意到在小宝家客厅的照片墙上，还是原来的7张照片：小宝三张，外公、外婆各一张，还有一张小宝的得奖作业照，中间的大合影是2021年3月一家人在黄鹤楼游玩的合影，爸爸抱着小宝在中间，外公、外婆依偎在两旁护着他们。右上方一片明显空着的位置，显然是留给思思的。我背着小宝跟姜老师讨论，是不是可以把思思妈妈的照片当着小宝的面挂出来了。姜老师的眼眶一下子就红了，说还没有想好。

中午我们和刘连忠院长一起跟小宝一家人吃午饭，刘院长是心理学专家，一边吃饭聊天，一边观察小宝。四天后，我在深圳办公室接到刘院长的电话，他跟我沟通了在我们走后他又安排专家团队跟小宝一家交流评估的最新情况。专家团队的意见：一是小宝目前虽然心理状况较稳定，但心理社工的陪伴要加强频次，最好一周一次，人员要固定；二是外公外婆仍然需要哀伤辅导，对女儿的思念仍然折磨着他们，两位老人还没有完成和他们的宝贝女儿心理上的告别，只有他们彻底走出来，孩子才会彻底走出来；三是需要在合适的时机安排小宝与妈妈正式告别。只要给孩子足够的安全感、足够的爱的氛围，让孩子看着妈妈的照片，甚至是在妈妈的墓地，让孩子在心里跟妈妈说再见，那就是安全的，也是必要的。爱还在，妈妈就还在。

刘院长的话提醒了我，我们过去一直把重点聚焦在孩子身上，其实老人也非常难，夏老师和姜老师也是需要我们特别关怀的人。这次我和夏老师在一起又说起他在思思走后的那几个月写的追忆女儿的文章——《一封寄往天堂的情书》，那种思念女儿的肝肠寸断，每每读起都让人忍不住流泪。这个善良的家庭需要和他们的英雄女儿完成漫长的告别啊。

11月2日，刘院长及其团队拿出了综合关怀方案，我们传薪计划团队和刘院长团队电话会讨论后，正式定下来每周由各方面条件特别合适的心理专家江医生到夏老师家里陪伴小宝两个小时，先连续陪伴一年，然后根据情况再商量下一步关怀方案。本来江医生提出义务服务，但我们还是坚持了传薪计划按照公益价来付费，因为这种需要投入极大心力的专业工作，不适合长期的、一个人的志愿服务来做。

11月12日是个周末，姜老师给我发来了心理专家江医生带着比小宝大一岁的女儿一起来家里玩的视频，两个孩子活蹦乱跳，欢乐得都快要溢出视频的感觉。那以后的每个周末，江医生都会如约而至，多数时候还带着自己的孩子和爱人。他们夫妇俩都是心理专家，通常是一个人陪孩子，一个人就陪老人聊天。我们传薪计划团队提出要尊重专业劳动，是不是也要给江医生的爱人适当付费的问题，江医生一口回绝了，表示不需要。

12月8日，姜老师给我发信息说小宝期中考试了，一门97.5分，一门97分，都接近满分，重要的是孩子很快乐，他们都很欣慰。姜老师微信的最后一句话是"谢谢您做我们的后盾"。

2

在传薪计划公益项目中，小六一（化名）的出生是一个特别的节点。2020年3月18日，我们发起这个项目的时候，用的是"抱薪者子女教育关怀"这个名称。当时通过对媒体报道的不完全统计，抗疫前线牺牲的英雄达到381人之多，其中50岁以下的有203人，这是一个悲壮沉重的数字，也意味着这些英雄家庭里可能有未成年的孩子（我在这个项目中设定的未成年标准是22岁，即大学毕业之前）。通过媒体报道的信息，以及分布在全国各地的志愿者，我们寻找到英雄家属的联系方式，然后一个一个向英雄家属介绍我们的公益项目。截至2020年5月31日，已有132个薪火宝贝加入了这个公益项目。6月1日，彭银华烈士牺牲三个半月后，他的遗孤小六一出生了。项目经理桃子第一时间联系上彭银华烈士的父亲，他代表家属接受了我们的项目，并对公益慈善组织的关怀表示感谢。

我们带着万千的欣喜和祝福来欢迎我们的第133个薪火宝贝小六一。那年武汉的春天是如此紧张而萧瑟，全国各地成千上万名医生驰援湖北，成千上万的武汉人被隔离在家里，防止病毒的传染蔓延。在媒体照片上，珞珈山的樱花遍地如雪，但看不到哪怕一个足迹。到4月底，武汉抗疫取得阶段性胜利，社会面隔离被解除，2020年的春天在人们的汗水和泪水中也已远去。

我曾经想写一首诗，献给小六一以及每一个薪火宝贝，题目就是《你是这个春天存在过的证明》。在和儿子讨论这首诗的架构时，儿子提到有一首特别适合献给薪火宝贝的诗——北岛老师的《一束》。我们把这首诗找出来，反复吟诵，这首诗通篇没有一个爱字，却洋溢着无限的爱与温情。

在我和世界之间

你是海湾，是帆

是缆绳忠实的两端

你是喷泉，是风

是童年清脆的呼喊

在我和世界之间

你是画框，是窗口

是开满野花的田园

你是呼吸，是床头

是陪伴星星的夜晚……

我们后来联系上了北岛老师，北岛老师授权我们把这首诗作为抱薪者子女教育关怀项目送给孩子们的礼物，并亲自为孩子们录制了朗诵音频。

那天我们做了两件事。一是召开理事会更名，因为疫情防控期间我们所做的一些工作已经突破了儿童青少年的服务范围，于是我们将组织名称从"深圳市恒晖儿童公益基金会"更名为"深圳市恒晖公益基金会"，并报深圳市民政局备案。二是讨论"抱薪者子女教育关怀"项目更名，大家提了好几个名字，最后恒晖基金会理事陈秋霖请教了传媒专家——时任中国人民大学新闻学院执行院长的胡百精，他建议我们定名为"传薪计划"。当天出生的小六一，就是我们传薪计划的形象大使。

每年的"六一"国际儿童节,我们都会给小六一祝贺生日。2022年的"六一"儿童节,我专程赶到武汉为小六一过两岁生日。另外两位武汉薪火宝贝的生日就在"六一"儿童节前后数天,我们就策划为这三个薪火宝贝集体过生日。武汉的志愿者帮我们找了一处安静的小院落,几位在武汉读大学的薪火宝贝和朋辈导师志愿者也赶过来,我们和三位英雄的家人们一起开了一个快乐的生日大聚会。

那天一早下起了雨,接薪火宝贝家庭过来的途中雨下得很大,我们原以为院子外布置的长长的五彩气球廊道只能当作迎接宝贝们的背景氛围了,生日聚会也只能移到室内,可是上午10点半雨居然停了,我们赶紧把活动场地又移到室外,小宝贝们围着扮作小丑和熊猫的志愿者快乐地奔跑嬉戏。小六一已经可以口齿伶俐地叫人了,圆圆的脸庞和清秀的五官像极了她的父亲彭银华。传薪计划的项目主管桃子是一个胖胖的大男孩,他和小六一特别亲,抱着小六一欢乐合影的照片甚至有点像父女俩。11点半,我们的生日会开始时,天上甚至出现了明晃晃的太阳,天公是如此作美。等我们12点半切完蛋糕开始室内午餐的时候,又开始下雨了,我们坐在餐厅里看着窗外越下越大的雨都情不自禁地笑了。

那天的生日会现场来了一位特殊的志愿者,那就是两年前武汉市金银潭医院的副院长朱琦,他是小六一的父亲彭银华烈士当时的主管治疗医生和临终陪伴者。他跟我说，得知我要来武汉给小六一过生日，他鼓了很大的勇气向我提出要来现场看望小六一。两年多过去了，他当初锥心的疼痛仍埋在心底，不敢回想当初在金银潭医院的病房里用尽了所有办法后，看着如此年轻的银华离开而无能为力的痛苦。"他才29岁啊！他的面容是如此年轻啊！"朱琥院长一说起当时的情景眼眶就红了。他太想亲眼来看看银华没有来得及看到的宝贝女儿小六一了。

  朱琥院长跟银华的父母和爱人相见的场面让人动容。银华的父亲握着朱院长的手说"谢谢您"，眼泪一下子就涌出来了，接着就哽咽着说不出话来。朱院长讲，银华刚入院救治，当晚就突发危重，当时朱院长整晚一粒米都没沾，连夜指挥抢救，第二天清晨终于缓解，银华的体征也恢复了正常。当时他还长舒了一口气，以为年轻的银华闯过来了，没想到一周后银华还是走了……银华的父亲再三谢谢朱院长，他说当时就是在打仗啊，打仗就要有士兵往前冲，银华是士兵，那是他的天职。银华父亲说，虽然极其心痛，但也自豪自己的儿子在战场上没有退缩，他勇敢地往前冲了。朱院长说，时任金银潭医院院长的张定宇在北京接受"人民英雄"国家荣誉回来后曾和他深谈，说虽然接受了这么高的荣誉，但内心里没有什么喜悦，一想到彭银华和像他一样冲锋陷阵不幸牺牲的战友们，就觉得沉重，活着的医生战士们，要永远记着他们。

朱院长说现在看到小六一这么快乐地成长，他的内心也得到了一些安慰。

第二天上午在从武汉回深圳的高铁上，我收到彭银华烈士爱人钟欣的信息："陈老师，您回到深圳了吗？您辛苦了，我平复心情鼓起勇气给您发了这条信息。小六一生日前一晚我几乎整晚没睡，眼前总是浮现出她爸爸的样子，昨天一天时间里满脑子也还是他。我听了朱院长讲述那时的情景，心如刀绞，他是多么想活下去看看孩子啊，不敢想象那时的情景。我总是在想，我那时候如果在他身边陪伴，他是不是就会更坚强一点，能挺过来，至今的痛仍在我心底。您和恒晖的真诚、善良、大爱，深深打动了我们一家人，感谢您这么费心，让六一过了一个非常非常有意义的生日。我现在只希望孩子能快乐成长，不给国家添乱，以此来回报一直关心孩子的亲人和朋友们。"

我迅速地回了信息："钟欣，你辛苦了！昨天我们最欣慰的是看到小六一健康快乐的样子。你已经做得很好了，千万不要自责！相信银华在天堂里也会非常欣慰于小宝贝的快乐成长，也会感激你对银华父母的孝顺和照顾！我们传薪计划公益项目会一直陪伴小宝贝成长，关心她，呵护她，直到她将来大学毕业。钟欣你一定要坚强，一定要快乐，我们一起加油哦。"

那之后的每一个重要节日，比如国庆节、元旦、春节，我都会收到钟欣微信发过来的小六一奶声奶气的声音，祝我节日快乐，有时候一句话还说得挺长。我也会用同样的语气给小六一回过去。2022年父亲节那天，小六一给我发来很大声的留言："陈爷爷，节日快乐呀！节日快乐呀！节日快乐呀！"我晚上回去把这个留言循环放给爱人听，我们一家人都乐坏了。

3

传薪计划项目中的家属蔡常春医生和我有太多相似之处：我们都是1971年出生，当年都是从山区农村辛苦读书考上的大学，我俩身高也一样，都是一米七六，甚至因为童年营养不良而整体瘦削的体型都一样。这几年我们处成了兄弟，是亲兄弟的那种感觉。

常春还有一点和我很像，就是我们的爱情。我和爱人霞是大学同班同学，我是农村出生长大的"土包子"，而霞是大城市长大的"娇小姐"，我们走到一起的故事可以用李宗盛的《生命中的精灵》里的那句歌词来形容，"关于我们的事，他们统统都猜错"。当年，我们的大学老师和同学，在得知霞毕业四年后辞去广东的工作到山区小镇跟我结婚的消息时，都惊掉了下巴。常春也是农村出生长大的，虽然稍微比我土得差一点点，五官生得也比我儒雅，但是基本气质里的乡土气息是摆在那里的。他的爱情故事比我更神奇。他是读研究生期间被教他的医科大学知名教授的女儿刘励给看中了，一个是大城市里大教授的美丽女儿，一个是老实巴交的山村大学生，他们的爱情故事美好得像是琼瑶剧中的桥段。我看过他俩大学时期在一起的照片，常春身上的泥土气息一目了然，而刘励五官清秀，面容酷似香港影星陈慧琳，那种城市女孩的青春飞扬隔着照片和岁月都能感觉到。

常春的爱情和婚姻给了他很大的滋养，后来常春顺利地读完医科大学的本科、硕士、博士，在医学领域扎实地进步。再后来，他和刘励医生一起到美国学习工作生活多年，成为肝胆胰外科领域有世界眼光的学者型专家。2013年，常春作为学科带头人被武汉市中心医院从美国引进回国，刘励医生夫唱妇随，带着三个孩子跟常春一起回到武汉。常春回国后就担任了武汉市中心医院的肝胆胰外科主任，成为国家级的肝胆胰专家。这些年常春获得过全国先进工作者、全国五一劳动奖章，湖北省"荆楚楷模"、湖北省"人民好医生"等众多荣誉称号。

常春的故事写到这里一直是完美的乡村少年被命运眷顾的模板，但是，命运的转折来得如此突然和残酷。2020年年初，武汉新冠疫情暴发，刘励医生在抗击疫情一线不幸感染，2020年3月20日牺牲。常春作为一名医生，全程陪伴甚至参与了最后对爱妻的抢救，他用尽了所有的力气，最终没有拉回他最爱的人。病房里的最后时刻，刘励医生从被子里探出手来找常春，常春抓住了妻子的手，他感觉到了妻子在用生命中最后的微弱的力气抓他的手。刘励医生此生中的最后一句话是拉着丈夫的手说："你一定要好好的。"他俩有三个可爱的孩子，两个美丽聪敏的女儿，当时一个上高中，一个上小学四年级，都酷似妈妈的模样；一个帅帅的活泼爱笑的小儿子，当时刚上小学二年级。刘励医生的遗言，只说给了常春一个人。上面有四个老人，下面有三个孩子，那么多年夫妇俩的生活格局都是爱妻照护老人和孩子，打理好家庭的一切事务，专心于事业的丈夫则安然地享受着爱妻对家庭和自己的悉心照顾，是个彻彻底底的甩手掌柜，他在妻子生病之前甚至不知道家里银行卡的密码。今后常春的生活该怎么办？刘励生命中的最后一刻，最担忧、最牵挂的是常春，她知道她的爱人今后有多艰难。

我和常春的兄弟情是从2020年8月14日开始的。那天我和桃子专程到武汉市中心医院看望常春，常春在医院门口接我们。常春下班后，我们找了一个小馆子，那天我们喝了不少酒，说了很多话。从山村的童年、求学的青年，说到海外的经历，再说到中年的事业，我们的共同语言实在是太多了。常春那天跟我说很感激桃子的坚持，让他没有错过我这个朋友。常春在最开始接到桃子的信息和电话的时候，就明显感觉到桃子和其他机构联系他的人不同，但是出于谨慎他并没有直接答应。桃子代表恒晖基金会一次又一次地联系常春，他的每一句话都是如此地真诚、体恤，让常春逐渐放下了防备，开始了解传薪计划项目，最终决定加入。

当天深夜，常春给我发来信息："陈老师，辛苦了！生命的终极意义在于追求谓之生命的幸福，对于某些经历不幸的个体，已经自行关闭了幸福的门，留给自己的是冰封的心。你们的善行虽不一定能融化坚冰，但一定能让对方感受到温暖。善莫大焉！向您致敬！"我迅速回复："谢谢常春！感谢命运给我们机会让我们遇见。今后的人生中，我们一定会有很多的交集。"

从那以后，常春一家也成了传薪计划连接最紧密的家庭之一，项目主管桃子成了三个孩子的好叔叔，项目经理豆豆成了小女儿的知心姐姐，最年轻的小玮（小玮是个女孩）成了小儿子的好"哥们儿"。2020年11月26日感恩节的深夜，常春给我发来信息："行甲兄，您好！谢谢基金会对我和孩子们的爱心和帮助！如果我能为基金会尽一份绵薄之力，请一定告诉我！向您和您的团队致敬！感恩！"我马上回复："谢谢常春！感恩天堂里美丽的刘励医生，感恩人世间勇敢坚强的您和活泼可爱的孩子们！感恩生命让我们彼此遇见！"

2021年1月8日是我50岁生日，深夜23∶59分，我收到常春的信息:"今天开了一天刀,在这最后的三分钟送上我的生日祝福:行甲兄,生日快乐!祝您在以后的日子里健康、平安、幸福!事业更上一层楼!"常春大概是在那一天最后三分钟的时候开始写信息的,我收到的时候已经是生日当天的最后一分钟。我马上回复:"谢谢常春!我们永远是兄弟!"那天我们达成了一个共识,今后余生中只要我到武汉,或者他到深圳,无论在什么情况下,两人一定要见一面。时间长短无所谓,吃不吃饭也无所谓,但是一定要见面。

2021年5月29日,我和桃子、小玮出差到武汉,如约跟常春联系。这一次常春接我们到他家里吃饭。我们晚上6点赶到,常春的母亲和岳母一起在家里忙着做饭,两个小朋友热情地扑过来欢迎我们的到来,大女儿因上大学没有在家。小玮迅速和两个小朋友玩到了一起,陪他们下棋,姐弟俩时常会闹起来,甚至象征性地动手打起来,小玮则充当和事佬。我和桃子陪常春聊天,也和两位老人聊天。刘励医生的遗像就挂在客厅的正中央,很明显家里仍然没有走出哀伤。刘励医生的母亲一开口就眼泪汪汪,对我们再三感激。吃饭的时候,常春特别安排了很有仪式感的座位,我坐在餐桌的一面,刘励医生的母亲坐在我对面。常春平时基本不喝酒,那天我俩分了一瓶酒。吃饭过程中,常春拿出他这些年获得的国家级表彰的证书给我们看,说这是这么多年来对荣誉漠视、对社交腼腆的自己第一次主动给别人展示这些。那天晚上,他的小女儿快乐地跟我们分享她的舞蹈十级证书，小儿子也欢快地跟我们分享他在学校的笑话。从精神上，常春一家都把我们当成了亲人。

那天饭后我和常春深谈，常春说，爱人走后他才开始学着做一个称职的父亲。孩子们过去都是妈妈一手拉扯大的，跟妈妈亲密无间，妈妈的猝然离开对他们来说就像是天塌下来了，这巨大的创伤如何去弥合，对他这样一个过去跟孩子们并不亲密的父亲来说是一个巨大的挑战。上有老下有小，常春甚至都不敢悲伤、不能悲伤。他需要全力以赴地开始生活上的成长，以便适应下一个人生阶段既当爹又当妈、既当儿又当婿的生活。

这几年里，我和常春分享最多的是育儿体会。经常是深夜常春给我发信息"请教"，比如老大说了句似乎带着点儿情绪的话，他就会跟我商量怎么回复比较好；老二今天又跟他赌气不理他了，他该怎么说话讨她的欢心；老三在学校里调皮被老师请家长，他要怎么应对；等等。事实上，我也完全是个半罐子，儿子成长过程中我管得少，这方面也没什么经验，但我还是兴致勃勃地跟他一起讨论。爱人霞在旁边听电话，经常会就我言语中一些不靠谱的建议发表纠正意见，一来二去连霞和常春也成了好朋友。我们这三个"臭皮匠"凑在一起跟三个小家伙斗智斗勇，还真解决了不少小问题。

每年的传薪计划夏令营都是孩子们和家属们的欢乐相

聚时光。第一届深圳—惠州大海边的夏令营，常春因为工作太忙，只参加了最后两天的活动，但是也觉得和孩子们的集体欢聚让他非常受益。结营时，我和常春商定今后无论多忙，都要把每年这个陪孩子乐游的宝贵时间预留出来。常春后来养成了习惯，每年的公休假都攒到传薪计划夏令营的时间来休。

2022年的传薪计划"相约草原、放飞童年"夏令营非常令人难忘。8月11日晚，夏令营在美丽的呼伦贝尔大草原结营，12日我们回到海拉尔准备次日返程。呼伦贝尔市卫健委的王洪福主任在他北大校友秋霖的朋友圈得知我在呼伦贝尔，约我下午见面一叙。下午4点，我从酒店出发前在大门口碰见常春，得知我要去见市卫健委领导，常春说："这次呼伦贝尔之行感受如此美好，你能不能替我向卫健委领导转达一下心愿，我明天中午离开，今天晚上或明天上午是空着的，当地医院有没有肝胆胰外科方面的复杂疑难病患，需要我来做做会诊甚至手术的，我愿意作为恒晖的志愿者义务为大家做一些事情。"

见到王主任，我第一时间转达了常春的心愿。常春在肝胆胰外科领域的声望业内皆知，王主任一听非常高兴，马上安排医务科包科长联系呼伦贝尔市人民医院，医院郝副院长迅速组织医院的普外科和肿瘤外科排查相关复杂疑难病例，资料一个半小时后就传到了我的手机上。我跟常春说，要不我们吃完晚饭8点钟去医院看看。常春查看了片子和病历，说现在是5点半，我不饿，我们还是先去医院吧，有一个病例就是昨天才接的急诊，情况还挺危重的。我迅速联系郝院长，医院的车10分钟后就赶到了酒店，我陪同常春赶到市人民医院。

呼伦贝尔市人民医院是一家有1200张床位的三甲医院，是呼伦贝尔25万多平方公里范围内最大最好的医院，也是200多万呼伦贝尔人民的医学中心。我们到医院的时候郝院长已经在普外科等候，常春和医生们打过招呼后第一时间就在医生办公室开始和大家一起研究最紧急的这个病人的病情。常春在计算机前详细看了每一张片子，和医生交流完之后找来病人家属交流，然后又换上白大褂到病房，跟患者交流做一些疑似情形的排除，再出来和医生们一起商定治疗方案。

外科紧急病例会诊完毕，常春又来到12楼的肿瘤外科，肿瘤外科的罗主任在医生大办公室的9台计算机上已经分别打开了9名相关癌症患者的CT（计算机断层扫描）片子，常春挨着坐到每一台计算机前就每一张片子结合病历给出他的指导建议。罗主任和医生们如获至宝，抓住每一个疑点和常春讨论。晚上8点钟，郝院长安排了工作餐，在吃饭的时候罗主任也充分抓住机会和常春交流，两个人几乎把工作餐时间变成了学术交流会。其间得知呼伦贝尔市人民医院前年曾派出4名医护人员驰援武汉一个多月时间,常春非常感激和感慨,感激呼伦贝尔人民当初对湖北的援助,感慨今天终于有这个机会做一个小小的回报。

晚上9点半的时候,桃子发信息提示我,常春的两个宝贝还在酒店里等着爸爸回来,在我的催促下这个临时学术讨论会才算结束。回到酒店见到两个小宝贝,我告诉他们,你们的爸爸今天在呼伦贝尔帮助了10名重症患者,他值得你们为他感到骄傲。

当晚在酒店深夜的灯光下,我在今日头条上写了一篇文章,记录当天常春在呼伦贝尔和当地医院的美好相遇。第二天一早,我看到这篇文章下面有很多的点赞和留言,其中一条留言我看后直接点了置顶:"蔡主任是个非常好的医生,他心里装着的永远是病人。2016年他获得省委宣传部、省总工会五一劳动奖章光荣称号,上午要参加颁奖仪式,已经到了省总工会颁奖现场,突然接到医院电话,有一位病人急需蔡主任诊断,他接了电话立即离开颁奖现场直奔医院,奖都不领了。这样的好医生值得我永远铭记!"

4

这一章的最后,我要记录一下传薪计划的项目主管桃子。

桃子是一个西北农村的大男孩,壮实淳朴,一如他的故乡黄土高坡的气质。桃子 18 岁时从西北的一所职业学校酒店管理专业毕业,后来到深圳打工,从切菜工做起,一步步做到餐饮店的主厨。他工作非常努力,考上了国家高级烹调师,一步步做到了大餐饮企业的店长。工作之余,他还自学考了高级营养师。

桃子 20 岁生日那天,认识了山东农村来深圳打工的小玲。小玲比桃子小一岁,虽然三岁时母亲就患癌症去世了,从小在单亲环境中长大,但是在父亲的精心呵护下,小玲活泼开朗,笑起来声音像银铃一样。一样的农村孩子,一样在异乡漂泊,一样的朴实踏实,甚至连长相都有点像,一样的圆嘟嘟的脸,他们一起走出去有时会被误认为兄妹俩。桃子和小玲相爱了,两颗年轻的心走到了一起。桃子 22 岁那年,小玲怀孕了,桃子和小玲商量好了婚期,一起商量着给小玲肚子里的孩子起好了名字,无论男孩女孩,都叫王梓。他们商量着一起努力挣钱,将来要在深圳买一个小房子,让孩子在深圳读书长大,不要送回农村给老人带。

就在他们憧憬着美好未来的时候,小玲因为身体不适去医院检查,一查居然是直肠癌。那一刻,桃子感觉晴天霹雳,傻愣在医院冰冷的走廊里,不知如何面对这一切,也不敢直视小玲的眼睛。从一家医院到另一家医院反复地检查,跑遍了深圳的各大医院,甚至去了北京的医院,最终确诊直肠癌晚期。桃子一直在开导小玲要乐观积极地配合医生治疗，迅速开始化疗……但命运是如此捉弄人，小玲错过了最佳手术时机，匆匆离开了人世。

小玲离去后，桃子一夜白头。那之后，桃子一直剪寸头或者刮光头，掩盖他年纪轻轻就满头灰白头发的样子。背井离乡的桃子不敢告诉西北农村的父母，自己默默承受着悲伤和痛苦。他去山东农村小玲的老家看望她白发苍苍的老父亲，小玲出生时父亲已经43岁，女儿是他的心肝宝贝。桃子连续三年去看望老父亲，也去给小玲烧纸，直到老父亲最后跟他说，孩子你不要这样了，算我求你了，是我女儿命薄对不住你，你要过自己的生活，你不要再来了。

过度的思念和自责，使桃子患上了抑郁症，在支撑不下去的时候他也有过自杀的念头。当有这个念头的时候，小玲临走时的声音——"哥哥，妹妹不能陪你了，你要好好地活着"——就会在他头脑中回响。桃子去了医院，积极配合医生的治疗，在医生和朋友的帮助下，经过两年多的时间慢慢从悲伤中走了出来。

桃子后来再也没有找女朋友。这些年桃子一直坚持献血，每三个月献一次，一直坚持到他因转氨酶偏高不再适宜献血。他累计献血量已达26800毫升。他还一直坚持做义工，每周两三次，服务社区福利院的老人，为大型活动做志愿服务工作。2016年，他还在一个公众场合紧急救了一名小朋友的性命,被《深圳晚报》整版报道。

桃子后来了解到我们恒晖基金会的联爱工程,报名做了服务于癌症儿童营养照护的志愿者,在病房里教患儿家属做饭,教孩子们怎么吃比较有营养,教家长们食物怎么搭配比较有利于孩子们的康复,等等。2018年6月,他决定辞去餐饮店店长职务,全职加入深圳市恒晖公益基金会,做我们的项目经理。我问了一下他在餐饮企业的收入情况,即使在深圳也算是年轻人中比较不错的收入水平。我跟他谈我们是慈善组织,付不起他这种水平的工资。桃子说:"陈老师,您看着给就好,我来您这里就不是为工资收入来的,够房租和吃饭就行。"我建议他还是继续做餐饮企业,业余时间做我们的志愿者就好。桃子说,那边虽然干得下去,收入也还行,但那是一眼望得到头的生活,我愿意跟着陈老师做一些有意义的事情。我试着给他开出的工资只是他之前薪水的一半,桃子说陈老师这足够了,还可以低一点。最后我们按他原来工资的一半确定的待遇。

2020年年初,武汉疫情暴发,我被隔离在湖北的家里整整63天,其中27天被严格地隔在自己的房门之内,所以只能在家里遥控指挥。桃子成了深圳办公室的临时一线指挥官,带着小伙伴们做了不少工作。三月份启动传薪计划的时候,面临的最难的第一关,就是如何找到那些牺牲英雄的家属,说服他们接受我们的帮助。我知道这在当时是一件比较难的事情,那些天几乎每天都有一线牺牲英雄的消息发布,社会关注很多。在这些关注中,有很多真心的关怀,但难免泥沙俱下,也有一些做表面工作蹭英雄家庭流量的人出现,想必英雄家庭在悲痛中也是不堪其扰。做这项工作的人必须有很强的共情能力和沟通能力。我第一时间想到桃子,他虽然不怎么善言辞,但是我相信他的共情能力。桃子第一时间表态接受这个任务。

3月18日,恒晖基金会通过媒体发布了项目公告。3月24日,我们项目后台灵析表格收到的申报数字只有7人。那之后的一个星期,桃子决定不再等待英雄的家属来找我们,他判断英雄的家属多数还处于悲痛中或者忙于英雄的后事,无暇顾及社会救助信息,于是开始主动通过网络了解到的信息,一个一个地去寻找牺牲英雄的单位的联系方式,希望通过单位联系到家属,推介我们的项目。3月31日,桃子又联系到了19位英雄的家属。

桃子给我汇报工作进展时流泪了。一方面是因为和英雄家属沟通时感动和悲痛的共情,另一方面是因为在收到"单位正在申请补助和资助,暂不接受民间援助"的回复的同时,桃子又了解到某位英雄的家属没有正式工作,孩子刚念初中,我们能够提供的帮助并不多余。能辗转找到单位本身就很不容易了,而收到这样的单位回复还不止一个,这让他很有挫败感。

从这一天开始,我也直接加入寻找英雄后代的工作队伍中。我和桃子一起，对从互联网上找到的381位抗疫一线牺牲英雄的情况做了详细分析，按照我们项目的服务内容，50岁以下的英雄家里可能有未成年子女。这样的英雄我们没联系上亲属的还有149人，分布在24个省、市、自治区，当然最多的是湖北武汉。

我和桃子把在互联网上能搜到的这些英雄的信息分省列成表格。我开始通过强大的朋友圈，在每个省寻找我的铁杆志愿者队伍。4月1日，我发出了24封信，附上了24个表格，拜托我的志愿者朋友发动他们在本省的亲戚朋友渠道帮忙寻找英雄家属的联系方式，并嘱托他们不用直接跟英雄的家属联系，只要把联系方式找到告诉我们就行，我们会非常委婉、真诚地去联系英雄的家属，介绍我们可以为他们做的事，不会让他们感到唐突和被打扰。

一天之后，各省的志愿者开始给我反馈信息。两天之后，出现了第一支全省找齐英雄家属信息的志愿者队伍；第三天，出现了三支全省找齐英雄家属信息的志愿者队伍；第十天，所有英雄家属联络方式全部找到。好几个省的寻亲志愿者的努力过程让人动容。有的是团省委书记、省民政厅厅长和省卫健委副主任亲自出面帮忙找到英雄家属信息，有的是当地社会组织亲自上门去找亲友或者邻居拿到英雄家属信息，他们从一开始就在用自己的身份和能量为传薪计划这个项目背书。

接下来重担就交给了桃子，他来负责和英雄的家属们沟通。桃子都是先给英雄家属发信息，介绍我们的项目，再跟对方约电话沟通时间。如果对方三次不回复信息，他就会选择一个合适的时间直接打电话过去。桃子那些天里打了无数个电话，他后来跟我说，电话里他遇到过三种情况：一是对我们的项目表示感谢和接受的，这种情况最容易，但是不多；二是问项目详细情况的，桃子已经将项目设计的各种细节烂熟于心，这种情况问题不大；三是直接挂断电话骂他是骗子的。如果碰到第三种情况，他就会马上把恒晖基金会的营业执照拍照发过去，然后把自己的身份证正反面照片拍照发过去，再把媒体对我的报道以及对传薪计划项目的报道链接发过去。先为打扰对方道歉，再请对方看过信息之后约时间沟通。

桃子有痛失亲人的经历，因此他更能对英雄家属们的悲痛感同身受。联系家属们的时间，他总是选择在晚上8点半左右，一是考虑到这个时间点家属们都已经下班回家，吃完晚饭收拾得差不多了，是相对闲暇的时间；二是如果交流过程中家属控制不了情绪，在工作单位不能哭泣、不能失态，但是在家里可以，悲伤情绪的释放在亲人离开不久的时间里是必要的。随着找到的家属越来越多，遇到的情景也越来越勾起桃子自己失去亲人的记忆。在这些情景中，有爸爸出殡当天奶奶因伤心过度跟着离世，而读初中的女儿全程目睹的；

有 10 岁的孩子在爸爸走后情绪失控,把妈妈脸上和脖子上打出青紫伤痕的;有白发奶奶给儿子去墓园选墓地眩晕摔倒的……

桃子说那段时间他做得最多的事情就是倾听,听英雄的家属们讲述,很多时候发现自己不知道该说什么,只能陪着流泪。最多的时候,他一天陪着不同的英雄家属哭了五场,到晚上深夜洗完澡坐在沙发上还会独自流泪,心痛得难以入睡。桃子后来说,那段时间他甚至晚上不敢反锁门,想着万一如果自己有心肌梗死之类的不测,同事可以直接进门找到自己。我们的心理专家志愿者倪子君老师当年下半年给我们恒晖团队做心理团辅的时候,听桃子讲到这一段,从前面讲台走到桃子身边拥抱了他,桃子当场又哭了。

我印象最深刻的是 2020 年 6 月 9 日下午快下班的时候,桃子泪流满面地没敲门就直接推门进来了,跟我说:"陈老师,我有重要消息跟您汇报,李文亮烈士的爱人付雪洁医生答应接受我们的项目了!"文亮牺牲后,雪洁备受打扰,我能理解她有多难。桃子精诚所至,终于说服了雪洁信任我们,加入我们的项目。6 月 12 日,文亮和雪洁的第二个儿子出生,两个孩子成了我们传薪计划的第 150 位和第 151 位薪火宝贝。

2021 年 5 月 8 日,我和桃子到西部一个省份去上门探访一位英雄爱人。这是一位最初挂断桃子电话,骂桃子是骗子的家属,后来桃子不仅说服了她和孩子加入我们的项目,还成了和她一直保持密切联系的最亲密的弟弟。这位英雄的爱人为了打发孩子在学校寄读之后独自在家的时光，找了一份在夜市做切菜工的工作。那天她9点钟下班，我们在她住处附近找了一个地方约了消夜见面。桃子和她像是分别多年的姐弟相见，有说不完的话。凌晨在街头分开的时候，我们一行加上英雄的爱人及其朋友一共7个人已经分别握手道别，准备各自上车，这时英雄的爱人叫住桃子，走过来，两个人在深夜的街头久久拥抱。深夜的路灯下英雄爱人的眼泪我们看得清清楚楚，在场的每一个人也都止不住流下了眼泪。我在泪眼中拿出手机录下了那个画面。

2022年年终总结时，桃子跟我谈心的时候说，他很感谢恒晖，感谢传薪计划公益项目。他一直觉得自己活在这个世间身上是三个人，除了自己，还有小玲和王梓——他和小玲共同的"王子"，他替她们母子活着。这些年里，他不敢参加任何人的婚礼，怕看见新娘穿着婚纱走出来的样子，但是现在他可以了。前不久看着一个英雄家属在爱人走后三年重新成家的喜悦场景，他觉得自己一下子克服了那个心理障碍。这些年，他无数次想象过自己和小玲未出世的"王子"是什么样子的，现在他觉得每一个年幼的薪火宝贝，都像他的"王子"。

2023年5月，恒晖召开换届理事会，桃子被理事会全票选举为新一届理事长。恒晖现在是赢得广泛社会信任和支持的5A级慈善基金会，团队成员有海归博士硕士，也有名校毕业生。桃子在大家的热烈掌声中发表当选理事长之后的感言："谢谢大家的信任，谢谢陈老师的信任。我不大会说话，但是我会做事。我会踏踏实实地做事，和大家一起在陈老师的带领下把恒晖的事业做好。"

延伸阅读

传薪计划

传薪计划项目旨在为在抗击2020年新冠疫情中不幸牺牲的医务工作者、公安干警、基层干部、公益组织人员等抗疫英雄的0~22岁子女提供长期的教育成长陪伴关怀。我们找到了分散于全国各地的163个薪火宝贝，当然最多的孩子是在武汉。这些宝贝中90%父亲牺牲，10%母亲牺牲，还有一个宝贝的爸爸妈妈都不在了。

22年是一代人的时间，也是最小的7名薪火宝贝（我们三年前找到他们的时候，他们还没有满周岁）大学毕业的时间，这就是传薪计划的项目周期。除了每年给予孩子们一定的教育金支持，我们还有家庭探访、心理援助、健康保障、营养支持、家长赋能、朋辈导师、夏令营、特长培养、公益实习、就业培训10个方面的项目支持。

我们会给每个孩子建立一份人生成长档案，这份档案无关乎隐私，只关乎成长。档案会记录我们公益人陪伴孩子成长的点点滴滴，最后汇集成册，在孩子大学毕业的那年生日，由我代表项目组送给他（她），作为孩子进入社会的成长礼。我会告诉孩子，爸爸（妈妈）是我们全社会的英雄，我们这个社会没有忘记他（她），希望我们公益人这一路上温暖的陪伴，能够成为孩子今后人生中成长的力量。

项目中最小的孩子是李文亮烈士的第二个儿子，他是在文亮牺牲三个半月之后出生的。这个宝贝大学毕业的那一天,我们的传薪计划公益项目就正式结项了。我跟伙伴们说,如果足够幸运,我应该能够活到 72 岁,这个仪式性的工作,由我来完成。如果我在这期间离开了,请你们一定替我完成。

第五章 神奇的世界杯之旅

"爸爸,我们将来能去看世界杯吗?"

"会的,儿子!"

1

薪火宝贝陈林奇的父亲生前是一个铁杆球迷，受其影响，林奇5岁就开始踢球，每周六都是父亲雷打不动地陪孩子踢球的时间。球踢得好，父亲就请儿子吃大餐，这是父子俩的约定。小林奇在小学阶段一直都是学校足球队的主力，拿过社区少年足球赛的冠军，是一个活泼开朗的阳光少年。

林奇的父亲于2020年3月初牺牲在武汉抗疫一线，那天也是一个周六，父亲再也没有回来。林奇消沉了很长时间，后来在妈妈和哥哥的鼓励下重新走向球场。到林奇家里探访的时候，林奇跟我说只要在球场上跑起来，就觉得爸爸还在身边陪着他。我问林奇最喜欢哪个球星，他说喜欢很多球星，比如姆巴佩、哈兰德、莫德里奇等，但是最喜欢的还是梅西。

林奇的经历启发了我们，传薪计划的特长培养板块就是在探访林奇时从他身上得来的灵感。如果这些英雄还在，他们一定不会满足于自己的孩子有饭吃、有衣穿、有钱上学，孩子成长岁月中的那些特长和闪光点，一定会让父母眼睛放光，并牢牢抓住来培养的。这件事今后就由我们来替英雄们做。有些英雄生前就已经为薪火宝贝播撒了热爱的种子，我们就继续来浇灌。

为了给林奇找足球圈的培养资源，我想到了世界杯全球官方赞助商蒙牛集团。传薪计划刚开始的时候，后来成为恒晖基金会理事的志愿者雪琨就拉我们认识了她的好朋友蒙牛集团高级副总裁高飞，后来又认识了蒙牛集团执行总裁李鹏程。他们对传薪计划的项目设计高度认可，不仅为薪火宝贝的成长教育金提供了大额捐赠支持，还从 2021 年 1 月开始，为每一位薪火宝贝提供每月两箱特仑苏牛奶，直到宝贝们大学毕业为止。有这个合作托底，我们和蒙牛也算是亲戚关系了。我知道蒙牛签下了梅西和姆巴佩作为品牌代言人，就大着胆子找蒙牛为林奇要一件梅西的球衣。蒙牛二话不说就答应了，而且主动说要联络更多的资源来培养这个薪火足球宝贝。

2021 年 10 月 25 日，蒙牛邀请林奇参加了中央电视台的蒙牛"追梦世界杯"线上品牌发布会，林奇在央视的舞台上大气沉稳地跟主持人交流，少年足球明星范儿呼之欲出。蒙牛在发布会现场赠送给林奇一件梅西亲笔签名的球衣,并承诺带林奇到世界杯现场去参加足球盛宴。自那以后,林奇踢球越发努力,学习也越发努力。

2022年夏天,林奇小学毕业,按照武汉市小升初对口升学政策,林奇要到武汉市第七中学上初中。林奇希望上初中后能够一边学习一边继续练球,但是武汉市只有十二中有初中足球队,而武汉市教育局有严格规定,小升初不得择校。林奇妈妈很希望儿子继续在足球特长这条路上走下去,她找了很多人,都没有办法,最终决定来找我们。她说,实在想不到还有什么人可找了,但是又确实非常想为孩子保留住将来走专业足球运动员路线的可能性,传薪计划对孩子无微不至的关怀和陈老师在湖北的影响力,是她能想到的最后一丝希望。

我接到电话的第一时间就答应帮忙想办法,没有丝毫犹豫。我知道这个难度,因为它是突破一个城市的升学制度搞特例,凭我几十年政府体制内工作的经验可以简单做出判断,这事大概率办不成。但是那一瞬间我又觉得无法拒绝,一是感觉这件事对林奇的人生成长很重要,二是林奇妈妈恳求的语气,特别是找到我是最后一丝希望的表述,让我觉得无论如何要试一下。在我儿子的整个读书阶段乃至成长阶段,我从来没有为他的事低头求过任何人,我为这一点骄傲过也惭愧过,现在我把这个空间留给林奇,以及和林奇一样的薪火宝贝吧。

我第一时间想到的求助对象是26年前我做团县委书记时的老朋友，即当年宜都市的团市委书记孙晓蓉，此时她任湖北省纪委监委派驻省教育厅纪检监察组组长。我跟孙晓蓉约了一个电话会，详细说了传薪计划公益项目以及林奇的情况，请她帮忙。她首先说很难，但是又说这件事有特别的意义，她听着很感动，也不是完全不可通融，她跟武汉市教育局的领导说说看。随后孙晓蓉给了我一个武汉市教育局领导的联系方式，而且说这位领导好巧不巧是我的兴山老乡，让我直接联系他。我一看名字可乐坏了，这个老乡我本来是认识的，多年前在兴山工作时我们还有过交集，只是这些年各忙东西很少联系，但是前些年在故乡县城碰到打招呼时还很热情，这真是老天帮忙啊。我给这位老乡领导短信留言，他一直没有回复，打他的电话也不接听，两次加他的微信都没有通过，看来在市教育局领导这里我是碰了软钉子了。接下来我又找了10多年前在省委党校读书时的同学张忠军，忠军当时是武汉市人民政府秘书长，不久后成为武汉市副市长。我跟他详细说了前后的情况，也说明我很理解他们的难处，只是这个孩子的情况实在太特殊，我确实太想帮他，所以求到他这个市领导的头上，看看有没有可能帮忙想想办法。

忠军的反馈让人感动，他第一时间表示对传薪计划这个项目的认可，对我们的坚持表示钦佩，说原则虽然是刚性的，但是人性的光辉也是要考虑的，特别这是武汉抗疫牺牲英雄的后代，稍微特殊照顾一下不过分，他一定尽力。听他这么说，我在电话这头眼眶都湿润了，连声说谢谢。

第二天忠军就回话，这件事通过区政府来协调解决，林奇推迟一天报名，待其他同学报名完成后，再到十二中去报到上学。

2

林奇在十二中的学习如鱼得水。热爱铸就的底子，"行家一出手，就知有没有"，林奇一进校就被选进了校足球队并成为主力成员。

蒙牛在世界杯之前和教育部体艺司联合在全国范围内选拔了百名足球少年，在内蒙古举办了足球夏令营，林奇是唯一一个不用走选拔程序直接入选的孩子。在夏令营里，林奇的表现十分出色，被遴选为11名中国蒙牛少年队成员之一，不仅可以赴卡塔尔观看世界杯，还可以在世界杯期间和卡塔尔少年队进行一场足球友谊赛。

2022年11月16日中午，我从深圳飞到上海，赶赴蒙牛世界杯之行出发集结营地，林奇从武汉出发到上海跟我们大部队会合，期待了许久的世界杯之旅即将启程。小林奇的状态非常好，在酒店大堂相见拥抱的时候，我能看到孩子眼中喜悦的光芒。

这次去卡塔尔，我们将在现场观看开幕式以及随后开始的东道主卡塔尔队和厄瓜多尔队的比赛，还有后面阿根廷首场和沙特的比赛、法国队和澳大利亚队的比赛，以及荷兰队和塞内加尔队的比赛。本来我有一个梦想，希望能推动林奇作为阿根廷首场世界杯比赛的球童，让梅西牵着他的手上场，蒙牛甚至答应帮忙在国际足联那里去做工作。可是国际足联的挑选规则严格，球童只能是8岁上下身高一米四左右的孩子。林奇已经12岁了，身高一米五七，梅西才一米六八啊，当然没能如愿。但是，蒙牛作为本次世界杯全球官方赞助商，国际足联特别照顾，给了一个特别的权益，就是在包括开幕式比赛和阿根廷首场比赛在内的三场比赛开始前，球员入场热身之后，工作人员将带领4名中国足球少年沿着球员通道进入球场，近距离通过球员热身的场地，绕场一周之后再上观众席观看比赛。三场比赛有12人次的机会绕场，而我们总共只有11个孩子，这意味着有一个幸运的孩子可以绕场两次。蒙牛将这个唯一的幸运机会，给了传薪计划的薪火宝贝林奇。林奇将成为世界杯开幕式后东道主卡塔尔队与厄瓜多尔队的比赛以及阿根廷队与沙特队的比赛的绕场足球少年，非常近距离地看到他最喜欢的也是千千万万球迷最崇拜的梅西。

蒙牛对世界杯期间中国蒙牛少年队与卡塔尔少年队的少

年足球友谊赛很重视。11月17日、18日两天时间，蒙牛聘请了专业的足球教练给孩子们进行热身训练，蒙牛集团总裁卢敏放亲自到训练场给孩子们加油。

集训期间，专业教练需要经常下场示范和参与，我则认真地承担了助理教练的角色，在场边拿着教练簿，按照教练的吩咐做记录，仔细观察，根据每一名球员的特点和教练一起商议他们最合适的场上位置安排。几个关键位置的人选，我的建议都被专业教练采纳，教练夸我是个真球迷，不是伪球迷。

两天的集训结束，出现了一个非常戏剧性的局面：蒙牛少年队的专业教练因故不能出国了！那么下周蒙牛少年队和卡塔尔少年队比赛的现场，就缺少了一个关键角色——现场主教练。

怎么办？事前猜都猜不到的办法！

对！你猜对了！就是这么办！

"蜀中无大将，廖化作先锋"，天降大任于陈某人，我将担任4天后中国蒙牛少年队和卡塔尔少年队少年足球友谊赛的中方现场主教练！

作为一名从1990年《意大利之夏》开始看球，之后几乎没落下过历届世界杯所有重要场次比赛的足球迷，命运神奇地给我安排了这样一个临时角色。看来真的是要保持热爱啊，因为你永远不知道因热爱而来的意外惊喜什么时候会降临。

在集训的球场上，结束训练的孩子们个个神采奕奕，眼中放光。第二天清晨，我们就将从浦东机场飞往香港，然后转机去卡塔尔多哈。在那里，世界杯的热浪在等着我们。

那一刻，我觉得我仍然是一个少年。

3

卡塔尔当地时间11月20日晚6点，第22届世界杯开幕式在多哈海湾球场盛大开演，6万人的现场人山人海，热情的演出欢快地带动着全世界球迷节日的氛围。来自亚洲的韩国防弹少年团主唱田柾国演唱本次世界杯官方主题曲《梦想家》（*Dreamers*），星光熠熠，绝对的世界一线明星的范儿，让我们觉得作为一个亚洲人坐在现场都很自豪。致敬往届世界杯的歌曲联唱更是将全场的气氛推向高潮，当大力神杯的庞大模型缓缓推向球场中央的时候，现场成为一片欢乐的海洋。

在开幕式演出结束之后，东道主卡塔尔队球员和厄瓜多尔队球员开始入场热身，林奇和另外三名中国足球少年在工作人员的带领下通过球员通道进入赛场。国际足联官方主持人领着中国足球少年向观众席打招呼，6万人球场的两个顶棚大屏幕上出现了林奇的身影，现场观众用鼓声、掌声和欢呼声给予他们热烈的回应。看到林奇他们走出来，我赶紧从座位上起身冲到观众席的最下边，争取在最近的距离拍到林奇的样子，结果在第三排就被现场工作人员拦住了。情急之下，我对工作人员说："You see the four boys waving on the court? The one on the right is my son. How proud I am! Would you allow me to take a picture on the edge?"（你看到球场边挥手的那四个男孩儿了吗？最右边那个是我的儿子，我多么为他骄傲，你能允许我靠近点儿给他拍张照片吗？）结果他马上改口说："Sure! Congratulations!"（当然，祝贺你！）然后微笑着示意我到第一排最边上给孩子们拍照。

观众席第一排最靠近球场的位置几乎是最佳拍摄位，后来我拍的一张照片被蒙牛选中上了它的官网。小林奇和他的三名小伙伴精神抖擞，在工作人员带领下绕场一周，近距离地感受着球员热身的状态和观众席上火热的氛围。我又是录视频又是拍照片，一会儿调焦拉近，一会儿全场推远，跟拍了小林奇和其他三名足球少年的绕场全程，这将是他们人生中极其难得的成长记录。

2021年10月25日，在央视的蒙牛"追梦世界杯"线上品牌发布会现场，林奇回忆起与父亲的约定，"爸爸，我们将来能去看世界杯吗？""会的，儿子！"今天，林奇出现在了世界杯的舞台上，在全世界最大的舞台的大屏幕上向40亿观众挥手。那一刻，我相信他在天堂的父亲也看到了。

卡塔尔队和厄瓜多尔队比赛中场休息的时候，我和蒙牛副总裁陈易一到走廊上去买水,易一眼尖地对我说:"前面有个人好像米卢。"一开始我还不太敢相信自己的眼睛,因为米卢的年龄应该快80岁了,但是眼前这个酷似米卢的人显得很年轻啊,看起来也就是60多岁的样子。但是我们一靠近,就准确无误地知道眼前的人就是带给过中国人最多快乐的那个外国人——世界足坛的"神奇教练"米卢。2001年的五里河,当米卢执教的中国队历史上第一次杀进世界杯的时候,在漫天挥舞的红旗中,米卢智慧勇敢又亲切的笑脸,已经刻进了我们那一代人的青春记忆。

我和易一热情地上去跟米卢打招呼,知道我们是来自中国的公益人和企业家,米卢非常高兴地跟我们攀谈并合影留念。

刚开始跟米卢合影的时候,他的表情是招牌式的米卢式微笑。当拍照的易一告诉米卢,跟他合影的这位就是明天在卡塔尔举行的中卡少年足球友谊赛的中国少年队主教练时,米卢做出了一个非常夸张的惊喜表情。易一连续按键,拍下了米卢表情变化的瞬间。分手前我们把照片展示给米卢看,他也忍俊不禁。

回到酒店已是当地时间晚上11点,我和11名蒙牛中国足球少年在酒店大堂开了一个简单的赛前碰头会,跟大家分享了我在中场休息时与"神奇教练"米卢的奇遇,向孩子们展示了我和米卢的合影,特别是后面那张米卢惊喜夸张表情的合影，孩子们都非常欣喜。

第二天的中卡少年足球友谊赛，中华人民共和国驻卡塔尔国大使馆周剑大使要到现场讲话并给孩子们加油，《人民日报》、中央电视台以及新华社记者也要到现场见证。作为主教练，我已经准备好了。林奇将作为主力上场，我也期待孩子们赛出中国足球少年的风格和水平。

4

生活中没有最惊喜，只有更惊喜。当天的中卡少年足球友谊赛，踢得那叫一个波澜起伏、荡气回肠。场边一直陪同周剑大使观赛的蒙牛副总裁陈易一感慨道，比赛的过程和结果，连编剧都编不了这么妥帖。

早上7点钟，按照约定在酒店大堂集合的时间到了，孩子们只下来两位，看来昨天的开幕式和首场比赛看得兴奋，加上倒时差的因素，孩子们普遍没有休息好。中央电视台体育频道的世界杯大篷车《乘着大巴看世界，不一Young的卡塔尔》转播组已经等候在酒店大门口，主持人洪涛和摄制组也都在等候着。我们迅速上楼招呼孩子们下来，15分钟后集合完毕上车。去多哈大学的路程有40多分钟，洪涛跟孩子们一起聊到下车，看得出来孩子们还不够兴奋。蒙牛集团给我安排的助教小伙苏一凡给我看手机信息，说前方到达的蒙牛伙伴看到卡塔尔少年队正在热身训练中，对方一看就很强。下了车，我抓紧时间跟孩子们讲场上阵容安排和各自位置要注意的简单要求，又跟几个核心球员进行了单独交代。孩子们慢跑进场，算是简单热身。

上午9点，友谊赛在卡塔尔多哈大学的足球场边举行了开场仪式。中国驻卡塔尔国大使周剑和蒙牛副总裁陈易一分别致辞，卡方由国际足球学校的创办人汤米·威斯特摩兰（Tommy Westmoreland）致辞，我作为活动支持方深圳市恒晖公益基金会的代表被主持人介绍上台。中卡双方队员走上前互相认识，微笑着排队击掌后站定。接下来是山东省文化和旅游厅安排的两位老师给大家表演了10分钟左右的蹴鞠，让卡塔尔的孩子和观众认识千年以前的中国"足球"是什么样子的，我们的小队员也积极参与互动。

9点半比赛正式开始，双方踢的是八人制比赛，上下半场各20分钟，中场休息5分钟。我在上海陪孩子们训练了整整两天，已熟知每个孩子的特点，阵容安排是我仔细打磨过的。根据现场看到的对方实力情况，我决定将原定的322阵型调整为331阵型。对方虽然也有11岁的球员，和我们最小的队员年龄持平，但是有好几个孩子人高马大，至少十五六岁的样子，身板和架势一看就很有基础。赛后我才从蒙牛伙伴那里知道，这所卡塔尔国际足球学校在当地大名鼎鼎，顶峰时期有3500多名学生，现在受疫情影响学生人数有所减少，但是也有2000多名学生。他们来自30多个国家，现任卡塔尔国家队主教练菲利克斯·桑切斯·巴斯的孩子就在这所学校上学练球。这11名球员是从全校孩子中挑选出来的，从面孔看有中东面孔、印度面孔和欧洲白人面孔，这哪里是卡塔尔少年队，分明就是一个小联合国足球队嘛。后来易一跟我开玩笑说，他们是从30多个国家里选出来的孩子，而我们是从30多个省区里选出来的孩子，实力有差距也是可以理解的。

比赛一开场的形势，像是前一天晚上东道主卡塔尔队和厄瓜多尔队比赛倒过来的翻版，卡塔尔少年队一上来攻势很盛，5分钟就踢进了第一个球。尽管我赛前不停地调动，但是我们的孩子很明显还是没有兴奋起来。10分钟的时候，我们的后卫队员在禁区前回传失误，被对方抓住机会抢断近距离单刀再进一球。根据孩子们的状态我马上做出换人调整，在场边大声喊叫，指挥大家集中注意力，加强配合，但是上半场结束前仍然被对方攻入了第三个球。

中场休息5分钟，我果断调整中轴线，原来打中场的队长吴桐改打后卫，原来打中后卫的崔华强调到中场，前锋黄俊瑜作为支点，大家围绕着他打。同时鼓励其他几名球员积极跑起来、突破起来。守门员牛甲琦有些自责，我笑着说三个丢球都跟他没有关系，他表现得很好，然后抱抱他，鼓励他继续加油。

下半场一开场，场上起了戏剧性的变化，崔华强不仅中场拦截能力强，而且往前突破起来一点儿不怵，他和黄俊瑜之间的配合仿佛发生了奇妙的化学变化。这两个孩子虽然身板比不上对方那几个大个子，但是脚下技术好，拿得住球，加上其他队员整体上跑起来、喊起来了，局面一下子就被我们控制住了。开场第一次进攻就通过压迫逼抢，形成了前场三个人的配合，虽然最后一脚踢偏，但是气势一下子就上来了。林奇骁勇异常，在跟对方大个子拼抢的时候手被撞疼，但甩甩手继续坚持，一脸的不服输。

很快，黄俊瑜就在一次定位球的配合中踢进了第一个球；第10分钟的时候，黄俊瑜梅开二度；第18分钟，黄俊瑜踢进第三个球，完成了本场比赛的帽子戏法；第19分钟，牛甲琦完成了一次关键的倒地扑救；最后时刻，我方整体阵型大幅压上，吴桐一脚精彩的射门擦着门柱而出，我们差一点点完成了反超。

随着主裁判一声哨响，全场比赛结束，双方3∶3战平。周剑大使非常高兴，说中国少年队真的是赛出了精神、赛出了水平。蒙牛的带队官员路乾开玩笑地说，虽然是3∶3打平，但是我们领先之后被追平，和对方领先之后被我们追平，感觉是完全不一样的。这次国际友谊赛，最后居然以这样一个特别友谊的局面结束，真的是好得不得了。大家一路都在夸我这个主教练干得好，我在回酒店的大巴车上一一点名表扬了每一名球员，大家都非常开心。林奇笑得特别灿烂，卡塔尔的阳光穿过车窗打在他的脸上，他的整个脸庞闪耀着金色的光芒。

当天比赛结束后，易一见到我说的第一句话就是："我觉得你今天是被米卢附体了。"

赛后，我通过公众号把我在香港飞卡塔尔的飞机上写好的现场指导方案（详见本章章后延伸阅读）分享出来，也跟大家介绍了当天11名蒙牛中国少年队的队员情况，我想将来某一天如果在国家队的名单中发现他们的名字，我也不会觉得奇怪。

5

结束了一周时间的世界杯前线之旅，从卡塔尔转香港，再辗转回到成都隔离，世界杯的四分之一比赛已经开踢了。熬夜看完前两场四分之一比赛，写了一篇文章，在今日头条上发出去，一天就有30多万的点击量，不少同龄球迷留言感慨，这篇文章写出了大家共同的青春。

那些年为你熬过的夜，是我心旌飘荡的青春

这次受公益伙伴蒙牛邀请，带着薪火宝贝到卡塔尔现场开启我的第九次世界杯陪伴史。作为一名"骨灰级"球迷，这是我莫大的幸福。大学好友肖立说，你帮着孩子们圆梦，没想到也顺便圆了自己的梦。从卡塔尔顺利回到国内，世界杯已经来到了四分之一决赛，从现场模式再次转入熬夜看直播模式。昨夜和万千球迷一样，从深夜11点开始连看两场比赛，结束时已是清晨6点。一样的加时平局点球决胜，一样的跌宕起伏心惊肉跳，见证了两位传奇门将利瓦科维奇和马丁内斯的非凡表现，见证了两位伟大老将莫德里奇和梅西的钢铁意志。比赛结束了，窗外晨曦已露，居然兴奋得没有睡意，抚今追昔，心情难以平静，感觉有必要写点东西来纪念一下自己看球的岁月和燃过的青春。

回望过去整整32年的看球史，只有20年前韩日世界杯那一次幸福地零时差观赛，其余四年一次世界杯的大部分场次是要熬夜看的，都是痛苦并快乐着。加上这期间精彩程度不亚于世界杯的历届欧洲杯，一起算天数的话，已数不过来这些年熬过多少夜了。

最难忘的一次是大学毕业前夕看九二年的欧洲杯，丹麦作为预赛小组第二，顶替因战乱被禁赛的南斯拉夫参加欧洲杯正赛，居然一路连克不可一世的各路豪强最终登顶，上演了一场现实版的丹麦童话。那时的彩色电视机还不是那么普及，特别是尺寸稍微大一点的彩色电视机非常不普及，学校的管理很严格，本来我们男生球迷的常规操作是半夜翻墙出去找地方看比赛。决赛正值毕业前夕，我们不再那么惧怕平常不苟言笑的班主任卜诗帧老师，大胆地向他提出能不能把系里的彩电搬到教室里让我们看欧洲杯决赛，卜老师居然答应了，把大电视搬到了数学系四楼顶头的大教室里，让我们喜欢看球的同学一起在那里看。

那时我已经跟后来成为我爱人的同班同学霞是无话不谈的朋友了，自然也免不了跟她分享看球赛的喜悦。她本来是一个足球的纯门外汉，但受我的感染，决定跟我们凌晨一起去教室看球。决赛开始之前有不少同学欢乐地聊着天打着扑克牌，霞还是一副兴致勃勃的模样。比赛开始了，黑马丹麦队对阵头号热门——两年前的世界杯冠军德国队，小劳德鲁普青春飞扬，势不可当，带着一众当时还汲汲无名的青年球员，冲得世界杯冠军德国队一脸蒙，最终2∶0击败德国队夺冠。看他们的比赛完完全全就是在看中国男足踢球画面的两倍速快进版，大开大阖，荡气回肠，感觉半场45分钟唰的一下就过去了。我们男生自然是如痴如醉，但是霞和同去的两个女生连上半场都没撑结束，半个小时没到就互相靠着睡着了。好笑的是，她们或者是不想扫我们的兴，或者是因为这个时间点回宿舍不方便，所以都没走，硬撑到比赛结束,睡眼惺忪、稀里糊涂地跟我们男生欢庆着一起走出教室,踩着黎明的曙光回去了。

后来过去很多年,我跟霞仍然会拿那个场景开玩笑。我努了很大的力,想把霞培养成球迷,但是天性如此聪明的霞,却无论怎样都理解不了足球场上越位和反越位究竟是怎么一回事……最后我还是无奈放弃了。不过霞倒是对我看球这件事极其宽容,我们婚后多年里,她从来没为我半夜起来看球这件事抱怨过一句,每逢世界杯、欧洲杯这种大型比赛期间,甚至还会给我准备一些熬夜看球的零食。

霞看不懂球,却听得进去我跟她讲我崇拜偶像球星的感受,这也是一件有趣的事情。

我看球以来的第一个极致偶像,并不是当时神一样的马拉多纳,而是九零年横空出世闪耀于"意大利之夏",又在九四年力挽狂澜,几乎以一己之力带领意大利杀入决赛的罗伯特·巴乔。我总觉得巴乔身上有一种阳刚的温柔,一种内敛的张扬,以及骨子里的绅士风度。我对巴乔迷到固执的程度,九四年决赛最后一刻,当巴西门将塔法雷尔狂喜地奔向队友的时候,巴乔站在点球点的落寞背影让我心碎又心醉,在屏幕前止不住热泪长流。九十年代的意甲联赛堪称小世界杯,各路英豪云集,远不是现如今被英超、西甲虐得一塌糊涂的样子。我喜欢的意甲球队,跟着巴乔的脚步从尤文图斯转到 AC 米兰,又转到国际米兰,以至后来好些年我都是蓝黑死忠粉,甚至连巴乔职业生涯末期委身的小球队布雷西亚我都开始喜欢了。世界杯、欧洲杯的每一场比赛自不用说,那时每逢周末只要有巴乔的比赛,我都是熬夜必看的,算是见证了巴乔职业生涯的清晨和日暮。

现在这一代球星中,我最极致的偶像就是梅西了。喜欢巴萨的这么多年里,见证过数轮可载入足球史册的巅峰绝配进攻线:梅西初出茅庐时跟罗纳尔迪尼奥和埃托奥,MVP 时代跟比利亚和佩德罗,MSN 时代跟苏亚雷斯和内马尔。这些超级巨星犹如梅西的背景灯,照耀着他从青涩的追风少年慢慢变成沧桑的硬汉绅士,真的是铁打的梅西流水的其他巨星。梅西告别巴萨,是一个时代的结束,从他走后我就几乎不再看巴萨的比赛了。这次世界杯阿根廷首场比赛,我在现场看到蓄着胡楂儿、眼神满是坚毅的梅西带着阿根廷队出场,眼眶居然有一点湿润了。回到酒店,霞语音留言问我:"你看到梅西了吗?"我说:"梅西离我最近的时候也就二三十米的样子。"霞一连"啊啊啊"好几声,兴奋得不知所措。我说:"你又不懂球,这么高兴干吗?"她说:"我不懂球并不妨碍我喜欢梅西啊,更不妨碍我喜欢看着你和儿子看球时幸福的样子啊!你看梅西对他的家庭、对他的国家,那种强连接,他身上的人文精神太让人着迷了。"

上个月（2022年11月19日）央视新闻推出的一家两代人看世界杯的微短剧全网刷屏，题目叫《人生，就是一届又一届的世界杯》，最高点赞留言是"青春不过几届世界杯"，我深有同感。这似乎解释了不懂球的霞为什么听得进去我讲观球感受，她听的不是球，而是我们那一代人共同的青春。

文章的最后，跟大家分享一个彩蛋。开幕式后东道主和厄瓜多尔队比赛时，伙伴易一提醒我坐在我们前排右方有一个熟悉的身影。哎呀，这不就是整个20世纪90年代威震世界足坛的德国前锋、"金色轰炸机"克林斯曼嘛！本来很想比赛结束后跟他合个影的，但是无奈比赛到后面卡塔尔队基本放弃了，后20分钟几乎成了垃圾时间，克林斯曼提前一刻钟退场了。看着克林斯曼站起身来从我面前半米处走过，恍然间感觉重逢了自己的青春。

金色轰炸机，金色的青春，20世纪90年代，我很想念它。

6

我是12月16日完成在成都的隔离回到深圳家中的。17

日晚上是克罗地亚队和摩洛哥队的三四名争夺战,我鼓动霞跟我一起看。霞说:"三四名比赛就算了,明天的决赛是你们球迷的大日子,我陪你一起看吧!"我说:"好啊好啊。"

18日这天的氛围一直氤氲着喜庆,为了给晚上攒精力,午觉我们睡了两个多小时,下午在院子里散了一会儿步,我回家准备晚餐,霞里里外外地收拾房间,我在厨房听到外面传出美妙的音乐声,说:"霞,你的雅兴不错啊。"霞说:"我就是随便语音喊小度音响放的,这曲子怎么这么熟悉?"我说:"这是卢冠廷的《一生所爱》啊。"霞说:"这随机放的曲子怎么都这么应景,是知道今天这个日子是你们球迷的'一生所爱'吗?"

吃完晚饭收拾完已是8点多钟,我们把电视打开,开始看决赛直播的前瞻解说和闭幕式演出。霞已经在收拾得干干净净的茶几上摆上了花生、瓜子、巴旦木、海苔卷四种零食,还用迷你茶具泡了一壶红茶,摆上两个茶杯,看决赛的仪式感足足的。我跟霞分享现场看阿根廷队和沙特队的第一场比赛的时候,我在看台上跟场上梅西远远的同框照,霞反复翻看我的照片和视频,喜不自胜。霞突然提出我俩赌一下今晚谁胜,我说好啊。霞说:"你先说说你的看法吧。"我说:"从情感上我是绝对希望阿根廷队赢的,但是理智告诉我法国队赢面可能稍大一点。法国队身体素质好,战术素养好,特别是有一个不世出的天才杀手姆巴佩。"霞说:"那好,我赌阿根廷队赢,你就押法国队。"我说:"好吧,反正你选了阿根廷队我也只能选法国队了。"霞说:"你要是输了,你愿意押上什么赌注?"我说:"我要是输了未来一年只要我在家,就不让你进厨房。"霞说:"世界杯四年一届,你这一年的赌注太小了,就未来四年吧!"我哈哈大笑,说:"好吧!"

霞说:"你抽这个空再跟我讲讲越位呗。"我拿出在卡塔尔少年足球友谊赛当临时教练时用过的教练簿,用场上的示意图给霞演示,霞一副似懂非懂的样子,说:"就是不让人耍机灵占便宜的意思吧?"我说:"是的,这样才能保证足球比赛中队员们拼技术、拼速度,你大概已经懂了。"

11点比赛正式开始,赛程走向一开始让人大跌眼镜,梅西带着青春逼人的阿根廷队威风八面,直到2:0领先,法国队居然还没有一次像样的射门。梅西进第一个球的时候,霞蹦起来跟我击掌欢呼;迪马利亚进第二个球的时候,霞激动得又是击掌又是和我拥抱,说:"你看我说阿根廷队赢就是阿根廷队赢吧!"

但是法国队主教练德尚不是吃素的,0:2落后时果断换人变阵,解放姆巴佩让他更多地拿球。霞看不懂这些,仍然一边嗑瓜子喝茶一边欢欢喜喜地等着阿根廷队赢。下半场第79分钟,场上风云突变,姆巴佩打入一粒点球,我的心一下子揪了起来,果然,三分钟后姆巴佩再入一球,场上比分瞬间变成2:2平了!可是场上的跌宕起伏霞完全看不出来,她就是看了个热闹，说："不要紧，我们还有梅西呢。"然后在 90 分钟结束时打着呵欠说："已经一点钟了，我熬不住不陪你了，加时赛你一个人继续看吧。"走到卧室门口，她还不忘回头跟我说："我还是赌梅西赢啊。"

我看了 32 年世界杯，这次的决赛绝对是史无前例的，说一波三折都不够表达我的观感和心情，简直是一波五折，魔幻戏剧像是上帝编出来的剧本。加时赛的每一分钟都看得人揪心不已，梅西加时赛再进一球，阿根廷队刚看到胜利曙光时，姆巴佩又一次在加时赛结束前三分钟点球追平，甚至到最后一分钟双方都还各有一次绝杀对方的好机会，真的是活来又死去，死去又活来。残酷的点球决战，大心脏的梅西到底是带着阿根廷队笑到了最后。

比赛结束了，但是我相信全世界几十亿球迷绝大多数没有在比赛结束时关上电视，我当时的朋友圈状态都是这样一句话："梅西！梅西！梅西！今夜必须等到颁奖典礼，必须等到一代人的青春来见证世纪球王加冕礼！"

看完颁奖典礼，我兴奋得无法入睡，硬是把央视的世界杯几个回顾视频全部看完，凌晨 3:09 才关电视。摸到卧室的时候，窸窣的声音还是让霞感受到了，她睡眼蒙眬地问我："结束了？结果怎样？"我说："你赢了！"霞一下子醒了一大半，说："我说吧，哼！有梅西，我们必须赢！"看霞已经醒了，我就索性跟她分享加时赛的惊心动魄，和点球决战时的你死我活，霞此时完全醒了，说："我就没动摇过，法国队追平的时候看你紧张得那样，我一点都不担心。"我说："确实，梅西背后站着整个阿根廷这个国家，这个愿力是了不得的。"霞说："什么呀，梅西背后不是站着阿根廷，而是站着人性，站着人类！"我一下子被霞的这句话震撼到了，我说："你这句话有高度啊！"

霞说，决赛前一天看到阿根廷ESPN（华纳旗下的有线体育频道）的一个记者对梅西的采访，当时她也第一时间在家庭群分享了。记者对梅西说："梅西，我没有问题，我就是想跟你说，决赛就要来了，虽然我们都想赢得奖杯，但是无论结果如何，有些东西没有人能够从你这里夺走。你征服了每一个阿根廷人，没有哪个阿根廷的孩子没有你的球衣，你让我们这么多人活着，你在我们所有人的生活中都留下了印记，没有人能够从你身上夺走这一切。比世界杯更重要的，你已经拥有了，所以，谢谢你，我希望你把这个放在心上。"霞说看这个视频的时候就哭了，这样的人，已远在输赢之外了。我跟霞说："上个月我们在上海出关的时候，海关官员看我们带着足球少年过关，感慨地说，世界杯中国除了男足没去，其余的还真是都去了。我把这句话套用一下，霞，你除了不懂球，关于球的其他东西你还真的都懂了。"

说到兴奋处，我跟霞说："咱们的赌约好像少了一点儿啥，这个时候我才想起来，你还没跟我说万一你输了，你押的赌注是什么呢。"霞哈哈大笑，说："这有什么说头，你又不是没经验。"她这句话戳到了我的痛处,我们结婚不久时有一个经常玩的游戏,就是吃完饭了我跟霞玩石头剪子布决定谁去洗碗,但是我似乎99%都会输给霞,对此我非常不服气。霞说:"就你那点智商,就别跟我拼了。"我说:"这不符合概率论啊,你说说看这到底是什么讲究。"霞说:"这种事就得干脆利索,很明显你出拳时要么脑子里多转了一轮,要么少转了一轮,总之你不是我的对手。"我说:"好吧,愿赌服输。"霞说:"什么呀,这叫双赢,我赢得了赌约,你赢得了四年大厨专享权,你还不服气啊。"我说:"服啊,很服。"

睡觉之前,我想起和薪火宝贝林奇一起看阿根廷队和沙特队首场比赛时,阿根廷队三次进球被吹越位,最后意外地输给沙特队。比赛结束后林奇闷闷不乐,我带着他走出卢塞尔体育场的时候,抚着他的肩安慰他说,这仅仅是个开始,后面的比赛等着看梅西。我把我在电视机前拍的梅西在星光灿烂中走向颁奖台,到最后捧起世界杯的加冕照片编辑了5张,深夜发给林奇并留言:"林奇,希望你在今后的学习和生活中,向永远的偶像梅西学习!遇到困难永不放弃,坚持到最后,拼到最后。"

19日一早,林奇给我回信息:"谢谢陈老师,我会的!"

延伸阅读

中国—卡塔尔少年足球友谊赛
现场指导方案

总的原则： 快乐地享受足球、享受比赛，一丝一毫的紧张都不需要有。打整体，打配合，团结、尊重、相互帮助，充分展现出中国足球少年的精气神。能赢更好，赢不了只要展示出状态和水平也非常好。（竞技体育的美好之处，除了欣赏赢，也要学会怎么去看待输，人生的过程就像是不停地经受大大小小的比赛，不可能总是赢，只要努力了，当你输了的时候仍然可以坦然接受，并能从中获得力量。）

阵容安排： 除守门员之外，场上阵型按 322 安排，如赛前观察到对方实力很强，则按 331 阵型。

热身安排： 慢跑 5 分钟；行进间热身操；分队传接球（一脚出球，球从两个标志盘之间通过，一传一跑）。

比赛指导要点：

守门员： 牛甲琦

保持注意力集中，及时与中后卫沟通，该出击时要果断。上海训练时脚背有小伤，球门球开大脚都交给中后卫。

中后卫： 崔华强

处理球要干净，尽量将球交给中前场；观察大局，指挥阵型，适当拖后，保持后防阵型不脱节，注意越位的位置。一般用不到造越位战术，如果对方有一个很活跃的喜欢前突的前锋，注意观察，指挥前压。随时关注守门员的状态。

边后卫： 廖峻熙（左），杨恒瑞（右）首发，金奕丞替补

防守要尽职尽责，少带球，出脚要利索，切不可黏球，出现好机会可前突，完成助攻千万及时回防。保持好防守队形，注意盯住对方核心前锋，但是不飞铲，不伤人。合理分配体能，保持好体能最重要。

中场： 陈林奇（左），吴桐（右）首发，邱沅沅替补

灵活移动，观察情况，不可轻易吃晃让对方过了。互相照应，切不可在中场形成被对方二打一的局面。大胆，自信，敢于突破，多与前锋配合，打不开局面的时候多远射。注意保护好中场，帮助防守，防守时一前一后，不能过于平行。被过了一定要回追，适当时可战术性犯规。

前锋： 黄俊瑜（左），雷宝仪（右）首发，张鲁替补

积极拿球，通过跑动拉开空挡，为队友创造机会。丢球后要就地反抢。如果某一边进攻不畅，换一边上。如果对方很强，改331阵型，雷宝仪后撤中场右边，吴桐居中，黄俊瑜一人突前，当作支点，拿球回做，与队友多做配合。

定位球战术： 角球都由崔华强主发，前场任意球由吴桐主发，如果在射程之内，由黄俊瑜主发。点球由黄俊瑜主发。

如果上下半场打平，需要点球决胜负，踢点球队员和出场顺序为：崔华强、黄俊瑜、陈林奇、廖俊熙、吴桐。

场上队长吴桐,副队长崔华强,阅读比赛,掌控比赛,喊起来,大胆指挥。

蒙牛中国少年足球队队员:

邱沅沅,女,11岁,5号

陈林奇,男,12岁,3号

廖峻熙,男,13岁,6号

金奕丞,男,13岁,2号

张鲁,男,13岁,10号

黄俊瑜,男,14岁,7号

雷宝仪,女,14岁,4号

杨恒瑞,男,14岁,11号

牛甲琦,男,14岁,1号

崔华强,男,15岁,13号

吴桐,女,15岁,9号

第六章 闯『阳』关

我知道,那个正常的霞回来了,她已经闯过了"阳"关。

1

2022年11月24日凌晨,我带着薪火宝贝一行从卡塔尔飞香港,按原计划我们将在香港隔离三天,然后飞成都进行5+3天的隔离,再各自回家。按原定计划,我在成都结束隔离之后要带着林奇从成都飞到武汉,亲手把孩子交到他妈妈手中。

经过卡塔尔5天的密集行程,我在飞机上有些疲惫,两顿饭我只吃了一顿。到香港落地已是24日下午,出机场的时候做了落地核酸检测。到香港半岛酒店住下的时候,我感觉非常疲惫,洗了一个澡后倒头就睡。晚上11点醒来,看到手机上22:07接到一条信息,显示我在机场的核酸检测呈阳性。

我的第一反应是马上找领队核实孩子们的状况。在卡塔尔机场休息的时候，林奇就靠在我大腿上睡觉，我一直抱着他，起码一个小时以上，完全零距离的密切接触。

谢天谢地！所有孩子，包括林奇在内，都呈阴性。除我之外的同行的五个大人，也都呈阴性。

我马上量了一下体温，36.9℃，正常范围，嗓子不痛，不咳嗽，不流鼻涕，也没有四肢无力的症状，就是头稍微有点昏沉，不过这一点很难说是新冠病毒阳性的症状，也有可能是坐了9个多小时飞机之后的劳累表现。不管怎样，我迅速按照短信提示，在网上向香港特区政府卫生署填报阳性信息。当时内地的政策是只要发现核酸阳性就要到方舱去集中隔离，但是在香港被测出阳了，只要自己感觉无症状或者症状轻微，就可以在隔离那一栏选择申请在家隔离或者在酒店隔离。我马上和酒店大堂经理沟通，对方言语非常温柔地说欢迎我就在酒店隔离，但是要转到7楼隔离层，并且说今天已经很晚了，让我先安心休息，可以第二天上午再转过去。

25日上午10点，服务员上门帮我把行李转到744房间，查了一下我的香港安心出行码已转为黄色，我就算是正式开始隔离了。下午3点，香港特区政府卫生署有个小伙子敲门，给我送来一个居安抗疫手环，并送来一袋水果和一些药物，问了我的状况。他非常轻松地跟我说："没事啦，您安心休息几天就好，注意多喝热水，有症状就给我们打电话。"按香港的隔离政策，一般需要隔离 14 天，但是如果打过两针疫苗，可以在第六天和第七天连续两天自测抗原，如果是阴性的，就可以提前结束隔离。我打过三针疫苗，所以隔离时间是 7 天。

26 日中午，我用随身带的抗原检测试剂盒自测了一下，阴性。我想，这转阴也未免太快了吧。虽然依旧没有症状，我还是喝了一包感冒冲剂，就算是预防了。隔离期间，酒店的大堂经理很贴心，每天会打个电话问问情况，而且每次都会顺便聊一会儿天，说他和爱人还有孩子都感染过了，一点事儿都没有，让我别紧张。隔离房间门外有一张小桌子，每顿饭送过来，房间门外会传来一声愉快的招呼声，然后我取进来吃，其间还有三次精美点心赠送。

到 27 日晚上的时候，我电话关心了一下孩子们是否顺利登机离开香港，结果得知孩子们都顺利登机，但是蒙牛副总裁易一和冰品项目负责人若奇两个大人起飞前的快测呈阳性。易一因为没有症状，回到酒店隔离，和我在一层楼。若奇因为有轻微发热症状，被安排到竹篙湾方舱医院隔离。剩下三个大人则带着 11 个孩子飞往成都。

到了第五天、第六天，我每天自测都呈阴性。第六天晚上，大堂经理打来电话，说："今天零点就是第七天哦，您可以在零点时自测一下，继续阴性的话就在特区政府卫生署网站上申报一下，您的隔离就自动解除了，就可以下来到大海边去吹吹风哦。我们也可以帮您安排转到其他楼层房间，您就自由啦。"

接到电话时，我居然有点感动，想这香港的酒店服务业可真是人性化，共情能力绝对一流，就愉快地接受了他的安排。零点过几分钟，我在香港特区政府卫生署网站上申报了自测结果，画面瞬间弹出："您已完成快速抗原自测结果或康复出院申明，安心出行疫苗通行证已转为蓝色码。"我还真的按大堂经理说的下楼到海边吹了一会儿风，凌晨的维多利亚港依然灯火辉煌，海边仍有稀疏的行人。自由的感觉真好，感觉那个时刻的海风都飘着一股甜味儿。

第七天一早，也就是12月1日，我跟香港的地接导游联系去香港特区政府入境事务处办了一个居留延期。因为原定只是过境，香港的居留期只有一周时间，即在12月1日就到期了。我跟随导游到熙熙攘攘的政府办事大楼五楼，前后花了一个半小时，成功延期了20天。接着去社区做了一个鼻咽拭子核酸检测，我已经约好了12月2日的深圳健康驿站隔离房间，准备凭这个核酸检测阴性报告从深圳湾口岸过关回深圳隔离。

真的是计划不如变化快。1日晚上11点钟，我的手机接到信息，显示我当天上午在社区做的核酸结果又呈阳性。我马上用抗原自测了一下，显示仍然是阴性。现在我面临两个难题：一是这个结果到底是怎么回事，难道我的感觉是错的？二是如果接受这个结果，我需要再从头开始隔离新的7天吗？此时已是深夜，打香港特区政府卫生署的人工接听电话不合适,我决定第二天一早再电话询问。但是因为很担心,一夜都没睡好。

2日一早,我打通香港特区政府卫生署的电话,接听电话的人态度很好,他首先安慰我,说我不需要再隔离,这种情况应该是感染后体内还有抗体,他说我是安全的,这个状态下没有传染性,也不会再被感染,可以自由活动。同时他也说,从我的报告看,阳性值就在临界点附近,让我不必紧张,应该很快就会好的。放下电话后,我感觉轻松了一大截儿,于是马上冒出第二个问题,就是深圳的健康驿站隔离房间名额非常难申请,我好不容易申请到的名额今天就这样浪费了吗?没有24小时的核酸阴性报告,根本就没有进入深圳湾口岸进行现场快速检测过关的资格。我稍微思考了一下,决定豁出去了,现在就动身去香港机场那个两小时出结果的快速检测点,自费499港元重新复测核酸,如果是阴性的,我就带着健康驿站预约材料和阴性报告直接去深圳湾口岸。

中午在香港机场做完复测,下午3点半结果发到我手机上,呈阴性。于是我马上带着行李打车到深圳湾口岸,现场工作人员查验了我的预约记录和核酸报告,引导我到深圳湾口岸快速检测窗口,在这里再做鼻拭子的两小时快测,如果这个结果还是阴性,我就可以顺利过关回深圳了。

做完鼻拭子快测,工作人员给我一个类似于餐馆叫号提醒的小圆盘样的东西,说结果出来了这个圆盘会响。我就拿

第六章 闯"阳"关 | 195

着这个小圆盘坐在深圳湾口岸的室外凳子上晒太阳等结果，眼前就是深圳湾的春笋大厦，家已近在咫尺。

晚上6点钟，小圆盘响起来了，我拿着它找到口岸工作人员，结果对方说我这个结果呈阳性，不能过关了。眼看着功亏一篑，我跟工作人员解释我中午的检测还是呈阴性的，我前前后后这么多天一丁点儿症状都没有，怎么这会儿突然又阳了呢？估计工作人员遇到这种情况比较多，她倒是不着急，跟我说我的阳性值在边界点上，估计是阳了转阴不久，体内还有抗体，让我多休息两天再来吧，快了，加油哦！说实话，本来经过这么一反转再反转的折腾，我心里是有点小恼火的，但是深圳湾口岸这个香港口音的小女孩的话让我放松了下来。咋办呢，乖乖地带着行李打车回香港酒店休息吧。

从深圳湾口岸回酒店的途中，想起这一天的经历，我自顾自地笑了起来，"欲速则不达"，我算是切切实实地体会到了这5个字的意思。

2

回到酒店接到了林奇从成都打过来的电话，他说从香港起飞时没发现我，当时团队人多没在意，这会儿在成都隔离时间快满了，才听蒙牛领队说我感染了病毒滞留在香港，特别打电话来关心我的情况。我说我没有任何症状，挺好的。林奇长舒了一口气，说那就太好了。我又跟他聊了一会儿隔离期间的网课学习情况，林奇说自己很自觉地正在上课和做作业呢。感觉经过这次长途跨国旅行，林奇懂事了不少，也长大了不少。

晚上，我又就当天的检测结果再度复阳电话咨询了香港特区政府卫生署的人工接线员，对方很轻松地跟我说："您第八天仍然鼻咽拭子测出弱阳性，说明时隔八天在您的体内仍有较强的可以检测出来的抗体，也就是说您这一次的感染免疫效果非常好，是值得祝贺的事情，完全不用担心。"我上网查了一下，2022年1月1日《柳叶刀》针对新冠病毒的总结性文章《新冠病毒感染痊愈后的保护性免疫》（Protective immunity after recovery from SARS-CoV-2 infection）就说过这种观点，比尔·盖茨后来也说过，"奥密克戎就是自然疫苗"，它会让感染者获得保护性免疫（Protective Immunity）或者自然免疫（Natural Immunity），于是我完全放下心来休息调整。

12月3日到6日，我在香港酒店里舒舒服服地休息了4天，其间开了5个电话会，把带的三本书也看完了，又在微信读书线上读了两本书。我每天去海边散步，沿着星光大道从头走到尾，在星光大道的林青霞手印处每天打个卡，拍个照发给霞，过得倒也闲适。最高兴的是6日晚上接到林奇的电话报平安，说结束了成都的8天隔离已飞回武汉，刚刚平安到家。林奇

第六章 闯"阳"关

跟我分享了从香港到成都再到武汉这一路的感受，卡塔尔的激越旅程明显还在深深地影响着林奇的情绪，他的声音仍然有抑制不住的兴奋。林奇妈妈说："您下次到武汉，请我的医生姐姐帮您做中医调理，增强身体抵抗力。"我笑着说："谢谢。"

6日在九龙社区做了一个核酸，结果呈阴性；7日上午又做了核酸快测，结果也呈阴性。于是7日中午，我再次携核酸报告和深圳健康驿站预约材料到达了深圳湾口岸，再接受两小时快检，通过就可以过关回家了。我心想这一次是阴彻底了，应该再也不会有什么幺蛾子了吧。

但是，看来这一次的香港逗留，是一定要把戏剧性进行到底的。我在深圳湾口岸的广场上晒着太阳等结果，两个小时后，小圆盘再次响起警铃声，工作人员一看结果，说："你今天过关还是不行啊，香港要求新冠病毒ORF1ab基因和N基因的CT值都大于40才是阴性，你的ORF1ab基因检测值是40.75，但是N基因检测值是39.91，离40还是差一点点哦。"我说："我这两天的连续核酸检测都是阴性，报告就在我手头。再说你们刚才检测的这两个值一个超过了，另一个就差零点零几，而且官方宣布了中国内地对新冠ORF1ab基因和N基因的CT值标准是大于35就是阴性，我可是回内地的，按内地标准我这是妥妥的阴得不能再阴的阴性啊，而且你说着这么标准的普通话，应该是内地的工作人员吧？你们能不能通融一下啊？"

口岸的小伙子头摇得跟拨浪鼓似的说："肯定不行，我们要严格按要求来。"我苦笑着说："我这都阳过13天了，自始至终一丁点儿症状都没有，香港特区政府卫生署的工作人员几天前就说我这种情况早就没有传染性了，无论是按常识还是按科学，你们这样为难我到底有什么道理啊？"小伙子的脸上露出不好意思的神情，讪讪地望着他处，摆出一副没有丝毫讨论余地的架势，无比强硬地坚持原则。

没办法，我只好再次收拾行李折返香港酒店。

晚上和一个朋友电话聊起这一天的神奇经历，朋友说，看来传奇的人就是能获得传奇的数据，只是这个数据也实在是太滑稽、太搞笑了，将来这种事是要写进历史的。

鉴于我之前在香港机场快测是顺利通过的，我决定放弃深圳湾口岸过关，12月8日从机场坐飞机离港到成都去隔离。8日上午我到达机场快测，阴得非常顺利，我拿着那个核酸检测阴性报告恨不得亲一口。我赶紧买好还有余票的下午6点半的航班，在机场大厅熬了7个小时后，顺利办好出关手续往登机口走，这时的我长长地出了一口气。登上飞成都航班的那一刻，不知怎的，我脑海中浮现出了"胜利大逃亡"这几个字。

登机之前，我看到内地的各大媒体发布重要消息，从当天起除了特殊场所，进公众场合取消核验核酸阴性证明和行程码，这是三年抗疫以来一个决定性的大转弯，也意味着防疫重点从防控传染源到关注重症患者治疗的决定性转变。世界范围内的数据都表明，奥密克戎的传染性越来越强，但是致病性越来越弱，很明显强硬隔离传染源的方法已没有必要，广州那几天的感染者中，危重症仅有4例。像我这样实际感染了却没有一丝症状的，也印证了此时的病毒危害已经不重，国家此时调整防疫政策是深得人心的。候机室里一片喜气洋洋，有记录显示，三年前的12月8日，武汉报出首例不明肺炎感染，到当天整整三年。有位先生大声说，古人讲"大疫不过三年"，古人诚不欺我。不过也有人冷静地提醒，内地防疫政策虽然从今天起实质性放松放宽了，但是境外入境的5+3天的隔离政策并没有被提及，回内地肯定还是要接受隔离的。大家说就算隔离也无所谓，无论如何曙光都在眼前了。

当晚9点，我们的航班在成都双流机场落地。果然，成都的气氛仍然很紧张。在飞机上就接到通知要等待一个小时才能下机，然后从摆渡到关口，出关，接受落地核酸检测，穿过长长的、窄窄的通道，来到隔离转运口排队，一路上都是包裹严严实实的"大白"。被严阵以待的隔离转运专用大巴车拉到50公里开外、位于简阳市草池街道刘家沟村的天府国际健康服务中心的时候，已经是凌晨一点。下车迎接我们的依然是包裹严实的"大白"，他们拿着喷雾消毒机对着我们的身体和行李消毒，一个不落。虽然国家对待疫情的根本方针已经转向，但境外回来的政策还没调整，仍需要隔离，所以我们同行的这些人也理解配合,可是这着实有点儿夸张。

哪怕我们被隔离的那几天已经是隔离政策的倒计时几天了,成都的防疫工作人员也是一丝不苟,要求我们不得迈出房门半步,一日三餐有人送到门口,敲一下门,然后我从里面打开一条门缝把餐盒拿进来吃。第一天,服务员一敲门我就马上开门去领餐盒,结果被包裹得严严实实的"大白"送餐人厉声训斥了几句,说是要等几秒钟,待他离开之后才能出来拿餐,否则有把病毒传染给他的风险。后面几天我就等着送餐人的脚步声远了,才小心翼翼地开门把餐盒拿进来吃。

第三天下午,我们同机抵达的隔离人员群里一位罗女士发消息@群主管理员,说刚得到消息,她母亲去世了,问能否提前结束隔离回家奔丧。群主说要请示领导,然而很久都没有回话。我们好些人在群里@那位罗女士,劝慰她节哀顺变。晚上7点,我在群里单加了罗女士,问了她的情况,看看能不能帮助她做点什么。罗女士是四川自贡人,嫁到香港,有两个孩子,这次回来是因为母亲病重,专门回来探亲的,没想到人还没到家母亲就走了。虽请示了隔离点的工作人员,但大家都不敢担责任,当时也没人给她回话。罗女士说着说着就痛哭起来,我跟她说我马上找成都的朋友试试看,帮她向市政府反映一下。放下电话后,我就电话联系这两年通过网络认识的每年都给恒晖基金会捐款的成都企业家朋友马总,把罗女士的特殊情况告诉了他,请他帮忙找市里相关领导反映一下。马总二话不说答应下来，让我把罗女士的情况编写成一条信息传过去。半个小时后，马总给我一个电话号码和一个负责人的姓名，让罗女士马上打过去。

罗女士晚些时候跟我反馈，马总找的朋友跟天府国际健康服务中心的负责人已经协调好，罗女士的家乡防疫部门只要写出书面的情况说明，并派出闭环转运车来接，这边就随时可以让罗女士离开。罗女士电话里对我千恩万谢，说已让老父亲马上去办理相关手续了。

深夜11点，我再次接到罗女士的反馈，她家所在的村民小组盖章出具了证明，反馈到这边说，村民小组不是法人单位，需要村委会的盖章证明才有效力，但是连夜找到村主任，结果村主任说担不起破坏防疫的责任，不愿意出具书面材料。罗女士急得直哭，我也完全没有办法，只能安慰她说让家里亲人多去几个人一起找村主任，人心都是肉长的，你家情况特殊到如此地步，再说全国的防疫政策已经完完全全地转向了，相信会办好的。

第二天上午8点罗女士跟我反馈，村主任那一关磨到半夜，晚辈披麻戴孝下跪求情，老父亲眼泪流干，好话说尽，村主任还是没同意，家里人被迫放弃了。好在乡下气温很低，家里人决定把母亲的遗体多放几天，等待她隔离5天期满回到家后再入土安葬，好歹让她再看母亲一眼。罗女士一边失声痛哭，一边再三对我说感谢，说无论如何她们一家人都很感谢我愿意帮忙。我完全说不出话,只好难过地听着她哭。罗女士哭完了又问我的基本情况,我只说了是湖北人,家在深圳,罗女士说等深圳香港通关了她和老公过来请我们一家吃饭表示感谢,我再三安慰她节哀保重。

在成都完成5+3天的隔离已是12月16日,17日终于回到了深圳家中。我们一行去卡塔尔的5个大人中有4个在路途中中招被隔离,幸运的是11个孩子自始至终啥事都没有。霞说:"世界杯的赛程是一个月,你是上个月16号出门的,你这一趟世界杯之旅正好一个月,完美契合。"

3

我在回国旅途中自阳转阴没有什么感觉,属于很幸运的无症状感染者。回国后跟爱人霞和同事分享这段经历,大家都觉得可能这病毒也没啥,就算阳了也不用担心。

后面的形势只能用急转直下这个成语来形容。从12月中旬开始,全国突然刮起了大范围的阳性风暴,同栋办公楼办公的一个大基金会,20多人几乎全军覆没,恒晖基金会陆续也有4个同事感染,大家这才开始紧张起来。4个年轻伙伴都有症状,女生比男生普遍重一点,霞也开始有点紧张,在线上约了社康通的第四针丽珠生物的疫苗,12月23日上午去社区完成了注射。

24日周六阳光很好,我和霞陪着单位还没有感染的6个小伙伴到仙湖植物园游园。全程大家都十分注意防护,公园人不多,大家都戴着口罩,几个小伙伴还带着消毒洗手液,随时注意消毒。下午回来后霞感觉很疲惫,头痛,腰酸,躺了一会儿起来量体温,38.2℃,我们迅速测了一下抗原,第二条线已清晰可见,阳了。此时我一拍脑袋,想起霞昨天才打过疫苗,这莫非是打疫苗后的反应?上网一查打疫苗的副作用就是发烧、乏力,对应上了,而且打完疫苗两天之内核酸检测应该也是阳性的,于是霞和我又轻松起来,没有吃药,晚上早早休息。25日一早起来,霞感觉大好,说没事了。

25日下午,我看霞精神头不错,就提议去院子里散步。霞这两年迷上了乒乓球,而且进步神速,所以出门我便带上了乒乓球拍。一看院子里的乒乓球台空着,就跟霞打了半个小时球,大概是我喂球喂得太舒服了,霞杀得兴起,有几次连抽了十三四板。打完球我们又在院子里转了几圈才回家休息。晚上8点钟左右,霞说头很昏沉,我一摸额头发现明显偏热,一量体温38℃。我提议吃退烧药,霞想了想说也许还是疫苗后反应,坚持一下,喝水休息。

晚上10点,霞开始头痛得厉害,体温继续在38℃,我给她按摩头部,喂了柠檬水,我提议吃药,霞摇头拒绝。到晚上11点的时候,霞已经头痛得无法睡觉,量体温38.6℃。于是我马上找来布洛芬和对乙酰氨基酚，比较了一下功能主治，布洛芬是止痛加退热，对乙酰氨基酚是退热加止痛。根据霞的情况，我决定给她服用布洛芬，正常的量是一次两粒，霞只吃了一粒。晚上 12 点再量体温，体温下降到 37℃。凌晨 3 点，霞感觉难受起来喝水，再量体温，38℃，又吃了一粒布洛芬。

26 日上午 7 点，我和单位小伙伴联系，得知又有三个中招，感染率达到了 70%，我和两个副秘书长商量后迅速决定本周基金会居家办公。做完早饭去看霞，她已完全不能说话，示意我拿纸笔过来。霞写道，她的喉咙火燎剧痛，不光是不能说话，连吞口水都痛，甚至呼吸都痛。霞此时只能躺着，坐起来都困难，我把温水用吸管递到她的嘴边，看到她确实连喝水都困难了。霞有气无力地示意我戴上口罩，我说我已经阳过了，有抵抗力，霞做出生气的样子，我连忙说："好的好的，赶紧戴上，我们还是要对病毒有起码的尊重，别惹急它。"霞脸上露出想笑但是痛得笑不出来的样子。到上午 10 点，再量体温，已到 38.8℃，我又让霞服用了两粒布洛芬，中午 12 点，体温降到了 37.8℃，但是喉咙疼痛不见缓解，无法说话。看着霞难受的样子，我有点手足无措，除了守在身边端茶递水和不时地量体温，试图跟她讲笑话转移注意力已不起作用，甚至连平时我们家"一键笑"的梗，就是那种任何时候只要一提起来，气氛就会马上快乐起来、轻松起来、柔软起来的梗，都不再起作用了。

26日下午到晚上，我病急乱投医地在网上研究了各种对症的中医穴位按摩技法，喉咙痛按少商穴和鱼际穴，头痛按百会穴和攒竹穴，腿部发凉按环跳穴，试图帮助她缓解症状，当时似乎有一点效果，但还是不能解决问题。晚上量体温是38.2℃，霞没有再吃药，这一天她几乎是在床上躺着度过的。我变着法儿做的色香味俱全的饭菜，端到床边她也只是意思了一下。好在25日，在外读书的儿子似乎跟妈妈有心灵感应，给我打电话来问妈妈的身体状况。自那天起，儿子每天电话关心，听到儿子的声音，霞似乎精神了一些，但是完全说不出话，只能她躺着用笔写，我来当翻译。

27日早上，醒过来的霞仍然是吞咽口水都痛苦，体温维持在38.2℃，但是我扶着她能够勉强起床坐到桌边。早餐象征性地吃了一点，我用切成小块的橙子、苹果加冰糖煮的水果茶，霞倒是觉得还吞得下，吃了一些。坐起不到一个小时，霞又必须上床躺着。我每两个小时给她量一次体温，没有再升高，但是也降不下来。同时霞出现了便秘和嘴唇起泡的症状。儿子电话里跟我讨论，便秘本身是服用布洛芬的副作用之一，建议暂时不管。儿子看了妈妈嘴唇起泡的照片，咨询了医生朋友之后说也暂时不用管，这是源自自身抵抗力下降的一种病毒感染，属于自限性症状，会随着新冠阳性症状缓解而自然缓解。

到了中午，霞仍然不能说话、不能吞咽，一副痛苦万状的样子，这让我想到了传说中的刀片喉，心里特别着急。霞在纸上写，要我尝试一下中医穴位放血治疗，我鼓足勇气硬着头皮上。找来针，先在火上烧了一下，再用碘酊消毒、酒精消毒，然后轻轻刺破霞两只手的少商穴，又紧张又害怕。左手第一次没刺破，又刺第二次，右手刺了三次，艰难地各挤出两滴血。霞痛到哇哇叫，我马上用酒精棉擦拭摁住。两分钟后，霞写字示意我喉咙有轻松一点的感觉。但是随后霞站起来的时候感觉眩晕，我赶紧拿指尖血氧仪测了一下，84，老天，这是一个极其危险的数字，因为低于90就是危险了。我迅速拨通社区居家新冠治疗服务紧急咨询电话，电话那头医生叮嘱我不要慌，让我马上扶病人坐好或者躺好再测，如果还是这个数字就马上去最近的龙岗区第二人民医院。我扶霞坐好之后再测，显示回到了96，一会儿又试了一下还是96，看来是虚惊一场。不一会儿儿子打来电话，我跟他说了中午的惊魂一刻，儿子说可能是给妈妈刺破穴位的时候导致的神经紧张，这种情况会导致短时的血氧下降。儿子责怪我胆子太大，说以后不能再这样做了。

下午霞昏睡期间，知更鸟公益项目的伙伴、深圳市春风应激干预服务中心的隋博士发信息问候我在疫情风暴中是否还好，我说我已经"阳康"，但是爱人正在难关之中。他马上说，可以在线上通过EMDR（眼动脱敏与再加工）创伤处理技术帮助爱人缓解症状，我跟他约好晚上7点半请他线上指导一下。隋博士说如果我爱人能够说话可以只用语音连线，如果不能说话就需要用视频连线，看到面容，通过比画完成沟通，或者由我爱人手写我在旁边协助沟通。

隋博士当天下午跟我交流后，他的老父亲在海南出现了脑梗死，需要他连夜飞回海口，于是我们约好线上指导时间提前到隋博士完成机场安检之后的晚上7点。霞在线上接受了隋博士在候机室的指导，前后半个小时，霞从最开始的完全不能说话，到声音嘶哑着用极小的声音开始说话，再到能够稍微大声地说话；从不敢深呼吸，到小心翼翼地深呼吸，再到最后自如地深呼吸，霞在结束之时已神奇地全身放松下来。隋博士不仅是心理学博士，之前还做过临床医生，我在旁边见证了这种创伤处理技术的神奇效果。

当晚睡觉前，霞的体温已经从下午6点钟的37.5℃下降到36.9℃，而且已经能够抛开纸笔，开始小声地跟我说话交流了。她说感觉全身轻松，而且终于敢咳嗽了。我说太好了，咱们接下来就开始对症治疗咳嗽。网上视频说，手掌中食指和中指中间下面一寸处，按着疼痛的地方是咳喘点，连续按5秒钟可有效止咳。我拉着她的手一试，她果然疼得直抽手，但是咳嗽真的好了一点，于是我拉着她的手再试，她疼得要抽手躲，我则摁住不放，一拉一拖之间，在镜子里我俩看着像跳舞。我说："你看镜子里，这个舞姿咋样？"霞忍不住笑了，这是她三天来第一次开怀地笑了。

28日一早，霞起床后再量体温，36.9℃，跟我说话的声音虽略有嘶哑，但是已好了很多。儿子一早打来电话，霞开心地抢过手机跟儿子说了第一句话，我知道，那个正常的霞回来了，她已经闯过了"阳"关。

接下来三天，霞完全维持着正常态，每天量体温正常，血氧正常，声音逐渐恢复到完全正常，有时候吃完饭后还会主动抢着洗碗，但是我还是坚持让她好好休息，跟她说："可不能累着娘娘，娘娘再有个什么差池，小的可担待不起啊！"霞哈哈大笑，我们之间的"一键笑"又回来了。

这次陪同霞闯关之后，我在朋友圈分享了几点感受。一是感染新冠病毒之后，症状超出我的预期，霞最艰难的时间整整持续了两天。我们基金会同事80%都感染了，症状普遍较重，除我之外几乎没有轻松过关的，有的甚至高烧了四天才缓解，大多有刀片喉。二是病程中很多症状出现时患者会茫然无措，虽然备了大概的药物，但还是难免慌张，因此要多听专业人士的意见。三是不能掉以轻心，觉得反正多数人要经这一轮，中招了硬扛几天就好了。事实上，一个人硬扛是很难很难的，最好有亲人或朋友在身边，支持、观察都很重要。霞特别感慨，说幸亏我在家。儿子平常两周左右跟我们通一次电话，但是妈妈生病期间每天一两次电话，嘘寒问暖，查医问药，给妈妈很大的精神支持，让妈妈安心很多，对她闯过"阳"关帮助巨大。

4

2022年12月28日下午5点，我所在的一个400多人的大群——盘古智库群里，一位企业家群友——优客工场、共享际创始人毛大庆发来信息，他父母一周前感染新冠病毒后情况危急，吃了国外朋友帮忙买的Paxlovid（辉瑞公司新冠病毒治疗药物）后效果不错，现在已顺利渡过难关。他说这个药对70岁以上有基础病的老人减少重症率和死亡率有用，现在他们家还剩一盒，他母亲提出让大庆捐出去给有需要的朋友家老人用。

当时的情况是新冠病毒毒性明显降低，但传染率大幅增强，全社会普遍都"阳"了。年轻人症状或轻或重，总体上没什么问题，但是年岁较大且有基础病的人则面临着严峻的情势。霞那几天的严重情况让我很紧张，我几乎天天给老家的父亲打电话，关心他的身体状况，听他说周边的老人谁谁谁又阳了、谁谁谁又走了，我是万分着急。除了叮嘱老父亲做好防护，叮嘱一家都阳了的姐姐隔开住，同时为父亲买退烧药、感冒药做好准备，我不能做任何事情，只能干着急。好在父亲身体底子好，那些天深居简出，安然躲过了那一轮感染。

这个药在"阳"声一片的当时可是非常紧俏的东西，大家在群里纷纷致敬大庆和他的父母。群主顺势提出在群里成立这个药的公益共享委员会，号召群里有储备这个药的人捐出来跟群友的父母共享。在特别药物非常紧俏的非常时期，这种共享机制无疑将发挥公益储备药物的社会效益放大功能。这个提议迅速得到大家的响应。大家在群里推选我担任共享委员会的主任，因为我是职业公益人，对公益活动的规则和伦理把握得准。好事要做好，必须专业地做。我跟当时已经有所缓解但仍躺在床上的爱人说这个事，她说："这是大好事，'老吾老以及人之老'，在这种抢时间的事情面前不要假惺惺地谦虚，不要推，你得答应。"

我马上在群里回复："我愿意牵这个头，现在还需要4个群友站出来做志愿者，和我一起组成五人共享委员会，同时需要一个群友担任监事，要做咱们就按临时公益项目来专业地做，我马上来拟定共享规则。"群主极其高效地在群里直接点名了5个人，他们分别是大庆和另外一个企业家，一个媒体人，以及另外一个公益人，群主建议这四位和我一起作为共享委员会委员；一个大学教授，建议担任监事。群主直接@他们，问他们是否愿意，大家也都迅速回话，表示愿意做贡献。

我迅速把这几个人拉了一个临时工作群。半小时后，我把拟好的行动方案发给委员会伙伴审定，大家言简意赅地提出修改意见。10分钟后，我将修改好的行动方案讨论稿（详见本章章后延伸阅读）发到400多人的大群里征求意见，告知大家如有不同意见可在20分钟之内，也就是6点以前提出,否则算超时默认,我们就正式启动公益募集。

6点钟到了,没有群友提出新意见,我们正式启动群内募集药物,同时接受群友登记家里老人感染后的药物需求申请。当晚,我们就募集到17盒储备药物,有6位群友代家中感染老人向我们紧急求助。我们根据申请者提供的资料在共享委员会群里审核,全部是秒批。老人家属手写知情同意书签名拍照上传,共享委员会根据群友家老人的住址,安排最近的储备药持有者连夜加急快递寄送到老人家中。大庆说他照护父母闯关过程中有经验,自告奋勇地提出由他来帮助指导每一个拿到药的老人家属给老人用药。

当晚有好几位群友提出来,家里老人虽然还没感染,但是家里其他人几乎都感染了,老人有基础病,非常担心,能不能申请一盒备着。我马上回复:我们的共享规则是不能囤药,我们的储备捐赠药分布在北京、上海、深圳、长沙、西安、武汉等地,老人一旦感染,第一时间告知我们,同城快递当天可到,其他地方的需求我们会协调特快发送最近的储备捐赠药,第二天也一定能到,希望大家不要着急。这种紧急时刻,这种稀缺资源,不建议个人囤药,集体来囤,发挥的保障辐射作用会大很多。这样一说大家都表示理解了。

截至29日下午,共享委员会帮助了15位群友的80岁左右的父母。储备药物马上告罄。共享委员会召集临时线上会议,提出两个决议:一是继续在群里募集储备,二是马上开拓购药渠道，公益众筹购买。我拟了一条信息，发到群里：

> 各位群友，共享委员会自昨天下午六点正式成立以来，已经筹集了 17 盒特效药。根据群友父母的紧急情况，经共享委员会审核，已经给 15 位群友的老人免费寄送药物，同时跟老人家属签署知情同意书，共享委员会安排了一位有经验的伙伴帮助指导老人用药。
>
> 当前我国新冠病毒感染者迅速增加，老年患者重症和危重症比例高，这个药对于减少老人的重症率和死亡率有重要的意义。目前筹集到的药物严重不够，在此共享委员会号召手头还有这个药物储备的群友贡献出您的宝贵爱心。
>
> 共享委员会也正在积极寻找可靠购药渠道，一旦找到，就在群里向群友开展公益众筹，购买的药物将在每一位群友的老人近期出现紧急需求时，经共享委员会快速审核后免费发放寄送。
>
> 大疫当前，让我们一起守护我们的老人共渡难关。

团结就是力量。那两天我们又迅速筹集到 20 盒储备药，三天后一位特别有能量的群友找到了 100 盒药的购买渠道，群里几位企业家众筹买下来作为共享委员会的储备药，我们的救助储备能力大大提升。

那些天里，我在群里指挥共享委员会连轴转，前后救助了41位老人。最难忘的是1月2日晚上8点半，我们接到一位群友的紧急求助，当时她人在国外，湖南邵阳乡下老家80岁老人感染了新冠病毒，病情危重，紧急申请用药。我们让她马上发来最适合、最快能收到快递的地址。结果一看，那个地址非常偏，这种情况下靠快递肯定来不及。正在着急时，一位群友说他的岳父住在湘潭，已经"阳康"了，手上还剩一盒药，可以马上贡献出来。我马上在地图上查了一下湘潭到邵阳的距离为230公里，三小时零十分钟的车程，不算很远。救命的事要连夜，我马上在群里征集有没有附近的志愿者可以连夜开车帮忙去湘潭取药再送到邵阳。7分钟后，群里有人回复，可以马上从长沙开车出发去湘潭取药，然后连夜送到邵阳。晚上10：40，群友回复已经在湘潭取到药，现在开车赶往邵阳。凌晨1：19，邵阳那边反馈药刚收到，大庆马上和前方视频连线指导如何用药。

群主说，中学时候学过一篇课文叫《为了六十一个阶级弟兄》，现在亲身经历这种拯救生命的接力，感慨万千。

2023年2月20日，根据社会面疫情缓解情况，经过共享委员会集体讨论，我作为共享委员会主任在群里发出公告：

各位群友，自去年12月28日群公益众筹共享Paxlovid药物以来，群兄弟姊妹们抱团互助，为群友父母及时发放了41盒药物，保障了群友家老人顺利渡过疫情难关。（这41位高龄老人，仅有一人不幸离世。）今天是阴历二月初一，疫情已经缓解，共享委员会决定将剩余药物开放给群友购买备药，价格为购买成本价，按先买先得的原则，卖完为止。有购买意向的群友，请找群友小杜登记。

一小时后，剩余药物被群友买完，小杜随后将这些钱退还给先期众筹买药阶段出钱的几位企业家。这次小范围公益互助的实践圆满结束。

延伸阅读

爱心群公益众筹药物临时行动方案

当前我国新冠病毒感染者迅速增加，老年患者重症和危重症比例高，患者对奈玛特韦片/利托那韦片组合包装的需求大，微信群的群主和群友们基于人道主义，通过各自渠道寻找药物，提供给有需要的患者。

药品募集：

可以通过各自渠道采购，在群里用接龙的方式告知自己可以实际到位的认捐数量，并写明所在城市。第一期行动的募集目标是50盒。

需求征集：

因为处方药品特殊，所以第一期仅接受群友直接亲属申请，群友代表患者提出需求，将患者的姓名、年龄、发病时间、主要症状、所在城市等告知分配委员会，并提供医生处方。

分配委员会：

由共享委员会五人组成，负责审核需求，决定是否同意赠予特定患者。

药物配送：

优先安排同城配送和就近城市配送，由捐赠人将药物用快递的方式送达提出需求的群友，交给其患者亲属。

免责声明：

群友应签署免责声明，表示对药物的来源知情同意，药物的赠予是出于人道主义的目的，药物的使用将会在医生的指导下进行，如果药物的使用未达到预期或者有副作用，由患者本人和/或监护人承担，与爱心群和药物捐赠人无关。

知情同意书模板：

本人接受群友"奈玛特韦片/利托那韦片组合包装"赠予，本人了解药物的赠予是出于人道主义的目的，药物的使用将会在医生的指导下进行，如果药物的使用未达到预期或者有副作用，责任由本人、患者和监护人承担，与爱心群和药物赠予者无关。

受赠人：

时间：

回乡

—— 第七章

回乡，就回到了亲爱的人间。我是回来尽孝的，被温暖的，哪怕这温暖来自湿苇燃起的火苗。

1

2023年8月17日晚,我接到姐姐的电话,说父亲在家门外摔伤了,拍片显示左肩粉碎性骨折。一家人开电话会紧急商量,鉴于父亲82岁的年龄和身体状况,我们决定不让他做开刀植入钢板的手术,而是带他到邻近的巴东县大支坪镇卫生院田先彩中医骨科求医。我18日从深圳赶往大支坪镇,一路上忧心忡忡。但是,一到巴东,我的心就踏实下来了。虽然父亲摔伤,但我似乎有一种老天在提示的感觉,我平常工作太忙了,这是老天在给机会让我行孝道。

在大支坪镇卫生院办了住院手续,为父亲的伤情做了中医接骨处理之后,我想到我在巴东工作时的同事曾冰的老家就在附近的肖家坪，记忆中他母亲现在应该80多岁了，想去看看。我联系上曾冰，他正好休"州庆"假在老家，一会儿开车来接我。一路上的山川风物我是熟悉的，一些细节都记得十分清晰。沿途的农舍门前开满了五颜六色的鲜花，我们一会儿穿过幽静的密林，一会儿眼前出现开阔的田野，阳光明媚，田野里隐现着弓身忙碌的身影，一切恍若时光倒流。

在曾冰老家附近，我们见到一位背辣椒的70岁左右的老大哥在路边道坎上歇息，我上前打招呼，提出跟他换个肩，顺便体验一下小时候帮母亲干农活负重前行的感觉。辣椒背在身上有五六十斤，说实话，还是有点吃力，还好从道坎上背到那位老大哥的堂屋里并不算远。老大哥告诉我，今年的辣椒行情不行，只收0.6元一斤，他与老伴摘一整天的辣椒只能卖100元左右，真不想摘了，但自己种的不摘又觉得可惜。说这话时，老大哥笑呵呵的，似乎碰到我这个老县委书记的喜悦，冲淡了他对明天生活的担忧，让我觉得有点心酸。

回到卫生院，父亲病房对门的老大哥认出了我，在走廊上和我聊天。我问他村子里的辣椒行情如何，他说去年辣椒行情好，刚开秤就卖1.5元一斤，最后的坝角子（当地方言，尾货、差货的意思）辣椒都能卖1.2元一斤。这一带前几年搞建筑的民工在外面找不到事情做，今年大量返乡，很多人种辣椒，没想到遇到这样低落的行情。一个住院的农村大姐在旁边搭话说，她亲戚前不久一天花120元请工摘辣椒，还管一顿中饭和单趟车费，但是一整天摘的辣椒只卖了80元，一气之下把剩余没摘的辣椒都砍在地里了。

这是一个沉重的信息，我马上喊了四五个在走廊上跟我聊天的农民朋友到一楼食堂坐下来细聊。我们一起以当地农民大面积种植的三号、四号线椒为例算了一笔账：种辣椒是阴历三月育苗，三月底四月初种植，到八月份收摘，其间仅农资成本一亩地就需要920元（两包史丹利复合肥，每包260元，共520元；基质肥两包100元；磷肥一包50元；叶面肥中量元素水溶肥料每瓶15元，一般需要5瓶，共75元；保苗保花的安全农药高效氯氟氰菊酯每瓶18元，一般需要5瓶，共90元；苯醚甲环唑每包11元，一般需要5包兑水喷洒，共55元；薄膜一亩地需要30元）。请工成本一亩地要1600元（请工摘辣椒一天120元，包一顿中餐成本按30元算，再加上单趟车费10元左右，请工成本一天160元；一亩地正常情况可以产3000斤左右，一天一人可以摘170~190斤，一般情况是除了自己下力，摘一亩地的辣椒要请10个工）。光农资和请工的成本一亩地就合计2520元，这还不算椒农自己这半年的辛苦。当辣椒只能收到0.6元一斤的时候，一亩地3000斤辣椒只能卖出1800元。这就是为什么有的老百姓宁愿把辣椒砍在地里不收了。

我想帮帮他们。我找到附近村寨里一个辣椒收购点——绿葱坡坤佳蔬菜种植专业合作社。合作社的负责人罗虎告诉我，今年辣椒市场收购价出乎意料地低，为了让椒农的辣椒不至于烂在地里，他坚持亏本收购，且做了亏损计划。我问他我能为他做点什么，他一时不知该怎么说好。我提出帮他打个广告，他表示感激。我迅速赶回医院病房，用曾冰在旁边帮我拍的素材剪辑制作了一个视频，在抖音号、视频号上发布，呼吁大家的帮助。抖音号一个小时浏览量就过了20万。10分钟后就有朋友开始给我打电话、发信息，表示愿意帮助当地椒农推销，询问怎么联系合作社负责人。罗虎也告诉我一下子好多人打电话要买辣椒，但有的只能买几千斤、几百斤、几十斤，甚至有只买几斤的。他一直是用大车一次六七吨以上外运批发的，不知道现在这种情况该怎么办。我建议他赶紧和物流公司联系，以电商的方式销售。他马上找到镇上的物流公司，对方提出一斤辣椒要5角钱的费用，而且还要他更换耐摔的包装才接货，这显然是罗虎无法承受的。好在深夜来了好消息，时任深圳市农产品集团股份有限公司（以下简称"深农集团"）的徐总，通过我的好朋友中共深圳市委党校的邓学权老师找到我，说愿意帮忙，我迅速将徐总对接给罗虎。深农集团旗下有22个大型农产品市场，徐总答应对接离巴东最近的成都市场。

有了后盾，罗虎信心大增，辣椒行情也有了提升。罗虎收辣椒的价格三天涨了三次，当初卖0.6元一斤的品种涨到0.9元一斤，当初1元一斤的品种涨到1.4元一斤。三天的时间罗虎向各地发货 100 多吨，每天忙到深夜 10 点钟以后才停秤。同在卫生院住院的病友、65 岁的农民谭菊秀，丈夫 2022 年去世，自己种了几亩地辣椒，得知消息后马上回去请工收辣椒，卖的是 1.2 元一斤，一天卖了 1000 多元，很高兴。在医院照顾病人的 49 岁农民黄爱平说，他的亲戚昨天卖的辣椒一斤涨了 0.4 元。

那条视频在后面几天持续发酵，抖音上浏览量 332 万，视频号上浏览量 106 万，今日头条上浏览量 87 万。这还只是我自媒体上的浏览量，如果加上其他网友的接力转发，这个数字就更可观了。一个可以参考的数据是，抖音上这条视频被 3800 人收藏，一般情况下视频做二次剪辑转发都要先收藏，这中间有多少人转发我不知道，但是通过那几天这个视频裂变传播的情况来看，这个比例不低。一个专做自媒体的大 V 朋友说，这条卖辣椒的视频算得上现象级的传播了。

很多朋友的留言令人感动。"我买两百公斤，从此后每天早中晚都吃辣椒炒鸡蛋""我是开酒店的，我买一千斤""我们公司有三千多人，我们食堂买五千斤"……单是要求以箱为单位买辣椒的信息就超过了 100 条。但是很遗憾，因为合作社转电商物流环节跟不上，购买一车以下的朋友，大家的好意最后都没有兑现。我后来在自媒体平台上郑重地跟大家说了感谢和抱歉，是我们的条件不够好，对不住大家的爱心，但是大家热心传递的温暖，田间地头的老百姓是真真切切感受到了。

最意外的惊喜是第二天俞敏洪老师发信息问我需不需要他出面帮助，我给俞老师回复道："谢谢俞老师！辣椒目前销售还不错，需要请您出面的时候，那就是要干大事啦！"其实我何尝不心动，但是那时就算我把全国的顶流——俞老师的东方甄选团队请来，物流环节如果跟不上，也只能望市场兴叹。好消息是我在陪父亲办理出院手续离开时，得知绿葱坡镇的领导主动联系了罗虎，说明年要解决物流环节问题，支持老百姓走电商。几天后，恩施土家族苗族自治州州长夏锡璠发来信息，说全州部署了推动落实以行政村为单位的电商物流体系的建设问题，来年整个恩施的农产品销售将会是一个新的局面。我感觉特别欣慰。

更加惊喜的是几天后一位京东的朋友给我发信息，说商务部的领导来中国国际服务贸易交易会，到京东展台时，特别提到我回乡帮老百姓卖辣椒的事，点评我帮老百姓做的事情做在了点子上，农产品销售的痛点在宣传和物流这两个点上，商务部要研究推动解决。

回到深圳一周后，我到香港参加"2023香港国际慈善论坛"，深农集团的徐总在朋友圈看到我在香港，发信息说他正好也在香港，可否晚上见面一叙。我正好想见面感谢他，于是欣然应允。见面后我们热烈拥抱，虽然我们是网友第一次线下见面，但因为有这样一次助农合作，心里已经觉得彼此是老朋友了。代表巴东老百姓感谢的话一说，田间地头农民的辛苦一描述，两杯酒一下肚，徐总慨然提议，既然恩施这个地方山好、水好、土壤富硒，蔬菜品质一定好，可否让恩施州政府找海关申请一个供港优质蔬菜供应认证，然后他来帮助把恩施的山区优质蔬菜销售到香港来，这样价格的保证性就好多了。他正好是主管这块业务的，说了还真算。事不宜迟，我当场拨通恩施州政府夏州长的电话，把这个信息传过去，夏州长高兴得不得了，说马上落实，然后还要专程来深圳拜访徐总表达感谢，来年巴东乃至恩施的蔬菜销售，又多了一条好销路。

2

姐姐和姐夫从兴山把父亲送到大支坪镇卫生院时，因为当晚住院部没有房间，于是就住在了医院附近的十二岭村"岭上好"民宿。我从深圳赶到那里时，忽然有了一种回家的感觉，疲惫感顿消。

漂亮的民宿楼房坐落在318国道边，门前的小草坪种植了红豆杉、紫薇、红枫等树木，环境不亚于城市里的别墅院子，但又少了一些人为刻意的东西。它是一个家的样子，是开放的，举目可见蓝天白云，远眺可见群山耸翠，山间云雾轻袅，蝉鸣鸟声妙如天籁,清凉的空气让人神清气爽。这里供客人住宿的房间,虽然不及星级宾馆奢华,但一走进去就觉得安逸舒爽。我想,即使旁边有星级宾馆,我也会选择住在这里。这不是钱不钱的问题,而是我常年奔波在外,特别喜欢一种家的感觉。这里的每一道菜都能击中我的味蕾,食材也大都是自产。我喜欢吃霉豆腐,每次吃饭时,桌上都有,我也没给主人家说过,好像做饭的人就是我的亲人,这种感觉是家的感觉里特别温暖的部分。

我当年曾经说过一句话:生态文化旅游是巴东最好的出路。离开巴东后,我反思过这句话是不是太武断了,但看到这里的民宿,我再一次确信它没错。十二岭到大支坪集镇一带,民宿星罗棋布,户户门前鲜花盛开,干净整洁,农民穿梭忙碌其间,让人觉得惬意又安详。曾冰告诉我,这只是巴东高山民宿的一瞥,绿葱坡、野三关一带的民宿也已成气候,一到夏天,前来纳凉的客人如织。

巴东大山大水,蕴含着一种大美。长江、清江穿境而过,可谓天赋异禀。岭上千峰秀,经冬复历春。这里的民宿就是仙居,加之有土(家族)苗(族)风情、巴楚文化、富硒土壤的加持,巴东的二高山、高山地带,特别是以大支坪、绿葱坡、野三关为黄金三角区辐射周边,到处都是"岭上好"民宿。更为难得的是,这里有华中地区最大的滑雪场——绿葱坡滑雪场,冬季也可作为民宿,"冷""热"皆宜。

我在民宿周围转了一圈，拍了一些素材，制作了一条推介当地民宿的抖音视频。好像这地方自带流量，视频浏览量一天时间就过了110万。有人在评论区留言，要组团去那里住民宿，有人表示向往，有人向我打听去大支坪民宿经济的线路怎么走，还有人为当地民宿的发展隔空支着儿。

第二天下午，一位王先生从重庆垫江开了8个小时的车专程过来。原来，他与家人朋友在重庆旅游后准备回家，看见我发的抖音后，决定让家人朋友先回去，自己开车赶到"岭上好"民宿，并住下来体验一下。交谈中得知这位先生是武汉市退休干部，今年64岁了。他对这里的山间民宿特别看好，还总结了一句顺口溜：生态好，饮食好，民风好，名不虚传，并发朋友圈做宣传。次日他的5位朋友就从外地专程开车来体验，其中一位居然还是恩施州退休多年的老州委副秘书长，我来恩施的时候他已退休，所以我们没有交集。那天我们前朝后世地聊巴东的发展、聊恩施的发展，共同的感受是应该充分挖掘鄂西深山的自然资源、历史人文和风土人情，创新利用好公众传播的杠杆效应，这是造福一方的良策。我过去在宣传巴东旅游的时候曾说过一句话，最好的宣传是口口相传，来过的人说你好，比你自卖自夸的效果要好很多。现在越发觉得这是一条铁律。

我原来和爱人商量过，将来老了之后要找一个山清水秀、气候适宜的乡下农村，在那里建一间木屋，不需要很豪华，但是要非常干净；不需要很宽敞，但是要非常明亮。四面墙壁凡是伸手够得着的地方，都是简易的书柜；坐的凳子也是书柜，下面两侧随手一掏就是书；楼梯也是书柜，每一步梯子下面都插着一排书；床头也是书柜，醒来随手都可以翻到一本书。四面是山林树木，清晨被鸟儿叫醒。不远处有小溪山泉，能隐隐约约地听见潺潺流水的声音。远处是山峦叠翠，一眼就能望到岭上的白云。10多年前患抑郁症的时候，爱人陪着我去住院，康复出院之前的一天晚上，我睡得特别沉，还做了一个长梦，梦见我和爱人走在一个山谷里，虽然山峦环绕，但是没有逼仄的感觉，四周山峰轮廓的样子我都还记得起来。山谷里开着桃花，旁边有一条小河潺潺流过，田地里面烧完火粪的味道还在，和着青草的香气，不远处阿鱼和几个孩子在蹦蹦跳跳地玩耍着，好像年纪还不大。醒来后我跟爱人分享那个清清楚楚的梦境，爱人说，好啊好啊，将来我陪你一起去找到那样的地方，它一定在某个地方存在着，那就是我们将来要回去的家乡。10多年过去了，在这次陪老父亲回乡治病的途中，我居然找到了一点跟当初的梦境大致吻合的感觉。

在巴东的那十几天里，曾冰经常开着车来看我和父亲。和曾冰聊起这幅图景，他一下子变得兴奋异常，说十几里路之外的他老家肖家坪村，有个叫二岩的小地方，大致就是这种感觉。一周后，霞专门从深圳赶到大支坪镇卫生院来探望老父亲，我和曾冰开车到高铁站接她，路上说起这件事，霞也感兴趣,说想去看看。她说这辈子我们都不大可能在深圳买得起房子了,但是在一个类似这样的地方建一个精致一点的小木屋,我们肯定还是可以的。那天在卫生院陪父亲吃完饭,安顿好父亲休息后,我们仨就开着车直奔二岩。下车后曾冰先是在老家屋里拿了一把砍刀,隐在附近几百米外山林中的二岩,密密的林木和杂草已经完全盖住了小路。曾冰在前面砍荆棘和杂草,我拉着爱人在后面跟着。

不久到了二岩,才知道这块小地方为什么叫这个名字了。这里有四五百平方米大小,背靠着一块巨大的岩石,岩石约有百米高,几乎是笔直的峭壁,岩壁上偶有一些虬枝顽强地从岩缝中伸出,岩顶上又是密林。这块小平地之外的脚下,是约莫200米深的悬崖,崖底是一条小溪,潺潺的流水若隐若现。爱人本来有点恐高,但是在这里她完全不害怕,因为崖边的树木长得十分健壮葱茏,形成了天然的保护网。我开玩笑地说,在这里跳崖都跳不下去,因为一定会被下面郁郁葱葱的树木接住。曾冰在这里手舞足蹈地描绘着小木屋怎么建,门怎么开,路怎么引,面朝南方、东方和西方的窗户怎么设计,还有屋外铺到悬崖边的防腐木大露台怎么建,我们都非常受感染。

其实我和爱人这几年就在闲暇时讨论过那个我们要寻找的梦中的家乡,于我们,那似乎是一种召唤。大的方位我们讨论过江浙的农村,或者安徽黄山脚下,甚至真的托一个华东的好朋友打听过黄山脚下有没有这样的偏僻村庄和小环境，可以建一个容身的小木屋。我要在那样的乡村生活，那是我心灵的瓦尔登湖。

我以前从来没有考虑过在巴东建自己将来的小木屋，因为当年我曾是事实上的巴东代言人。这些年我已经在一定程度上被公众标签化了，很多人只要说起我，就会和县委书记的身份绑定，就会把我和巴东绑定。轻舟已过万重山，那是我希望摆脱的局面，我的人生还很长，过去做的事情无论毁誉都已过去，我不希望被定型。但是公众传播的逻辑由不得你。我担任县委书记之初就取消了一种公文，就是专门发县委书记讲话的《县委通报》。我的想法是，我在大会上都讲过了，你们这些局长主任和书记镇长们也都在现场听过了，为什么还要浪费纸张，书面发给你们再学习？更何况就算书面发给你们，你们也不一定认真看。现在需要的是让老百姓知道县委书记讲了啥，让老百姓来监督你们这些干部是否落实了。所以我过去的讲话，除了按照涉密管理规定不予公开的，所有文字和视频都要上网。2022年，曾有一个抖音的朋友试图说服我开抖音账号，说："行甲，你猜一下在抖音上以你为主角的视频的播放量是多少？"这是一个明显的鼓励型问句，我就大着胆子说："300万？"他说："你再猜，往上猜。"我说："500万？"他说："算了，我放弃吧，你不可能猜出来了。"朋友现场打开手机上的抖音首页搜索栏，输入"陈行甲"三个字，下面显示播放量10.3亿次。但是仔细看，大多数都是网友根据我过去当县委书记时的讲话视频剪辑制作的，这就是我被定型的原因了。

这也是2022年7月我决定开通抖音账号的初衷。我需要改变，我不要人们把我定型为"巴东县委书记陈行甲"，更不要把我定型为"愤怒的反腐书记陈行甲"。我现在是做创新慈善探索的"公益人陈行甲"，将来还要做"作家陈行甲""旅行家陈行甲"，我要用新的形象来对冲人们对我过去的印象。

对急于摆脱巴东印记这件事的认识的改变，来自2022年我和俞敏洪老师的一次视频直播对谈。那一次我们足足聊了两个多小时，俞老师流量大，单个时间切片的记录显示，最少的同时在线人数都是大几万人。俞老师问我的最后一个问题是："行甲，我一直看着聊天室的记录，有太多巴东的老百姓涌过来问候你，其中一句话让人动容，'甲哥，想你了'，你有什么话要对这些老百姓说吗？"

那一刻我的眼眶湿润了。我并没有准备，我在直播现场说的是："谢谢你们记得我。我是带着你们的祝福上路的，那是我的力量之源。如果说生我养我的故土兴山县是我身上的胎记，那么巴东就是我胸口的一颗痣，它就长在那里。原谅我一度想刮掉它，但是现在我明白我刮不掉它了。既然刮不掉，那我就一辈子带着它吧。"

站在二岩的山林里，阳光不绝如缕般从树林间穿过来照在我的脸上，我的心情平静而喜悦。我想起30多年前在大学校园里学着弹吉他的时候，最早练习的一首和弦曲子叫《老船长的话》："有一位年老的船长，他行过五洲四洋，他说在遥远的地方，有个美丽的天堂；四季如春，鸟语花香，人们都友爱和详，稻谷芬芳，鱼虾满网，人世间喜气洋洋；为了寻找那个地方，我离开我的家乡……"这是这首歌的第一段。第二段前半阕是讲走遍五洲四洋寻找天堂的过程，最后两句是"原来那美丽的天堂，就是我的家乡"。是啊，为什么要逃避巴东呢？这里有那么多我爱的人，有那么多爱我的人，有爱的地方不就是家乡吗？人生兜兜转转，没有什么不可能。或许我将来要生活的小木屋，就在与巴东高山民宿毗邻的二岩，或者类似二岩的某个地方。

离开大支坪镇之前，大支坪镇党委书记谭红来看我，感谢我帮助老百姓宣传民宿。她跟我详细聊了这一带发展民宿的设想，以及党委、镇政府给老百姓发展民宿所做的一些服务工作。我相信她一定能帮老百姓做成事，因为她在描绘高山民宿美好前景的时候，眼里有光。

回到深圳后，"岭上好"民宿的老板小谢给我发来视频信息，说那几天每天都有全国各地的游客过来，他自己三层楼的住宿全满，吃饭时一楼每个餐厅都是满的，周围的农家民宿生意也都很好。小谢准备明年把自家一公里之外的山中老屋也改造成民宿。

3

父亲从老家兴山到大支坪镇卫生院求医，是我的决定，因为我知道这里有一位名扬四方的"神骨"老中医，他叫田先彩，2023年已80岁高龄。大支坪镇卫生院在他的带领下创建起来，多年来深得四面八方骨伤患者的信赖。几年前，田先生因年岁已高，辞去院长职务后，被恩施市中心医院聘去坐诊，但他仍定期到大支坪镇卫生院"悬壶"。

8月19日下午，我们从"岭上好"民宿出发，只有10分钟车程就到了大支坪镇卫生院，院长谭志耀告诉我，当天有50多名患者在这里住院治疗。田先彩先生诊室门前的楼道里挤满了待诊的人，虽然我已预约，但我听说田先生有个"怪德性"，当地无人不知，那就是不管你是达官贵人还是布衣黔首，除了急诊，找他看病必须按先来后到顺序就诊，我也就安心等着。等了20分钟左右，轮到父亲就诊了，我们走进诊室，田先生热情地招呼我们。他要过父亲在兴山拍的片子，对着光看了看，说道："还不轻嘛！肩膀粉碎性骨折，肱骨脆断错位。"他把片子亮到我面前，一处一处指给我看。这是我第一次看到父亲的骨骼，但它是破损的，回头看着父亲苍老的面容，走到他跟前安慰道："爷爷（按老家下湾的习俗，我随我儿子对爷爷的称呼），虽然比较严重，但您放心，在田先生这儿完全没有问题，他会帮您治好的！"父亲将信将疑地点了点头。

田先生似乎兴奋了一些，一边给我讲治疗方案，一边开处方，并吩咐身边医务人员做敷伤口中草药方面的准备。大约10分钟后，田先生把我们带到治疗室，让父亲坐在一把高脚木制靠背椅上。田先生先是在父亲左肩粉碎性骨折处揉摸，然后在断骨处复位，整个过程动作轻柔，像打太极，也像保健理疗。他在助手的辅助下，时而将父亲的伤臂轻轻摇晃，时而将父亲的手臂拉举过头顶。这就是中医的"手术"过程了，父亲没有任何痛苦的表情。我问父亲："难道不疼吗？"父亲说："不疼。"我不太相信，又问："一点儿都不疼吗？"父亲说："一点儿都不疼！"我又问田先生："这是为什么？"田先生笑呵呵地说道："我也打了'麻药'的。"我还将信将疑，曾冰在旁边调侃道："打的是气功麻药。"我才明白过来田先生是在开玩笑。接下来，田先生给父亲敷药，打绷带，上杉木皮夹板，一切就绪后，田先生一身轻松的样子，左手拍拍父亲的后背，右手一挥，高声冲我说道："好了，万无一失！搞这种才有点意思！"我问田先生："这'意思'是不是说我父亲伤情较重，治疗有难度，对医生来说才刺激，才有挑战性，才能见大功夫，才有成就感？"田先生笑着点点头。

"手术"结束，田先生安排我们马上去拍片室拍了一张片子，完全复位！"神骨"之神，不服不行！

父亲在兴山县医院就诊咨询过，如果在那里治疗就得开刀上钢板，打钢钉，过几年还得开刀取钢板。看着父亲复位后的片子，前后比较，我不得不用"神奇"来形容我此刻的感受，真是小医院解决了大问题，中医药解决了复杂问题。

为了感谢田先彩院长，我在小镇的餐馆里请他吃了一顿饭，结果还是他安排人强行买了单。他说，无论如何我回到巴东没有让我买单的道理，我们巴东这里人走茶不凉。那几天我和他交流很多，我过去就知道他的神奇，但是如此真真切切地近距离全过程体会后，感受还真不一样。我和他讨论中医的标准化问题和可及性问题，说起恒晖基金会在福建三明做的乡村中医创新传承培训工作，请他帮忙支着儿。我尤其担心的是田院长已经80岁高龄，虽然他看起来精神矍铄，身体还很棒，但是传承问题是一个大问题，如果10年后、20年后田院长成了传说，后继无人，那可就是巴东的大损失了，甚至远不仅仅是巴东的损失。

那几天，我也抽空跟大支坪镇卫生院的谭志耀院长交流。他1974年生人，医学科班出身，工作勤奋。平常办公桌上还摆着厚厚的《黄帝内经》典籍，翻开他的笔记本，学习记录密密麻麻，工整干净，一看就是一个用心学习的人。他在这里工作近20年了，田院长不在的日子里，乡亲们最依赖的就是他。我鼓励他说："跟田院长贴身学习要贴得更紧一些。过去农村里有个说法，跟手艺高明的师傅学艺，要把师傅当爹一样供着才学得到真艺。田院长岁数上可以当你父亲了，你要在情感上把他当父亲一样爱护，生活上把他当父亲一样照顾，贴得越紧,学艺越真。"谭院长腼腆地笑了,也认可我说的话。

有病友家属告诉我,大支坪镇正在利用当地的中医资源,筹建中医康养基地。我觉得这会是当地民宿产业的又一个重要加持因素。这个曾经因318国道穿境而过繁华一时,后又因高速公路、铁路兴起而被冷落的小镇,或将迎来新的转机,未来可期。

4

这次回乡陪父亲住院,我们父子俩住在同一个病房里11天,每天照护父亲喝药,隔几天给父亲上了夹板的胳膊换药,每天给父亲洗澡,给父亲穿衣,照顾父亲的饮食起居,一起说了几十年没说过的好多细话,彼此都很享受这难得的天伦时光。我和父亲捋了一下,上一次和父亲住在同一个屋子里两张不同的床上,还是40年前父亲从乡下调进县城高阳镇工作的时候,我和姐姐从乡下初中转到县城读书时,我和父亲住在一个小屋子里。那年我12岁,父亲42岁。

陪父亲住院的第一天晚上,给父亲洗完澡,我问父亲小时候给我洗澡是什么样子的,父亲说他记忆中好像没给我洗过澡。我和父亲同一天生日,都是腊月十二,我是父亲的生日礼物。那时父亲在离家很远的地方工作,得知我出生的消息赶回来已经是 10 天后了。父亲在家照顾了我十几天，过完年就赶回去上班了。那时父亲一年回来一次，待几天就走，童年时对父亲的印象很模糊。但是童年时父亲在我心中的形象高大得不得了，因为那就是母亲口中的父亲。

第二天晚上，我半夜起来上厕所，有些响动，再加上父亲可能伤处还是有些不舒服，睡得也不踏实，他突然惊醒大声问："是谁？"我赶紧跑到父亲床头，拉着父亲的手说："爷爷，别怕别怕，是我是我，是我上厕所的响动呢。"我拉着父亲的手，等父亲安下神来，看他被惊醒了，一时也睡不着，干脆我们父子俩在黑夜里就聊起了天。我说："昨天刚入院在病房里安顿下来的时候，我看到病房门里面大约一人高处有一只青蚂蚱，就贴在门把手处。这里虽然是乡镇医院，但是离农田还是很远，离山林也很远，这一般农田或山林才有的青蚂蚱哪来的呢？我当时没有把这只青蚂蚱拍死，而是轻轻地把它拿起来，在窗口处放生了，我甚至是看着它飞走的。爷爷，您觉得这只青蚂蚱是怎么回事？"

我们农村老家有一个说法，在重要日子里，家里面出现青蚂蚱，就是逝去的亲人来看望了（我们老家那里的乡音 qing 和 qin 不分，"青"字音同"亲"字，所以民间有此一说）。我说："这肯定是奶奶对您不放心，来看您来啦。"父亲说："你说得有点像，我这次失格（下湾村土话，摔倒等意外伤害的意思），你妈肯定不放心。"我说："奶奶走得早，您一定要多活几年，把奶奶没活够的岁数补回来，您最好等我满70岁了再让我戴孝好不好？"父亲说："好啊，我们祖祖辈辈没得过百岁的，不晓得我有没有那个福气。"然后他像个小孩子一样笑了，我也笑了。父亲就这样和我聊着聊着又睡着了。

这一次和父亲的长时间亲密接触，我们无话不谈。一次父亲关心我们的知更鸟公益项目是怎么做的，我给父亲详细讲解，在讲到如何帮助家长成为懂心理学的知心家长这一板块时，我举了一个例子。我当年刚从乡里初中转到县城读书时，班上有一个叫王勇的县城孩子，经常打我，平常在路上碰到我，脸上就是那种斜着眼怪笑的表情，要么跑过来踢我一脚，要么捶我一拳，是那种下手很重的踢打。后来我实在忍不住回家向父亲哭诉。讲到这里我问父亲："您还记得当时您是怎么回答我的吗？"父亲说不记得了。我说："您当时直接甩回来的话是，'为什么他不打别人只打你？'"我到现在还记得当时我哭得喘不过气来。我不知道他是因为看我是从农村来的，穿的衣服破，身体瘦弱，还是看我怯懦的样子好欺负，还不敢还手，抑或是嫉妒我刚从农村转学到县城成绩就是前几名，心里不痛快，总之这不是我能回答的问题，40年过去了，我仍然记得当时的无助。过了一学期，母亲进城了，我跟母亲说了王勇喜欢打我的问题，母亲当天就去找了王勇的母亲。我不知道母亲跟王勇的母亲说了什么，总之第二天开始王勇就没再打我了，虽然在上学放学路上看我的眼神总是恶狠狠的，但是直到初中毕业，他再也没打过我。王勇是班里倒数第几名，没考上高中，我这才算彻底解放了。我讲完后父亲说："我明白了。"脸上露出难过的表情。我赶紧说了一大堆讨好的解释的话："爷爷，您可千万别误会啊，我这不是跟您秋后算账啊，只是举这个例子来说明校园霸凌和家长心理是怎么回事，谁叫您挖着挖着问我的项目设计原理呢，我这不举最方便的例子嘛。"父亲说："我懂，我还是很后悔，看来你们这个教家长怎么做知心家长的工作确实很重要。"

那几天帮着老百姓卖辣椒，我的手机信息时刻不停，父亲开玩笑地说："你哪是来陪我治病的，我看你是来卖辣椒顺便陪一下我的吧。"我连忙把视频后面的大量留言和老百姓的反馈"成果"拿给父亲看，父亲非常高兴。

陪父亲住院的第11天，随着病情的逐步好转，父亲已能够半自理，非要催着我回去上班，说他现在就是住院养着了，一只手吃饭洗澡都耐得活，不需要我这样整天整天地陪着了。拗不过父亲，我也答应了，但是提出必须有一个人近身照顾。曾冰自告奋勇地说他代我陪护，父亲说太添麻烦了，没有答应。后来折中的办法是我找到父亲隔壁病房的黄爱平，他在照护因腿伤住院的爱人，还有个把月时间，我请他代我顺便照顾一下我的老父亲，每天帮他到食堂打饭，送到病房给他吃就好。黄爱平非常高兴地答应了。我给了他1500元，算是委托他代为照顾老父亲的工钱，他再三推脱不要。我说你如果不要钱，那我就不请你了，他这才收下来。

　　我走后，父亲在大支坪镇卫生院病房里深居简出，他很怕打扰到别人，从来不亮出自己的身份。我则每天晚上跟父亲通电话，关心他的身体恢复进展。我离开后的第四天，父亲跟我说了一件奇事，他说下午有一个巴东的农民，大约40岁，敲门进来问父亲是不是姓陈，父亲说是，他随后就硬塞给父亲一个装有500元的信封，父亲坚辞不受，他放下信封强行跑出了病房，父亲追到走廊上问他的姓名，他说我叫巴东人，然后一溜烟地跑了。父亲找黄爱平问那人是谁，黄说不认识，可能是附近的村民，知道了陈书记的父亲还在这里住院就跑来问候了。父亲问我怎么办，我沉默了好一会儿说您就收下吧，水已入海，您已经不可能找到他了，您就领受这份人情吧，不，是我就领受下这份人情吧。

　　离开大支坪镇卫生院的头天晚上，我在病房里用电脑开视频会，会议结束后突然听见父亲用平静的口气在旁边对我说："行甲，爸爸直到今天才真正了解了你过去是怎么当县委书记的，了解了你现在是怎么做公益的，我为你骄傲。"

　　父亲性格耿直，说话总是直来直去的，属于极度矫情不来的那种人，从小到大很少表扬我。他突然冒出来这么一句，我居然眼眶有点湿了。

　　回乡，就回到了亲爱的人间。我是回来尽孝的，被温暖的，哪怕这温暖来自湿苇燃起的火苗。

—— 后记

让我为你唱首歌吧

2023年11月9日完成了整部书稿的写作，终于要收笔了，可是心情并不轻松。我承认这是一次耗费心力的写作。我在写一些人的命运，多数是一些小人物的命运。他们都和我有关，是我陪着走了或长或短一段路的人。在历史的长河中，所有的波澜壮阔都体现在老百姓的苦辣酸甜之中。我想站在历史长河的角度，为他们的命运，也为我们一起经历的时代留下见证。

书写的过程是沉重的，准确地说，其实是记录的过程。我怀着最大的诚恳面对自己，面对被记录者，真诚地记录。真实的人生比剧本跌宕起伏得多，沉郁和乐观交织，悲欣交集。我想为那些在生死之间守住了生命尊严的普通人立传，不仅仅是立传，还是在为他们奔走，在奔向他们。

收笔之际，总觉得心里还有话，想跟我笔下还活着的这些人说。我记起一个多世纪以前爱德华·特鲁多医生的墓志铭：To cure sometimes, To relieve often, To comfort always.（有时是治愈，常常是缓解，总是去安慰）。面对生命中的伤痛，再伟大的医生都只能治愈其中很少的一部分，更何况我们这些做慈善的人，除了安慰，我们能做的其实不多。我跟阿鱼讨论如何跟这些人说一些安慰的话，阿鱼看完书稿后沉默良久，说我们一起看一部电影吧。

我们看的这部电影是《1917》，讲述的是第一次世界大战期间战场上的故事。随着主人公的视角，我们看到的是战场上数不尽的破坏与死伤，熊熊烈火吞噬了房屋，被迫卷入战争的人在地狱中顽强地寻求一线生机。当最后主人公劫后余生在河流中漂泊，挣扎着爬上岸的时候，筋疲力尽之际听到了远方隐隐约约传来的歌声。

战争终于要结束了，一群衣衫褴褛的战士在树林中小憩，有人唱起了《徒步旅行的陌生人》(*The Wayfaring Stranger*)。影片的镜头跟着主人公慢慢地走进那片树林，观众和主人公一起安安静静地把那首歌听完。

"I am a poor wayfaring stranger. While travelling through this world of woe. Yet there is no sickness, toil or danger. In that bright land to which I go."（我是一个卑微的流浪者，穿越这个世界的悲伤，去到那个没有疾病、

痛苦和危险的地方,那里是我要去的光明大地。)

"I'm going there to see my father, I'm going there no more to roam. I am just going over Jordan. I am just going over home."(我要回家去见我的爸爸,走在回家的路上,不再迷茫彷徨。我要越过那约旦河,我只想回到我的故乡。)

"I know dark clouds will gather round me, I know my way is rough and steep. But golden fields lie just before me. Where God's redeemed shall ever sleep."(我知道会有乌云把我笼罩,我知道坑洼泥泞布满前方,可是金黄的田野平铺在我面前,就在那里,上帝为他们守夜赎罪。)

……

这首歌是 19 世纪的爱尔兰民谣。我不知道这首歌的作者是谁,也不知道有多少人唱过这首歌。那么孤独、那么深刻的对家乡的渴望,尽管那种渴求的距离远在天边,仍然不懈地寻求着那种希望。听到这首歌,我多想拥抱一下那些遥远的灵魂。悠远的歌声刺穿了灵魂里的孤独,在心中开出了温暖的、眷恋的花朵。面对死亡和离别,路上的行人只是生命里的过客,歌中的故乡、父母、约旦河,其实都是心灵要到达的彼岸,到那个地方就算是回到了最安稳、最温暖的地方。

电影,在这首歌的音乐声里,在主人公走向旷野的背影中结束了。

阿鱼跟我说,爸爸你该说的其实已经说完了。就像这个电影的叙事方式,对于走过战场遍体鳞伤的旅人,安慰的话语已经多余。导演在最后其实是用镜头语言在说,让我为你唱一首歌吧。

是的,我笔下这些命运战场上不屈的战士,就让我为你唱一首歌吧。

《一行》这首歌,就源自我在儿童癌症病房陪床时产生的灵感。写出来后给深圳音乐家协会主席姚峰老师看,姚老师看后马上说:"我来给你谱曲吧。"姚老师是我国著名作曲家,他作曲的市场价是一首歌 30 万元,但是姚老师主动说分文不取。姚老师几乎是一气呵成写出了谱子,他说他在创作的时候心里无数次地想着那是他的宝贝女儿姚贝娜在唱。歌写好后,我们曾经希望请公益界的劳模韩红老师来演唱,但是无法联系到韩红老师,最后姚老师建议我自己来唱。姚老师说:"你当县委书记的时候县歌不就是自己唱的吗?歌唱得好需要两个要素——技巧和情感,技巧不行,可以拿情感来补,我来指导你唱。"

那天在录音棚录这首歌的时候,姚老师的爱人,著名歌唱家、声乐教育家李信敏老师也到了现场,两位老师一起用了一个多小时指导我演唱。他们的宝贝女儿姚贝娜已经离开这个世界 8 年多了。"爸爸妈妈,这一次我真的撑不住了,等来生我再好好帮助你们。我不在了，你们一定要好好照顾自己，开开心心地生活。"这是贝娜留给父母最后的话。这对声乐教育家夫妇，培养了如此优秀的用生命歌唱的女儿，陪伴女儿勇闯病痛的险滩，最后时刻还帮助女儿完成了遗体器官的捐献，此时，他们正在用最专业的声乐教育水平，指导我这样一个完全业余的歌者。

唱到最后的时候，我流泪了。

我为世间的悲伤，流下泪两行：一行留给自己，一行送给你。我想和你共同珍藏，温暖和善良。我们走过的路啊，远看是前行，近看是归乡。鸟儿在天空中飞翔，花儿在田野里芬芳。

我最珍贵的家当，是两间心房：左心房留给自己，右心房给你。我想和你一起分享，星空和阳光。我们要走的路啊，风中有温热，长空蔚霞光。脚步在山谷中回响，生命在奉献中盛放。

扫码听歌曲《一行》

我是在树林里写我们这棵树的故事的,我们跟其他树木的根,在土地深处是紧紧连在一起的。所以这首歌是我们的歌,也是你们的歌。我的歌声是粗糙的,但是我的情感是真挚的。路上奔波的行人,愿歌声带给你慰藉和力量。

成长是一首关于别离的歌

肖立[1]

看了行甲的新书《别离歌》的初稿，数次动容，也让我想起了我经历的几次和他有关的别离。

第一次是一场快乐的别离。1992年大学毕业临分别的前一天，作为武汉本地人，我带行甲和上铺的兄弟陈孟纯从武昌跨长江去汉口来了一个美食一日游。著名的美食店一个一个吃过去：蔡林记的热干面，老通城的豆皮，四季美的汤包……把我们撑得连路都走不动了，后来看到食物就叫饶。一个意外的收获就是在酒足饭饱之后路过民众乐园，当时这里的录像厅里正在放蔡琴的一场演唱会。那场演唱会给我们当天的

---

[1] 作者系陈行甲大学同学，大学毕业后在外企工作多年，后赴美留学，毕业后曾在美国多家保险和咨询公司工作，现为一家大型医疗保险公司精算师。

行程画上了一个圆满的句号。不久前聊起此事，行甲仍然记得当时蔡琴唱的第一首歌是《油麻菜籽》："就算我的命运好像那油麻菜，但是我知道了怎样去爱……"我不得不承认我已完全记不得这些细节，只能惊叹他的记忆力和比我高出好几档的文青等级。第二天，我们各奔东西，但分别只有憧憬没有伤感，也许是因为年轻，也许是因为美食的副作用。

第二次是行甲经历的最悲伤的别离。2006年10月，他最爱的，也是塑造了他性格底色的妈妈永远离开了他。当时我和行甲天各一方，并没有目睹他生命中最艰难时刻的细节。大约在他妈妈去世两周后，行甲给我和另一个老朋友文宏发来了一封电邮：

文宏吾兄、肖立吾弟：

很久没跟你们联系了，很想念你们。

我刚经历了一生中最艰难的时刻。我一生最爱的人我的母亲在十多天前离我而去，我至今仍在悲痛中难以自拔。母亲的音容笑貌在我心里时时回放着，让我肝肠寸断，痛不欲生。按照家乡的习俗，我把母亲安放在四季常青的后山，这些天，我的眼泪没有干过。

目前我已安排好母亲的后事正式上班。这是我在母亲走后第一次写信，你们是我最好的朋友，所以我把内心里的苦告诉你们。母亲上山前，我跪在母亲灵前自己给母亲念了追悼文。我也把祭母文发给你们,请我最好的朋友和我一起祝我的母亲在天堂里安息。

请不要担心我,我的朋友,虽然很难,但是我会坚强地挺过来。我是母亲身上掉下来的肉,我的心里永远装着母亲,所以,只要我活着,我的母亲就还活着。我要为了母亲好好地活下去。

你们的兄弟:行甲

从他痛定思痛的来信中我能读到他的悲伤和无助,也能读到他的坚韧和面向未来的坚定,为自己,也为他爱的人。这一直是他性格的底色,从未改变。

第三次是 2016 年 12 月行甲的那一次义无反顾的别离:离开巴东,辞官从善。他那篇石破天惊的火爆网文《再见,我的巴东》,让那次告别的知名度很高。但是几乎所有人都不知道的是,其实在此之前将近一年的时间,行甲就已经开始思考和准备这一天了。可以想象,在"学而优则仕"这种传统文化占主流的中国内地,在无数人殚精竭虑想进体制的大环境下,行甲做出这样的决定有多么艰难。在这个过程中,我和行甲曾有过多次的讨论。虽然我当时已在国外生活多年,能够更客观地看待"学而优则仕"文化对个人和社会的影响,但毕竟他"身在庐山中",风险要大得多。所以我当时主要是劝他冷静三思。我曾为他做过多次的利弊分析,最后的结论都是前景扑朔迷离，放弃成本巨大，最好少安毋躁，待时而动。他每次都能很耐心地听完我的分析和建议，有时候甚至会拿出纸笔把我说的记下来，但这并不影响他形成自己的看法。慢慢地，他的焦虑和彷徨变成了平静和坚定。终于，他在2016年12月2日迈出"惊险的一跃"，离别转身，投身公益，去走那条"少有人走的路"。我当时真的是从内心里为他捏了一把汗。

一转眼7年过去了，行甲在人生下半场开场的山重水复和柳暗花明，收获的来自社会方方面面的巨大支持，完全说服了我他当年的决定是对的。我不得不承认行甲比我更纯粹、更果敢，他在艰难的处境中做到了真正的知行合一，创造出了一片美丽新天地。

值得一提的是，在我一直提醒行甲冷静的时候，他的妻子霞却一直都是他辞官从善的坚定支持者。这个我当年的大学同学，完全是一个"非典型的官太太"。她当年放弃沿海的大城市嫁到湖北的深山里，在行甲常年在外的情况下几乎以单身母亲的方式把孩子养大。而且她还是家里的主要收入来源，在经济上支持和保障了行甲的两袖清风。当行甲患上抑郁症的时候，她定海神针般地把行甲从绝境中捞出来，使他免于成为反腐战场上中途倒下的战士。最后还是她在行甲决定辞官从善的时候，给予毫无保留的支持。从这个意义上说，行甲人生转场的这首"别离歌"，是他和霞两个人的共同作品。

说实话，起初我有点奇怪他为什么将"别离"作为新书的主题。因为和带有孤独和伤感的"别离"相比，人们一向更喜欢快乐又温情的团聚。把别离当作主题似乎有点不合时宜，至少缺乏商业意识，可能让读者一看书名就对这本书敬而远之。记得当年在大学的时候读到梁实秋的散文《送行》，文中写道："你走，我不送你；你来，无论多大风多大雨，我要去接你。"当时这种对于别离和团聚的态度深得我心。

　　不过后来的经历和思考，却让我对别离渐渐有了不同的认识。变化开始于我逐渐意识到别离的必然性。正如常言所说的，天下没有不散的筵席，别离其实是一切事情的必然结果。我开始发现在对待别离的态度上，直面可能比回避更加理性和积极。与其被动等待，何不主动选择？知道明天要天各一方，与其执手相看泪眼，何不喝酒吃肉，一醉方休？看到有人在做坏事，与其害怕伤和气和打击报复而沉默不语，何不拍案而起，一刀两断，该出手时就出手？

　　这个区别在对待别离的最高形式死亡上显得尤为突出。中国的人情社会在对待死亡上经常会出现一些自欺欺人的现象：和年迈的父母忌讳谈死，往往到父母离开的时候却不知他们的遗愿是什么；亲人得了绝症，我们会竭力隐瞒，甚至让亲人在不必要的治疗上痛苦万分，错失享受最后天伦之乐的机会；亲人离去后，一掷千金地办奢华葬礼、买豪华墓地，这些似乎都有点本末倒置，买椟还珠。

正因为如此,在年岁渐长,经历了越来越多的别离之后,我开始更加关注对亲人的陪伴,享受有他们的每一天。我也开始提醒自己当断则断,不回避分歧,追随内心的声音,不要为了维持貌似和谐的关系而不敢坚持自己的思考和行动。

说实话,要做到这样其实并不容易。

和我往往要经过很多的学习和思考才能提升认知和行动力相比,行甲似乎一直都离正确答案很近。他似乎不需要太多的努力就能做出正确的判断和行动。就像《射雕英雄传》里憨直的郭靖,一路都能逢凶化吉,得高人相助,修成正道。不过这些都是我过去的想法。这些想法在得知他在巴东反腐期间得了重度焦虑和抑郁症之后有了根本的改变。我开始发现他坚持的不易,意识到他能走到今天,努力绝对大于幸运。他和郭靖相似的是天性纯良,朴实忘我,勤奋自律。让这样的人脱颖而出,也显示了这个世界的正直和善良。

如果说通过我前面见证的几次行甲的别离故事能看到他直面别离而获得的成长,那么行甲在投身公益的这几年里,所做的事情其实是超越于此的。他的辞官从善,本质上就是选择投入无数个别离之中。他最初发起的对试验区儿童白血病兜底治疗的"联爱工程",以及后来开展的儿童青少年心理关怀的"知更鸟公益项目",还有守护抗疫英雄家庭的"传薪计划",无一不是在给经历别离的人送去抚慰。在经历了自己与至亲的生死别离、自己与名利的别离之后,他义无反顾地用一种拥抱别离的方式走出自我，开始帮助他人面对别离和走出别离。这无疑是一首由小我到大我的"别离歌"。

不过即使行甲以拥抱别离的方式完成人生升华让我感动和自愧不如，我也不希望世人把他看成一个无人可及的英雄。恰恰相反，他自始至终都是我们身边的那个普通人。在人生的前40多年里，他一直和我们一样摸爬滚打，柴米油盐。他和我们一样，就像山谷里的野百合，在秋冬里蛰伏，在春天里默默开放。在得到命运青睐的时候，他会或短暂或长久地引人注目，但更大的可能是在默默无闻中花开花谢。不过这一点儿都不影响我们过好自己的生活。我从未怀疑过如果行甲没有得到过世人的瞩目，他会有任何遗憾。我知道他一样会很满足地和霞一起过着平淡而幸福的生活。正如行甲曾经提出的干净自强的巴东精神一样，他的生活方式非常简单朴实，却充满人性之光，而这种人性之光也在我们每个人的心里。我们在夜深人静审视自我的时候，其实也都是"陈行甲"。我们要做的就是把这份光散发出来，或多或少，或长或短，但是那又有什么关系呢？

最后不得不提的是行甲不可救药的乐观。我觉得这可能是他能拥抱别离，走出人生三峡的秘密武器。和常人总是先考虑最坏的结局相比，他似乎很少为未来担心。和他交流多了，我有时会在患得患失的时候问问自己，行甲遇到这种情况会怎么想、怎么做，然后往往发现其实事情没有想象的那么复杂、那么糟糕。这一点，我尤其希望能对现在的年轻人有所启迪。

行甲的这首"别离歌"，表面上写的是别离，实际上写的是我们和自己以及和他人的关系。回首向来萧瑟处，青春不过是一场一场的别离。它是行甲的歌，也是我们每个人的歌。

延伸阅读

行甲的祭母文

吾母大人 可敬一生 自幼贫寒 茹苦含辛
成家立业 艰难尝尽 养儿育女 操心劳顿
春华秋实 苦后该甜 孰料晚年 疾病缠身
面对病痛 豁达勇敢 顽强支撑 难违天命
儿女唤母 呼天抢地 悲伤欲绝 痛别母亲

吾母一生 蕙质兰心 坚强独立 质朴纯真
心灵手巧 冰雪聪明 与人为善 勤俭干净
为人女儿 牵念高堂 恪尽孝道 为人妻子
甘苦与共 贤惠体恤 为人母亲 呕心沥血
育儿成器 为人邻里 温言低语 助弱济困
慈母虽去 德望犹存 子子孙孙 怀念永世

人生没有比慈悲更有意义的事

曾冰[①]

2023 年 9 月 13 日凌晨 1∶03，陈行甲在微信里发给我一份文档，当时我已入睡，第二天上午才看见。我一般是上午慵倦，下午清醒，抱着先瞄一眼的想法，我打开了文档浏览，内容是他第三本书的初稿。文字波澜不惊，毫不烧脑，如他一贯的文风。但是我慵倦的状态却随之消弭，他的文字就像一根不断延伸着的迷人的魔线，不知不觉就把我拎进了他的讲述里。

这天，我对文字的好感提前到了上午。在陈行甲的叙述中，一种清澈的、流淌般的感觉贯通我的全身，如家乡的山溪。我们知道溪水是没有色彩的，所以清澈。色彩是一种技巧的

[①] 作者系巴东县政协文史委员会主任，湖北省作家协会会员，诗人。

东西，是添加剂，陈行甲的叙述似乎不需要。

我的高泪点也被一下子拉到了最低点，泪腺的阀门完全瘫痪。读到书中第一章的中间部分，我的泪水已如山里六月的暴雨，簌簌而下，我竟然不停地抽泣，我人生第一次大把用纸巾擦泪。我并不想哭，完全是因为忍不住，眼泪是自发喷洒出的，是一种本能的生理反应。那是一种温情的悲伤感，如纷落的雪花在告诉我春天的样子。

先不妨在这里粗略分享一下这个让我流泪的故事。一个与丈夫靠打工谋生的农村女性，两个孩子都罹患顽疾，小儿子得的是白血病，为给孩子治病，她借完了所有能借的钱，小儿子的病到了晚期，她已经没有钱再给这个孩子做基本的治疗了。她把孩子丢在医院的病床上消失了一段时间，后来终于回到了儿子的病床前，最后她的小儿子还是走了……我的讲述不是陈行甲的讲述，只是故事的梗概，省去了感人的细节，也许不足以让人流泪。我想说的是，这个一度涉嫌遗弃孩子的母亲，却没有让我有丝毫的嫌弃感，把"伟大"这个词用在这个命运多舛的平凡女性身上，才是我此刻要做的正确的事。她身上散发出的一种我无法清晰辨识的母性的光辉，撞击着我的内心。陈行甲在文中说她"虽然眼圈发黑，但面容姣好"，让我觉得她就是我臆想中的那种忧伤而沉静的美人形象。如果有人说我这是在赞美苦难，我会建议他先看看这本书再说。是的，苦难本身并不值得赞美，但卸不掉的苦难并非人人都能够静悄悄地承受和吞食。就像世界上所有的苦难都有被动性，能够在苦难中用生命煎熬出来的人性之爱才是动人心魄的。我们价值观中的"丑"，有时候会因为涅槃而成为一种稀世之美。

陈行甲的《在峡江的转弯处》卖得火热的时候，我问过一个喜欢陈行甲的朋友："阅读陈行甲的书是什么感受？"看他还在考虑怎么回答，我迫不及待地跟他说："如果你读陈行甲的书没有眼眶湿润或流过泪，那你就不是人！因为你没有作为高级动物的人类该有的最基本的情感。"

关于陈行甲的写作，我认为文字好像已不重要了，他采用的是最基本的表达方式，"主谓宾、定状补"的运用都教科书般地规范。当有人在反语法写作的时候，陈行甲似乎在反技法写作。技巧在他那里已显得苍白而多余，或者说无巧已是大巧。佶屈聱牙的表达在陈行甲的文字面前，反而显得有一种咿呀学语的笨拙感。我注意到，他的文稿中，几乎没有出现一个初中生不认识的字，这是不是可以归结为一种平民写作风格？文字征服读者的力量似乎全来自地平面及之下，有一种冬暖夏凉的亲和力，却少有那些形而上的抽象和多义性。所以，我已经不想称陈行甲为"作家"了，因为他的书写里基本没有"作"过。

作为一个喜欢写现代诗的人，我并不太钟情清晰的书写风格。因为清晰的书写过于替读者考虑，反而剥夺了读者的想象空间，会抵消所谓的叙述张力。但陈行甲的写作偏偏就是这种风格。只是这种风格在他的笔端却生出了一种魔力，具有强烈的感染力和代入感。他的叙述看起来非常轻松，调性柔软，情感细腻，但我能感受到他叙述时在用一种强烈的克制力抑制着他内心翻滚的巨浪，静水深流一般，以防止情感外溢。他就像一个不愿忧伤的人，却给你讲述着一个个忧伤的故事，并调动你的心灵。

陈行甲前不久陪他的父亲到巴东疗伤，写的随笔《回乡》也收录到了这本书中。记得他写这篇文章的时候，把文稿发给我，要我提建议，我一时兴起，建议他将最后一段的题目"父子时光"改成"我是一个儿子"，一语双关，既是父亲的儿子，又是那些他帮忙打广告的椒农和开民宿的老百姓的儿子。他委婉地拒绝道：这样是不是有点矫情？这句话一下子就点醒了我，让我觉得自己浑身上下有一股酸馊味儿。

过去，陈行甲不论是在书中还是和我的交流中，很少提到他父亲，提到最多的是他母亲、妻子和儿子。对此，我也纳闷过。这本书用较重的笔墨写了他父亲，用情深沉。有些场景，我还是亲历者。比如，他与他父亲讲小时候刚转到县城读书时被同学欺负，向父亲哭诉，父亲却反问他"为什么他不打别人只打你"时，他仍然充满委屈，搞得他父亲好像成了个做了错事的孩子，一脸抱愧。我在旁边劝慰，我小时候母亲用火钳追打我，打得我见坎飞坎、见沟跳沟，直到躲进深山树林，但从来没觉得委屈过。虽然陈行甲是借这件事与他父亲交流他正在从事的儿童心理健康方面的公益事业，但能看出，陈行甲天性何等敏感，对恃强凌弱的世态何等厌恶。这让我也暗中思忖彼此的人格差异。我这一生从上小学到现在，也没少被人羞辱过、欺负过。记得读初中时，有同学借我不上早操睡懒觉之机，炮制"几个馒头失踪"的案情，全寝室的舆论矛头含沙射影般齐刷刷地指向我，就是不明说。我找到班主任申冤，班主任则反问我：他们点名说你偷了吗？你这叫不打自招！搞得我完全词穷，只想吐血。我后来反思，别人为什么构陷我不构陷别人？是因为我断人是非话锋犀利，爱出风头，爱表现自己。揭人短处，就是否定别人；表现自己，就是贬低别人，文化如是。虽然我迄今改不掉这毛病，但炫耀性人格是注定要吃亏的，而且多是吃"哑巴亏"，这不能只怪人心险恶。相比之下，陈行甲只是被欺负，我是真正地被羞辱，只是我并没有怎么当回事，尚可以忍，不至于造成永久的内伤。但陈行甲绝对不行，士可杀不可辱，虽然陈行甲连连跟他父亲解释只是借此事回答父亲关于项目的提问，说明校园霸凌是怎么一回事，以及家长懂一点基本心理知识的重要性，但我还是看出了陈行甲内心深处的伤痕。

如今的陈行甲算得上功成名就，他父亲对他也从担心到理解，再到现在为他感到骄傲。但在一些为人处世的方式方法上，陈行甲偏于感性，不在乎世俗的技巧，他父亲则始终站在"硬道理"一边,反差显而易见。陈行甲性格里面的一些超然的东西,与他父亲身上的传统性之间隔着一道鸿沟。父子关系说到底是男人之间的关系,容不得半点矫情,但父爱如山,子穷其一生也是未必能读懂的。我很喜欢和他父亲聊天,他父亲17岁参加工作做农税员,后来还当过公社书记,经历了新中国的所有时期,对为人、做官、处世都有深刻的洞悉和见解,正直而中庸。我斗胆假设过,如果陈行甲对父亲言听计从,他或许可以做大官,"可惜"的是,陈行甲只是一个完全用脑袋主宰自己人生轨迹的人。有一个后来我听到的情节,陈行甲辞官的时候父亲最开始是反对的,后来陈行甲回到老家用了一整天时间陪父亲,跟父亲详细说他的无奈、他的理想、他的计划,后来父亲流着泪同意了,并跟他说:"你已经做过了好官,以后做民的时候,要带头做个好民。"陈行甲后来跟我说这个细节的时候眼眶湿润,我也被他父亲那一句"做个好民"深深地震撼到了。

写书不写妻子,估计陈行甲的才思会迟钝许多,只是故事有翻新:陈行甲将公益慈善与足球扯上关系,以及他与妻子在家中"赌球"。实际上他是换了个方式谈爱情。在这里我得借用一下有人说陈行甲"全天下好像就他一个人干净"的句式,"全天下好像就他两口子在真心相爱"。从我对陈行甲家庭的了解,我就觉得陈行甲这一生完全不必还有什么委屈感了,而是三生有幸。他一生唯一的遗憾,我是感同身受的,那就是他母亲过早离世。我倒是想建议陈行甲下一部书只写他和他的妻子,这的确是两个有趣的灵魂,让我既有见证过的惊奇,又有无限好奇。在这个物质的世界里,红情绿意确已式微,那么多不想结婚的青春需要有一些美好的憧憬。为了爱情,向死而生,才是真有意思的。我谈不上阅人无数,但通过对俗世婚姻览胜般地阅读,我觉得陈行甲两口子是在以两口子的名义誓将爱情进行到底的两口子。

陈行甲的写作似乎只有一个理想追求,那就是为苍生说人话。当我们读完一篇小说、散文或一首诗歌之后,惯常把玩和品味的是其语言、情趣、意境、意韵、意象、隐喻或故事性、象征性什么的。读陈行甲的作品已不会去想这些,它会让人自然而然想到的是人世、社会、生命、人性、冷暖、悲喜、苦乐等与每一个人密切相关的客观存在,让人逃无可逃,必须直面,一个激灵,透彻心灵。陈行甲的讲述甚至并不让人感到意外,却能让人惊醒。就像一些时常被我们忽略的世态,时时刻刻发生在我们的生境之内、感觉之外。如果不是他有心讲出来,我们基本上是处于一种漠然的态度的。

陈行甲虽然灵性过人,但他的写作是不依赖于灵感的,是彻头彻尾的现实主义风格。他用浪漫主义、理想主义的生活态度,书写着活生生的现实,诚如他喜欢的一句话——社会并不完美,看清依然热爱,知难仍然行动。所以他的书写让人在悲伤的同时,往往又释放出暖意,让人麻木的灵魂在疼痛中复苏。这复苏的过程是一种治疗的过程，也是一种希望的孕育。

倘若把陈行甲的文字称为文学的一种，我会称之为"行为文学"，即行为学范畴的文学。因为他的文学是由其行为及其行为中的感受、感知、感悟衍生出来的，几乎没有想象力的加持。他写作的使命就是记录。他的讲述是一种世俗故事和心灵故事的混合体，他在用心灵故事中和着世俗故事中不堪忍受的一面，或者说，他在用心灵故事中美好的一面平衡着世俗故事中不堪的一面。这么说好像在做一种理论思考，我并不喜欢理论，因为文学并不存在理论指导实践的问题，也不存在通过研讨就可以提高文学素养的问题，当然也就很难有第二个人像陈行甲这么写作会成功。因为陈行甲的行为决定了他的写作。如果要说他的写作是有方法的，那不过是一种心法和身法，而不是我望着星空，想着大海，坐在山中某处，哼唧出一串靡靡之音，或意淫般的畅想"诗和远方""星辰大海"。但这并不妨碍我去思考文学的意义。我把我喜欢的文学大致分为三种：第一种是让人忍俊不禁又掩卷而思的，第二种是让人啼笑皆非又荒唐喻世的，第三种就是陈行甲这种，让人悲伤流泪又能开启人心人性的。

不记得谁说过一句话，大意是，表达的准确性是文学唯一的道德。无疑，陈行甲的写作是道德的，他写作的道德是基于他行动的道德之上的一种附加。陈行甲的文字让人最感兴趣的或许已不是写作本身,而是他的行为价值和意义。他寄情于普通人的苦难,奔赴的却是人间美好。他沉浸在他下意识的爱的世界里,爱他所爱。

这本书还讲述了一个抗疫英雄后代成长的故事。一个"阳光少年",因丧父而消沉,陈行甲的慈善组织介入这位少年的生活与成长之中,几乎满足了这个少年所有甚至包括看似不可能实现的梦想。最后这个少年跟着陈行甲去了世界杯足球赛现场,上了中央电视台,进了他最想进的学校读书……试想,一个心智尚未成熟的少年,在遭受情感上的重创后,在丧失依靠的情况下,如没有这种社会情感的介入,他需要多长时间才能走出阴影?最终能否真正走出来,犹未可知。陈行甲的慈善组织公益性地介入,带来了一个少年命运的升华,这是一个精神、情感等诸多方面由暗淡下沉到回归上升的过程。我觉得这个孩子从慈善中得到的爱远超某些健全的父爱。父爱是理所当然的,而来自社会的爱对他心灵的成长无疑更具正向性。可以预见,这个孩子将来长大后的社会情怀会比单纯靠家庭之爱成长的孩子更丰富。虽然故事本身仅仅是一个案例,但其背后却是一个群体,这就不是一个孩子的成长问题了,而是有着不可估量的社会性意义。陈行甲的慈善之路可以说是向着未来的。我注意到陈行甲的慈善项目设置,对象多为少年儿童,大都是生命中遭遇重大危机或精神情感受到重创的,可以想象这些人将来成人后,他们对社会、对他人的态度和方式大概率应该会是怎样的。我相信在慈善关爱中成长的孩子,得到的爱是有分蘖性、衍生性、可复制性、传递性和循环效应的,其社会意义是长效的。也就是说,陈行甲的慈善行为在播种爱的同时,也潜在地为受助对象赋予了爱的人格、爱的价值取向,以及爱的能力。

陈行甲这本书所讲述的故事,大都是悲与喜的交响,大致是由悲到喜、由冷到暖的,虽也包括一些无力回天的无奈感,但最终都透出一丝丝光亮。按说其间应该有一种过渡色,类似于灰色,但都被陈行甲不知是有意还是无意地擦拭掉了,或者说这是陈行甲内心世界的一种折射,让人读后虽沉重却松弛,使他作品的结局依然留出了更多的不可言说。

我曾经劝过陈行甲不要辞官,因为当官有资源优势,只要良性利用便有利于社会大众。出于事已至此,也出于通过读他这本书加强了我对慈善事业的认知和思考,我觉得做慈善和做官的社会价值落差只是一种想当然,是一种"学而优则仕"的传统陈腐思想在作祟。当官既可以做好事,也可以干坏事,因为逻辑不一样,同一件事,有人说你好,有人说你坏。陈行甲反腐倡廉,是他作为县委书记的天职和本分,有人却说他"有病""做秀""出风头",不适合当官。夏虫语冰,井蛙语海,你还不得不听着,有时也是无奈得很。做慈善则不一样,只要你真真切切地做了,一定是好,不会因为外在的评价而变得不好。

为什么过去的武功高手多出现在道观、寺庙？与慈悲有无关系？我不知道。但我从陈行甲的文字中读出了一种道行，他写作的功力，或者说写作的原动力，是慈悲，是大悲悯。阅读他的作品，是"看山还是山"。我认为，陈行甲不论是当官时的行事风格，还是做慈善、写作，都是基于一种慈悲的力量。陈行甲的脚步很少停过，可以想见，他的写作多半是在飞机上、动车上、宾馆里等奔波的间歇完成的，他写作的目的也无非在践行爱的同时传播爱。

和陈行甲在一起，我就想为人民服务。我就像一根潮湿而阴冷的木头，他总能将我点燃。平日里，处于我这个年龄，除了分内的工作，我已很少考虑自身的社会价值了，也没有多余的心力和资源去关怀和帮助他人，但求独善其身。陈行甲在巴东给他父亲治摔伤骨折的那些天，因为他心心念念的是椒农的不容易，搞得我也好像有了点苍生情怀。只要遇见卖辣椒的乡亲，我就得问问他们卖了多少钱。对于农业合作社的负责人罗虎为椒农的辣椒三天涨三次价，我是"先入为主"地持怀疑态度，因为罗虎虽然是农业合作社的负责人，但他本质上就是个做生意的老板，我至少先后问了不下10个椒农，核实罗虎给辣椒涨价的事是否属实。有一天晚上，在一个名叫车匠平的小地方，我问一个农民卖辣椒的价格，他说还是收的0.6元一斤，我一急就给罗虎打了电话，质问他原因。罗虎解释说那个农民的辣椒全是坝角子，在市场上一分钱都不值，考虑到对方已将辣椒运到收购点，如果不收对方还得亏油钱，就收了，那辣椒他都堆放在一边，根本没上大车拉到市场上去卖。我后来又找那个农民核实，他承认那天他的辣椒的确是坝角子，觉得扔了可惜，才拖去卖。

陈行甲向我打听当地民宿旅游，我自然想到了他身上所带的流量，就借机将大支坪、绿葱坡、野三关一带的民宿做了详细介绍，且不排除有些渲染的成分，暗地里就想让他帮忙做宣传。巴东的高山民宿这两年大肆兴起，有的农民借款几十万元搞改建，但并不是家家户户都生意兴隆，如果不通过宣传提高知晓度、美誉度，一些举债办民宿的农民可能会面临新的压力。坦白地说，如果不是和陈行甲在一起，我真不一定去想这些事，因为想也是咸吃萝卜淡操心。陈行甲离开巴东后，我看见他发的视频号和抖音号，有一种"游山玩水"的错觉，通过他回巴东宣传辣椒和民宿，我理解了他为什么那么爱"出镜"。他真不是瞎玩，他身上有一种气场，有一种光，所以他的流量是一种不可多得的公益宣传资源，很多地方花高价请明星、上电视也未必有他出手的效果。

陈行甲在巴东小镇上陪伴父亲疗伤的日子里，不论是见到当地百姓还是老部下，都如见亲人，那种亲热劲儿看得人眼热。我给他开车，随时都会被他叫停，那些我见惯不怪的，他也曾经无数次见过的景象，他总是要停下来拍照、感叹一番。"太美了！"他是如此迷恋这方山水。他关心巴东的发展胜过关心他的老家兴山，他是那么由衷地希望巴东好，只要能为巴东做点事，不分大小，说出手就出手。我就奇了怪了：不就是在巴东为官一任过吗？人走好些年了，"茶"早就凉了。再说还有当年他在任时被抓的那些人，有的也已经出来了，他就一点不担心有人不能释怀来泄泄愤？芸芸众生，怎么就出了陈行甲这么一个人？难怪有人说他是"奇葩"。由此，我愿意相信，忧患重重的人类，尚有无限美好的可能。

感谢陈行甲提前向我分享他的书稿。因为陈行甲曾经是我的领导，在这里我就不再说敬佩他的话了，但羡慕是必须的。他陪他父亲在巴东疗伤期间，我几乎全程陪同，这让我很欣慰，因为这多少矫枉了当年我给他当"秘书"时"安能摧眉折腰事权贵"的偏狭。看着他"青春年少"的样子，感觉他万事才开头，他的一生好像要活成三生三世。他的未来我不能预设，但我能肯定的是，这本书绝不是他的最后一本，因为他将亲历的故事只会越来越多。

据说，有人想请陈行甲当演员，演县委书记陈行甲，被陈行甲断然谢绝。但剧本还在，我愿与陈行甲相约，在我们快要过完此生的时候，演一场戏，陈行甲演陈行甲，我扮演一个漏网的精致的腐败分子，我的钱多得像山上的落叶一样，"看见了吗？"陈行甲指着落叶翻飞的山丘，向我激愤地道出了最后一句台词，"这就是你的坟墓！"

—— 跋

别离歌

阿鱼

在那个缺席了我们某些亲人的时空里，有我们所希冀的故事的另一种可能性，以及我们执着的追寻。

1

流浪在蓝 L 星系的第 6 小时，我已经完全没有了燃料。此刻的飞船在没有动力的条件下飘浮着。偶尔太空中的陨石飞过，擦过飞船的船舷，整个飞船被掀翻而上下颠倒。我平静地接受这难以预测的旋转，几万光年以外发出的射线依旧可以在翻滚不息的运动中精准地照射进小小的窗子。那一瞬间，舱体内是灿烂的金黄色。在翻动的空间里，颜色如旋转的水银灯任意流动。

那时我想起年幼的某些时候，我在那片山谷的森林里穿行，与你无休止地追赶打闹——我记得那时头顶的光从树枝间、树叶间穿过，被筛成不具形状的断线与碎片。你的笑声也是流动的一串，我抓不住阳光的手伸出去，抓得住你的衣角。你突然的转弯像是飞船突然的转向，它似乎不再杂乱无章地移动，我明白我翻进了某个星体的轨道，正被它的引力牵引飞行。高速的行进中，星体的表层越来越清晰，那里除了沟壑还是沟壑，土黄色的大地上我想象不出任何可以拼凑的图案，我说那种单调是残忍的。

我蜷缩起来，准备迎接那一次将会毁灭我的撞击。

"躲起来。"你说。你熟练地绕了一个弯，拉住我的手，走进那个隐蔽的桥洞。远方传来的是你母亲的声音："安！安！"

"嘘，"你要我别出声，"她一会儿就走了。"你又往里面走了一点儿，搜寻出藏着的水、食物、一台便携式的体感机。"这一次我们可以藏很久了，"你狡黠地笑了，"以前她也从来没有发现过这里，都是我们自己出去的，对吗？"

我该怎么回答你呢？高速行进之中我又想了一遍这个想了无数遍的问题。我想我可以说"安，回去吧"，我可以编出很多理由，尽管有说服力的不多。一次次在大脑里重演那一天已经让我太过疲惫，所有的可能性在我眼前飞快地掠过——我会抓得住你吗？再来一次的话。

2

C 87#

"这一场你喜欢吗?"

"呃,没什么可挑剔的。"

"所以还是想挑剔咯?"

"就是……你还记得吗?以前的时候,电影更简单一些,或者说更粗糙一些。我是说那些我们一起看的。"

"今天我们也是一起看的呀!"

"我们是坐在一起,但我们看到的故事是完全不一样的,定制化剧情走向变成主流之后,以前那种电影院也没有了。再说了,我不喜欢有人在我脑门上贴着东西看电影。"

你撇了下嘴,做了半个鬼脸。

"可是定制化了以后就确保了你看到的都是你喜欢的呀!"

"我知道。可是我看不到故事的其他可能了,我想看到你看到的,还有别人的,都想看。"

"真贪心。"

我吐了吐舌头,还了你半个鬼脸。

"哼,不管,反正今天我生日,我说了算。"

"好吧好吧,三十岁生日快……""乐"还没说出口,我被你一把捂住了嘴巴。

"你还跟我提岁数!"

3

E 53#

我半躺半坐在病床旁边的沙发上,深夜里只有走廊上一点儿光照进来,轻柔地打在你一侧的脸颊上。我突然意识到我很久没有这么认真地看着你了,小的时候明明经常这样一直一直地望着你,直到那一天——十九岁的夏天,我还能清楚记得那个时刻。那时我呆呆地看着你的侧脸,可在你突然转头的时候,我猛地移开了视线,寻找一个可以停放眼神的地点。在那一刻我清清楚楚地明白过来,我是爱上你了。不过你不会相信吧,你总说我5岁就爱上你了——管它呢,或许我们都是对的。

睡着的你显得稚气如孩童,你鼻梁的轮廓像天际线一样切开光线,光的边缘在你脸庞舒展,偶尔移动如海水从沙滩退去。亮的一侧是好奇的你、倔强的你,会在时间里变成物理学家的你;暗的一侧是温柔的你、沉静的你,喜欢下雨天不开灯的露台的你,是我的你。可此刻,某种安静又巨大的东西分明也在房间里,把我们隔开,让亲密如我也不能分享你世界的全部,比如你脑海中的梦境,和你身体中那个没人知道是什么的疾病。

我希望这样的时刻久一点,再久一点,一直蔓延下去。我会注视着你,会想起更多过往的碎片。等你醒来的时候,我会说早上好，而你会告诉我你做的那个，奇妙的梦。

4

当一切的结局都尘埃落定，比如等待撞击的此刻，时间的流逝反而变得很慢。我想起几天前接到的牧的视讯，他的全息投影出现在飞船里，他显得非常生气。

"你百分之百要被开除，你知不知道！"

他投影里的手向我狠狠地指过来。他说的是我在国际太空开拓组织的工作。在 5 年前成为首席科学顾问后，我获得了"紧急观测特权"——可以不用申请而自行启用飞船。这项特权是为了在理论上存在的无比紧急且稍纵即逝的研究而设立的，但实际上动用这项特权，我是组织历史上的第一个。

牧是我和安共同的朋友，也是安的大学老师。安离世后，牧害怕孤独会让我更加悲伤，邀请我住到他那里。一天早晨，他激动地冲进房间把我摇醒。"你不会相信，我刚在旧电脑里找到了什么！"我坐起身，牧指着床前屏幕上出现的文档，"清理旧电脑的时候才发现的，安当年申请博士时写给我的申请书，还好没有删掉。我猜你应该没看过这个吧。"

他说对了。我飞快地开始翻阅，发现第一页的内容就是我所不知道的："请说明你为什么选择物理学作为你的志业？"

我从没想过安为什么会选择物理,就好像她从未问过我对天文学的热爱从何而来,这似乎都是理所当然的事情。

一切从童年的一个桥洞开始。那时我和最好的朋友会成天在外面玩耍,到日暮也不愿回家。当我母亲呼喊的声音逐渐贴近时,我们就会躲进树林外一个不起眼的桥洞——那是我童年最自豪的发现。在那里我们度过了童年无数个傍晚,躲藏时的游戏会比平常的更快乐。我们用灯把桥洞点亮,囤好水和零食,用体感机设置适合的温度与湿度,甚至学会在那里事先放好喜欢的玩意儿,我们最喜欢的纸牌游戏都是在那里学会的。更骄傲的成就在于,母亲从来没有发现过我们。玩得累到没力气了,我们才会从洞里出来,假装刚刚听到她的呼喊。但小时的我并不理解的是,不管玩了多久,出来时天都没有全黑,回到家也能赶上晚餐开饭。我深深记得那时的我开始对"时间"这个东西感到好奇,我猜时间不是均匀地覆盖在大地上的,它在有的地方走得快,有的地方走得慢。所以在十余年后的图书馆里,当我看到您写的那篇关于时间叠态的论文时,我知道这就是我想一直学下去的东西。

看完全篇之后,我又回到第一段仔细读了一遍,关上文档。"我想她说的这个朋友应该是你。"

"没错。"

"她写的这些你还记得吗？"

"嗯，我记得，但我并没有变得多好奇时间的问题，我以为这更多跟心理感知有关。那么，这个叠态的问题你有新的想法吗？"

"我当年的那篇文章想要从理论上解决时间的一致性和量子维度分殊性的矛盾，要让两个物理前提不相互冲突，又符合现实地运行，只有叠态这一种解释。但说实话，我从来没能在实验层面证实它的存在。安在研究站的前几年都在做这个问题，我记得她是到三十岁的时候才转向别的研究，没再死磕时间的问题了。"

"她很少跟我讲研究的事，也许我对她了解得还不够多。"

"你在难为自己了，没人能知道另一个人的一切。不过你要是想知道的话，安在研究所服务器上的数据本来也需要迁移了，我应该发给你。"

"那再好不过了。"

5

我把安的研究站数据按照时间排列，筛选出她二十九岁那年的文件，我想知道她最想回答的那个问题——时间，她解答到了哪一步，又为什么在那之后放弃了。

奇怪的是，那一年的文件明显不连续，中间的一些被选择性地删除了，时间过去太久已经无法恢复。而且还在的似乎都是基础实验运算的方程式和数据，看上去杂乱无章，删掉的应该是推论和结论性的叙述内容。这让我更加好奇，我将每一份文档打开，试图找出蛛丝马迹。安的算法很难从数据倒推出来，几个小时的破译无功而返。就在快要放弃时，我突然注意到一份数据的边栏有几行很小的文字批注：

一直以来，我们试图通过制造量子的波动来观察时间的断裂或多重层次，可如果形成叠态的波动不是一个绝对值，而是相对值呢？我们是不是忘记把观测者的存在考虑进去了？但如果是相对值，观测者和量子场能形成的波动组合是不可能穷尽的，人能做的不是制造叠态，只能是记录叠态。

我好像突然明白了什么，再往下翻阅，最后的尾注上还有三个划线的字——体感机。

将这些展示给牧之后，他的眼睛里开始亮起我从未见过的光芒。"天才……天才……"他自言自语。

"给我翻译翻译什么意思。"

"安发现了我们一直做不出实验的原因，因为这个实验是无法重复的,我们做不到人为制造它的发生条件,所以只能记录。"

"这点我当然也想明白了,但它的条件恰好满足的时候,我们也不一定在实验室啊,等到能记录的时候已经晚了。再说了,甚至都不会发生在懂物理的人身上,全世界懂叠态的不超过五个人。这不就是悖论了吗?无法让它发生,发生了又没法记录,是个死循环。"

"除非……"牧的脸上露出微笑,给我一个像考官一样的眼神。

我终于明白了:"除非这五个人里正好就有人经历过它的发生,还有东西把它记录了下来。"

6

驾驶飞船出发时我在想,牧会不会后悔告诉我时间叠态的秘密,尤其是时间与空间在量子层面的同构性。在导出体感机每一次使用时全息扫描的数据后,我已经可以拼凑出安的数据的前因后果了,将她的算法还原后我重新运行了她的整个方程式——我永远也想不到安的探索已经走到了这么远,她不仅算出了我们在当年的桥洞里有多少次创造了时间叠态,甚至还原出了每一次的量子频谱。

我知道牧在新奇的科学发现面前是毫无戒心的，他的激动难以遏制："你知道这意味着什么吗？桥洞与你们之间形成了剧烈的量子波动，时间变成了薛定谔的猫，进入了悬而未决的状态。直到你们走进去的那一刻，也就像打开装猫的箱门的那一刻，整个量子场的波动频率被确定了下来，无数种时间的可能变成了唯一的一种可能。你们创造出了一条独一无二的时间线！这条时间线有自己的运行节奏，与原本世界的时间线会形成速度差，这就是为什么你们在里面待了很久，出来时却好像刚过了一会儿。"

牧喘了一口气，继续说："这还不是最有趣的，更关键的是，由于时间与空间在量子层面的同构性，你们其实也创造了一个独一无二的空间线！这就是为什么安的母亲不可能找到你们，她一定去过那个一模一样的桥洞，但除非你们走出来，否则她根本看不见你们。"

我的计划在此时开始酝酿："所以说理论上，可以通过到达空间线的方法来到达时间线，就好像时间线有速度差一样，空间线也会有距离差。"

"聪明！"牧接过话头，"那个量子场和所有其他的一样，占据宇宙中某一个具体的空间位置。你们总共创造过三次时间叠态，会有三个不同的位置，它们之间的差距可能非常远，我想不会在我们的星系。不过有了安的方程式，我们甚至可以把它们的位置都算出来。"

那就够了，我在心里说。当天晚上，确定牧已经熟睡后，我在深夜离开了。

7

对我来讲，这是一次没有回程的旅行。我计算好了三条时间线的空间位置，分别在 C 87、E 53、L 96 星系。我猜总有一条时间线里，那个恐怖的疾病没有发生，或者能被治愈，我决定永远留在那个时空里。出发时，我手动切断了和地球的所有通信方式，我想牧会原谅我的——终究会。

可当我终于赶到 C 87 和 E 53 计算出的空间坐标时，我虽然如我所想地进入了它们的时间，但我看到的和我期待中的并不一样。在 C 87，我回到了安三十岁生日的那天，电影刚刚散场的时刻；在 E 53，我回到了陪着安住在医院的一个晚上，细细端详她脸庞的时刻。它们都和我原有的记忆分毫不差，场景、对话甚至心里的想法，都与原有时间线发生的丝毫不差。似乎我们创造出的独立时空没有产生不同的事件，而只是发生得更慢。

这是我自己无法解决的问题，我只好将通信方式重新打开，牧的视讯请求爆炸一样地弹出来，我接通，开始平静地挨过他的责骂。

"既然我已经出来了，你就帮我帮到底吧。为什么我去的时间线都没有事件的不同，只有速度的不同，安还是会走。"

"本来就只有节奏的不同，我从来没有说过会有其他的不同！时间叠态本质上是振动频率的不同叠加而已，就算量子发生其他的游走，但恰恰因为是叠态，这些游走会被递归，反而保证了两条时间线的事件会保持一致。"

"我已经到L星系了，至少让我把最后一条时间线看完吧！"

"不行！马上停下！进入叠态之后，你能感受到那条时间线的自己是因为你们的振动在重新同步。你会同步她的，她也会同步你的！我们的线更靠前，同步起来会更慢，但只要你还在，同步迟早都会发生。你所知道的一切，迟早那两条线上的你都会提前知道。"

我沉默不语，不知道能说什么。

其实我并非没有想过这种可能，但想知道另一个故事的愿望压过了心里所有其他声音。

你三十岁生日那天，最快乐的我们，最快乐的我将会知道未来的不治之症；病房里的我，那样深深凝视你的我将会知道怎样的凝望都终究不会留住你。

我很抱歉，我以为我在修改故事的结局，却只是提前通知了你们——也就是我们——结局的残忍。

我明白了。

我明白你为什么会删掉所有的实验数据，为什么在三十岁时停止研究。其实你在那时就知道自己的病，你更知道倘若你告诉了我其他时空的存在而你又最终离去，我一定会不顾一切而又徒劳地寻找。

可是安，亲爱的安，我明白，我只是无法甘心。

8

我把通往最后一条线的自动驾驶切断，打开底舱门，将飞船燃料倾倒而出。

"安，我补给你啦，那个你没看到的故事。"